严平 著

1938:
青春与战争同在 增订本

人民文学出版社

图书在版编目(CIP)数据

1938：青春与战争同在/严平著. —2 版(增订本). —北京：人民文学出版社,2019
ISBN 978-7-02-015175-2

Ⅰ.①1… Ⅱ.①严… Ⅲ.①报告文学—中国—当代 Ⅳ.①I25

中国版本图书馆 CIP 数据核字(2019)第 070563 号

责任编辑　刘　伟　陈　悦
装帧设计　黄云香
责任印制　任　祎

出版发行　人民文学出版社
社　　址　北京市朝内大街 166 号
邮政编码　100705
网　　址　http://www.rw-cn.com

印　　刷　河北新华第一印刷有限责任公司
经　　销　全国新华书店等

字　　数　255 千字
开　　本　680 毫米×960 毫米　1/16
印　　张　20.5　插页 7
印　　数　1—8000
版　　次　2009 年 4 月北京第 1 版
　　　　　2019 年 10 月北京第 2 版
印　　次　2019 年 10 月第 1 次印刷

书　　号　978-7-02-015175-2
定　　价　49.00 元

如有印装质量问题，请与本社图书销售中心调换。电话：010-65233595

右起：张瑞芳、父亲张基、哥哥张伯弨、母亲廉维、张昕、张楠

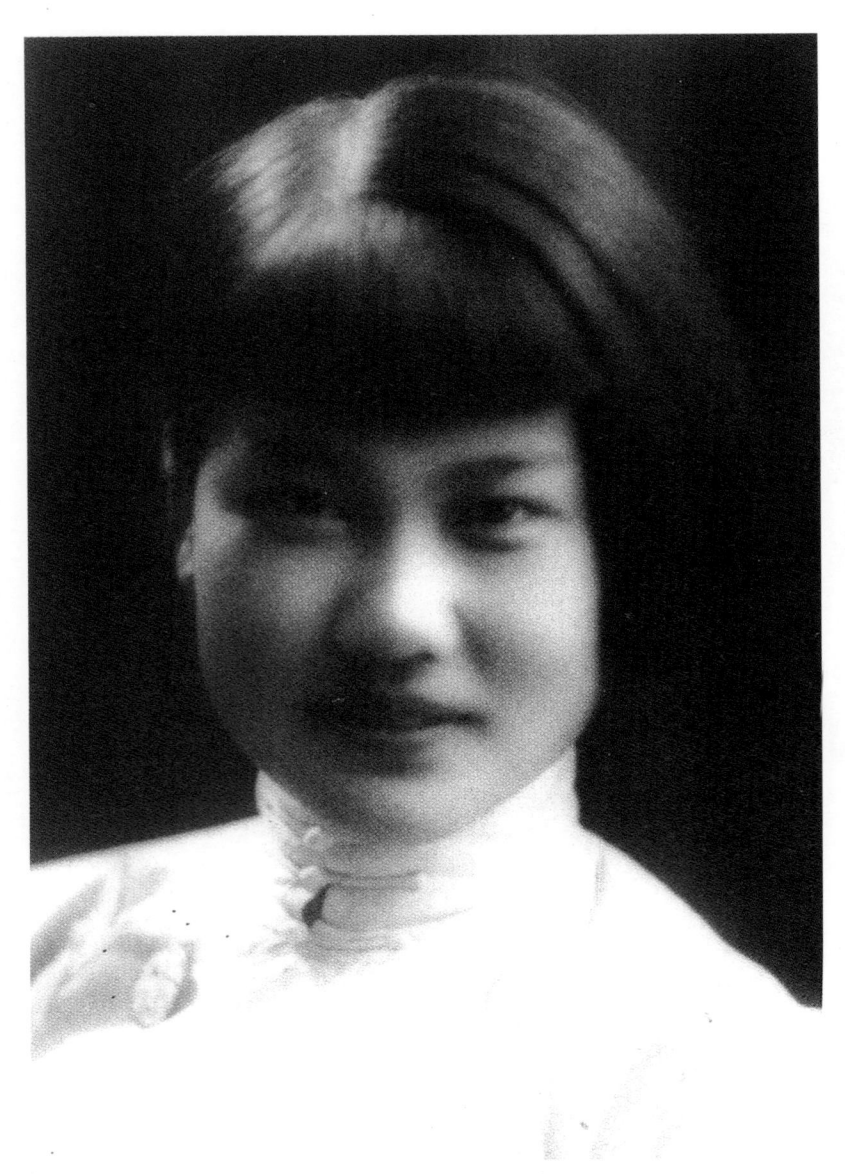

1936年,十八岁的张瑞芳

1937年，移动剧团在济南慰问伤员

前排左四为张自忠,右二为张昕,后排右二为荒煤

在移动剧团中，一排左起：胡述文、姚时晓，二排左起：张瑞芳、荒煤、方深、张楠，三排左起：荣高棠、杨易辰

平北学生移动剧团

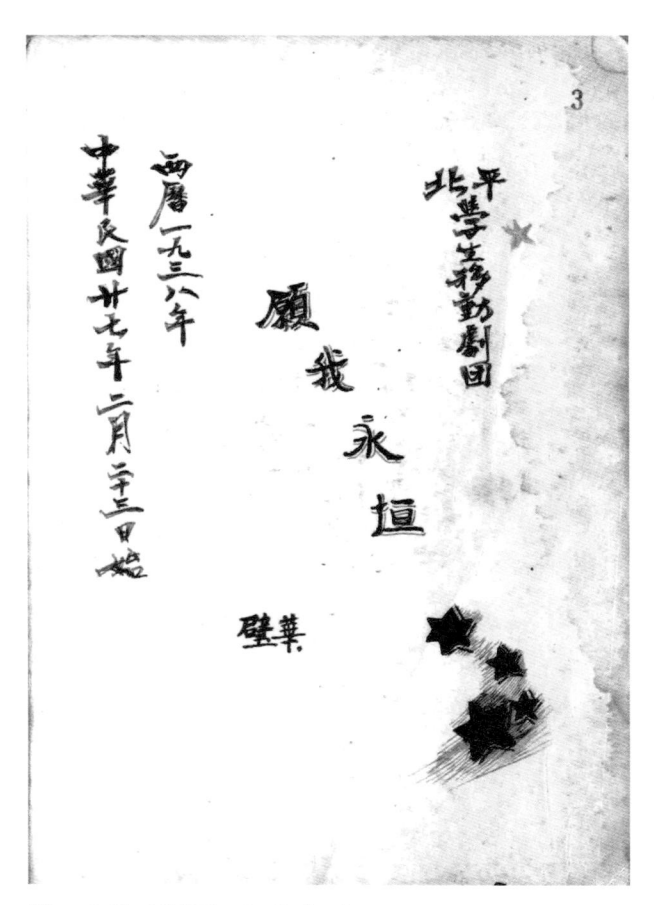

西历一九三八年
中华民国廿七年二月二十二日始

愿我永垣

璧华

第一本移动剧团日记的扉页

第二本移动剧团日记扉页上的三个剧团的联合签名

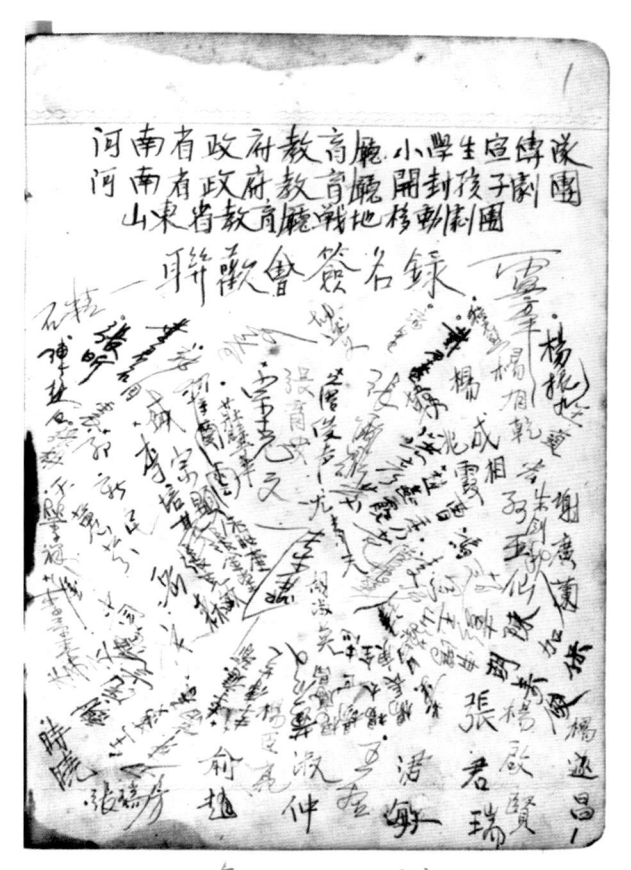

终于到达延安，最后的合影

目　录

001 | 引　言

003 | 1937：田园生活的破灭
019 | 别了，北平
032 | 两个名字，一个剧团
046 | 移动在前线
059 | 来自亭子间的文人
072 | 同胞们！我差点就见不到你们了
085 | 在勇敢和困顿中
099 | 追寻历史谜团
120 | 青春与战争的记录
133 | 铭记爱情
151 | 诀别与分道

171 | 北平学生移动剧团团体日记
300 | 在北平学生移动剧团的日子
　　　　——程光烈日记

324 | 后　记

引 言

写这部书的动议,是从北平学生移动剧团团体日记开始的。

几年前的一个夏日,当我在张昕老师家看到那部保存完好的六十多年前的珍贵日记时,那黑色的半软半硬的封面,那一张张泛黄的纸页,纸页上那些由十几个人用各自不同的笔迹写下的或工整或潦草,或清晰或模糊得几乎难以辨认的笔迹,都让我感受到一种莫名的亲切和一种最近距离地面对历史的震撼。我很难抗拒这种力量对我的吸引,没有任何犹豫,立即决定要把日记整理出来。

那个夏天的很多个夜晚,我是读着这些日记度过的。

这是一群北平大学生的故事。

那时他们年轻,年轻的生命充满着激情和浪漫。他们做着那个年龄的人爱做的梦,发表着那个年龄的人对社会生活的种种评判,他们青春的脸庞活泼的身影,闪现在古老京城赫赫有名的大学里:中国大学、清华大学、北京大学……

一个巨大的历史事件改变了很多人的命运,也改变了他们的一生。1937年,他们走到了一起,在此后一年多的时间里,彼此依靠,生死相连。

在1937年相隔六十多年后的一个日子里,应我的请求,他们之中还健在的几位老人坐到了一起,回首往事,九十三岁的荣高棠老人——北平学生移动剧团的头头,感慨万分,他说:

"那是我们每个人一生中最值得记忆的生活,那样的生活我们后来再也没有过。"

我注意到他用了"最值得记忆"这样的语言,并且强调"以后再也没有过",这让我感到意外。荣高棠曾经是中国老百姓家喻户晓的人物,是新中国体育事业的奠基人,他经历的沧桑和辉煌是一般人难以想象的。我提醒他,这一年其实既不是你一生最有成就的一年,也不是影响你仕途的关键时刻,甚至不是你生命中最惊险最艰难的阶段,即便如此,你也真的这样评价吗?

"是的,就是这一年,我们一辈子都忘不了。"这位参透人生种种的老人毫不犹豫地回答我,他甚至用着半开玩笑的武断口气对我说,"你用不着再征求别人的意见了,我们也用不着对口供了,我完全可以代表大家,尽管后来我们每个人都有不同的发展,但我们人生中最宝贵的,永远是这一年!"

那是怎样的一年!那一年里都发生了什么?在后来的日子里,这些充满个性的鲜活青春记忆又有多少存留在他们的心里,鼓舞着他们走过漫长的人生路途?

一个个问题在我面前展现,可惜,日记并不足以回答这些问题,它只记载了1938年2月到10月这段时间里的部分事情,而且,从表面上看它还是琐碎的。于是,我开始探访那些健在的老人们,并对昔日仅存的历史资料一一进行艰苦的查询。

有人说,历史学家的过人之处,就在于擅长把支离零碎、断裂残破的史料点化成为让人兴味盎然的完整叙述,使人们对往事有更多的了解。我不是历史学家,但这种说法却鼓舞我不断地通过"发现"、"鉴别",抽出种种细小的线头,小心编织,把埋藏在岁月尘埃中的故事呈现出来。

就这样,在整理日记之余,我终于把他们的事情写了下来,并希望通过这些对昔日历史的片段回溯,展示那个大时代,展示年轻知识分子在战争中所走过的艰难的历程,这其中,当然也包含着处于两个截然不同时代的人之间的交流和思考……

1937：田园生活的破灭

故事缘起于三十年代古老的北平。

古老的北平，年复一年的平静中掺杂着各种各样人的梦想、挣扎和奋斗的北平，贫穷与富贵混杂的北平，城墙外有鸽子在蓝天下盘旋鸣叫，胡同里树荫下弥漫着浓浓的说不清的古都气息……

几十年后，一个夏天的日子里，我在离鼓楼不远的宝钞胡同里找到了张家的旧宅，那个原来叫做法通寺的胡同，现在叫华丰胡同。据说在很多年前那里有着一座不小的寺院，而今，旧日的庙宇早已被拆除，胡同口是新搭建起来的小卖店和小发廊，发廊的大玻璃上赫然张贴着一幅幅美女的画像和写有"洗剪吹8元、按摩免费"的广告。

正是周末的下午时分，太阳依旧明晃晃地照着悠长的胡同，胡同里很安静，没有太多的车，从敞开的院门口甚至可以听得见里面传出啪啪地摆棋子的声音。在走过一排有着灰色长瓦的大屋檐院墙时，我有种感觉，这一片高高的院墙里或许就有我要找的法通寺10号吧。果然，在问过了几位戴着红袖箍的大妈大爷之后，我证实了自己的想法。

一位热情的大妈告诉我，六十多年前那个坐北朝南的大院落，在漫长动荡的岁月里，已经衍变成了三个院子。

我怀着好奇的心情走进了其中的一个院子，一进门，出现在眼前的景象就和张昕老师的描述截然不同。这院子好像是一个集装箱，所有的空间都被陆续盖起的小房子密密麻麻地挤满了，中间只剩下可以过一两辆自行车的空间。我无法弄清哪里是一进院、二进院，哪里是三进院。我只能沿着狭窄的小道朝里走，绕过一排房子，里面同样是一堆密如棋子的小房子，它们毫无章法地粘连在一起，分不清哪些是住房，哪些是厨房或是堆积杂物的仓库。

在那些小房子面前，我站立片刻，环视四周，努力寻找着昔日的踪迹。微风从院落中轻轻掠过，头顶上有沙沙作响的树叶，这就是那所有着许多神秘故事的大宅子，那所给了张楠、张瑞芳、张昕三姐妹温馨的生活，并在解放后被她们的母亲毅然将大部分房屋捐给国家，将少部分房屋借给政府办幼儿园的大院落吗……我看到了那棵默然屹立在拥挤的房子中间向着天空伸展的老槐树，茂密的树叶覆盖着周围的小屋，树旁有一排向南的北房，风雨的侵蚀已经使得墙壁斑驳脱落，但那高高翘起的屋檐，屋檐下精致的雕刻，和屋檐上那一排排密密排列的灰色老瓦却在那些新起的小屋中显示出截然不同的大气。我知道，或许只有它们可以向我述说岁月的故事了……离开时，一间房子的主人指引我看院门口一字排开挂着的九个电表，他告诉我这里是两家人共用一个电表，一共住着十八户人家。我没有再走进另外的两个院子，我知道，在那里，我恐怕也同样很难找到昔日院落的痕迹了。

……故事真的是很老了，那是1929年初，一位坚强的女性杜健如（后改名廉维）带着六个孩子从老家回到北平，买下了这座大院子。这里曾经是梅兰芳的房产，三进套，前后有五个院子，大小十八间。一进院是一片空旷的场地，带栅栏的大车门，水泥甬道，是用来走车的，两旁的空地上有竹子、杏树和三棵高大的老槐树，一路走进去就让人感到幽静和舒适。二进门是北平传统的四合院大门，圆形的门洞，旁边是门房，门洞后是环着院子的房屋，多是用来放东西和住佣人的。三进门里才是主人们住的地方，迎面一排宽大的北房三大两小，隔开一段是东西厢房，从侧面绕过去是通往后面的两个小跨院。房子是父亲的结拜兄弟帮着看的,母亲所以选中了这里,更多的是看中了这里的幽静,它们宽大空旷,可以让她有施展的余地,她的孩子们也需要这些空地,她想要他们在这里有自由的空间,过一种淳朴的田园般的生活。

这所院落里没有父亲的身影,只有父亲的灵堂。灵堂设在后面的跨院,是用原来的一个花房改造的。灵堂很大,长条供桌上摆放着父亲的遗像,遗像下是放大成照片的父亲亲笔遗嘱,遗像前供奉着每日与家人一样的食物水果,还有开在不同时节里的鲜花。灵堂门口一边一棵梨树,开花时满树花朵满院飘香。母亲让孩子们常常到那里去玩,那里一尘不染,充满生气,孩子们从来没有感觉到一丝阴森冷落的气息。

父亲张基是国民党的一位将军,曾经在保定陆军军官学校和黄埔军校任教,北伐时曾出任第一集团军炮兵总指挥。他军人的辉煌生涯似乎和孩子们关系不大,他魁梧的身材却让孩子们记忆深刻:一米八五的个头,方正的脸膛——大眼、高鼻、阔嘴,永远腰板笔挺,孩子们要把头使劲地向后仰起,才能把父亲看全,在孩子们心里他真是一个很帅的父亲。

因为小,孩子们并不懂得父亲,只记得他爽朗的笑声,记得他每次出门前告别时总要逐个捏鼻子的亲昵动作。直到有一天,这位正直的军人以一种孩子们无法理解的方式结束了自己的生命,他们才知道和父亲在一起的日子竟是那么宝贵。

长大后,他们渐渐知道了事情的原委。那是1928年初,东山再起的蒋介石在南京复行国民革命军总司令的职务,亲自挂帅第一集团军发动二次北伐,准备统一中国,父亲受命担任炮兵总指挥。5月,父亲率部队向山东进发的途中,突然接到紧急命令调他到徐州参战。部队尚在行军途中,他只来得及自己赶到徐州,徐州已经失守。事实上,狡猾的上峰事先已打定嫁祸于人的主意。性情刚烈的父亲面对败局痛苦不堪,彻夜难眠,终于留下遗书,饮弹自尽!他本可以不承担责任,

曾经美满的家庭，已经成了埋在孩子们心中遥远的记忆。右起：张瑞芳、父亲张基、哥哥张伯弨、母亲廉维、张昕、张楠

但他是一名军人，认定自己要为整个指挥系统的失误负责。那时候，母亲不到四十岁，六个孩子中最大的儿子十四岁，最小的弟弟只有三岁。

一个美满的家庭顷刻就失去了支柱，母亲痛彻心骨，追悔自己没有在丈夫身边给他最大的安慰。两个月后，北伐战争结束，隆重的悼念仪式，蒋介石亲书挽幛——深蓝色的缎底衬着四个银光熠熠的大字"精神不死"，以及在中山陵安葬的规格都不能抚平失去丈夫的伤痛，母亲谢绝了丈夫生前好友慷慨捐助的好意，毅然抚棺回乡。

母亲的性格是温顺的，在乡下，她尽心尽力地服侍老人，替丈夫尽做儿女的一份孝道。母亲的性格又是倔犟的，在公公执意要他们留在乡下，考虑给男孩说一门亲事，过两年再给女孩子们说下个婆家的时候，她毫不妥协的坚决反对让老人感到震惊。盛怒中公公抓起了拐杖想要打人，母亲的手立刻就按到了身旁的茶壶上，公公见状只好作罢。最终，母亲不顾公公的反对带着六个孩子回到北平。

母亲这样做有她自己的道理。小时候，家道中落，外祖父虽然开了一个学馆，却坚信"女子无才便是德"的古训，执意不让女孩子读书，母亲只能每日悄悄在窗外偷听，学一点她感兴趣的知识。后来，在哥哥的帮助下她有机会看到许多新书，放足、要求婚姻自主都是她受新知识的影响做出的大胆举动。她的婚事是在哥哥的帮助下完成的,丈夫是哥哥军校的同学。婚后,她曾经按照自己的心愿在北平培根女校插班读书,却终因怀孕半途退出……就这样,这个地主的女儿,心中始终怀着失学之痛。在丈夫的遗像前,母亲一次次地立下誓言,她不希望自己的孩子在乡下过着衣食无愁、娶妻生子的日子,她要让孩子们特别是女孩子们接受好的教育,要让他们在没有父亲的生活中学会独立、自强,她要独自用自己坚强的臂膀遮庇孩子们失去父亲的天空,让他们既不仰仗别人的施舍也不自哀自怜地健康成长!这实在是一个了不起的女性!许多年后,将军的夫人出现在延安。周恩来对张家的姐妹们说过,"你们的母亲是值得尊敬的英雄,她受的苦,比你们兄妹几人加起来都多。"那时候,这位坚强的母亲已经为了追求自由付出了沉重的代价,她的最小的女儿在离开老家回北平的路上不幸染病去世,而最小的儿子却在跟随她历尽千辛万苦奔赴延安的途中不幸死去。

1929年,在这所院子里,母亲从失去丈夫和小女儿的悲痛中渐渐地恢复过来。她必须振作精神,使生活重上轨道。

改变了的现实已经和过去有很大不同。佣人减少了,她只雇了一个女佣做饭。丈夫的侍卫和随从也都离去,她只留下了老传达兵做看门人、兼打扫院子、买菜。她还做了一个果断的决定:断绝和丈夫生前军政界所有同僚的往来。家中不再门庭若市,连那些必不可少的应酬她也谢绝了——她带着孩子们开始了隐居式的生活。

她是一个非常聪明有主见的女人,为了使家庭能够维持正常的运转,她把所有的积蓄集中起来做了清理,一部分交给自己的哥哥去投资,另一部分作为日常开销。她甚至计划着在这座大院子里养蜂、纺织维持家用,所幸他们的生活在她的合理安排下并没有困窘到那个地步。考虑到一个守寡女人带着孩子们生活不安全,她又在大院的围墙上装了电网,在树上挂了报警灯,警灯另一端就设在派出所里,如果遇到情况派出所的人很快就会到达,没想到这些防范措施却为后来共产党在这里的活动,起到了保护作用。春天到来的时候,母亲带着女佣和老传达兵开始整理院子,在空旷的院落里种上四季花草,齐着房檐搭起绿色的葡萄架,很快整个院子就姹紫嫣红,变得生机勃勃起来。

对孩子们的教育始终是母亲心中分量最重的事情。她从来不用封建礼教约束他们,特别是对女孩子们,她鼓励她们的天性在生活中得到自然的发挥,同时,她又为她们立下了"勤、学、俭"的家训,要求她们独立自强,绝不依靠男人生活。丈夫在世的时候,她曾经很羡慕隔壁一家私立医院的女院长,她盘算着将来让三个女儿都学医,大女儿身体好做外科医生,二女儿性情温和做内科医生,三女儿胆小些做药剂师。在她看来,行医,那是最适合女孩子们自食其力的工作。现在,丈夫虽然不在了,这个打算却并没有改变。

孩子们就这样在母亲的一片天空下无忧无虑地成长,父亲的不幸早逝并没有在他们的生活里留下太重的阴影,相反,父亲的正直豪爽,母亲的严谨坚毅,却在他们的性格里留下了清晰的烙印。

1934年,高中毕业的哥哥突然提出要报考黄埔军校读炮科。听到这个决定,一直远离军政界老关系的母亲心头的伤痛好像又被触动了,但为了告慰丈夫的在天之灵,她还是同意了。很快,哥哥就离开了家开始了他的军人生涯。

三姐妹已经长得惹人喜爱。

大女儿张瑞珍(后改名张楠)考上了中国大学国学系。她长得高挑身材,圆圆的脸上一双明亮的眼睛时常透露出思索的神情。她的体形像父亲,性格却像母亲,沉稳、独立、反应快,遇事有主见。她喜欢体育,尤其喜爱标枪运动,经常一早就骑着单车出去,在学校空旷的操场上练习投标枪。当标枪从她挥舞的手臂中高高地飞起,划出一道弧线冲向远处时,她的心里就涌动着青春的喜悦和激情。

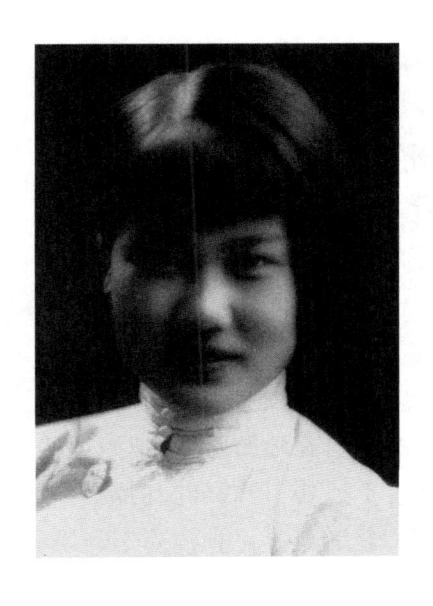

1936年,十八岁的张瑞芳已经在舞台上崭露头角了

二女儿张瑞芳正是豆蔻年华,她中等个子,端庄秀美的脸庞,眉宇间透露出一股子灵气。还在北平女一中读书的时候,她就被那里浓厚的演剧气氛所感染。学校逢年过节总要举行演出,参加的不仅是学生,连教师工友都同台演戏,这对天生就喜欢表演的她来说真是再合适不过了。她成了班上的游艺股长,把大部分业余时间都放到排戏上,田汉的剧本是她们的首选。她多半演女角,在和扮演男角的女生对白的时候,常常要忍不住笑起来……

就在排演法国作家莫里哀的《心病者》的时候,她认识了一个叫余克稷的北平大学理工科的高材生。这位临时请来的导演,被眼前漂亮活泼的小姑娘吸引了,每周都要给她写一两封信。瑞芳躲在宅院二进门口,抢在第一时间从拉门铃的信差手里接过信来,读着那些热情的话语,她的心里被朦朦胧胧的感情所掀动着,那时候,她还弄不清这是不是爱情,更不知道自己的生活后来会和他发生那么大的关系。

1935年秋,张瑞芳如愿以偿地考上了北平国立艺术专科学校,因为没有戏剧系就上了美术系。脱下了蓝短衫和黑裙子,穿上了让体形显得更加秀美的旗袍,再也不用啃那些让她感到头痛的数学了,她的艺术才能如鱼得水般地释放出来。

那时候,三女儿张瑞珊还是一名中学生,她已经把名字改为张昕。和二姐不同,她喜欢数学,一向功课全优,先是以第一名的成绩考进了难考的、学费全免的北平师范学校,后又插班进入女一中,一年后即将报考清华大学。

在张家的女孩中,她显得聪明文静。我见过一张她中学时代的照片,她身穿白衬衫黑色长裙,脚上一双黑皮鞋,骑在一辆自行车上,齐耳的短发在风中轻轻地飘起,夏天的阳光抚摸着她的脸庞,把她健美的身影留在胡同长长的土路上,在她身后不远处,是四合院的高台阶和厚实的大门。那张照片虽然有些模糊,看了却让人有些爱不释手,老北平古朴宁静的胡同衬托着车上姑娘清纯的笑容,让看过的人不由得有种期盼,希望生活永远像这个夏天一样单纯、宁静、阳光明媚。

那时候,一切似乎都在朝着好的方向发展:张家的三个女孩,就像是三朵正在绽开的花朵。她们虽然并没有像母亲最初希望的那样学做医生,但她们都有着自己的喜好,而且健康活泼,成绩优秀,这足以让做母亲的感到欣慰了。尽管如此,埋藏在母亲内心深处的创痛仍旧长久地没有消失。每当父亲的忌日,或是节日的时候,她总会病卧在床上,独守着那份静静的思念和忧伤,在左邻右舍的一片欢庆声中默默地度过一天。这时候,孩子们就会非常懂事地不再喧闹。

大宅院的日子在安详宁静中悄悄地过去。

这期间,社会形势动荡不安。1931年"九一八"事变,日本军队占领了东北又进一步觊觎华北。1935年10月,日军策动汉奸进行了所谓华北五省自治运动,成立了冀东反共自治政府。国民党实行攘外必先安内的政策,面对日本的侵略步步退让。在民族危机日益严重的情况下,共产党发出了"停止内战、一致抗日"的号召。处在国防最前线的北平学生,痛切地感到"华北之大,已经安放不得一张平静的书桌了"。

张家最先发生变化的是一向就喜欢关注时事的张楠。她所在的中国大学是抗日民主运动活跃的地方,那里聚集着一批民主教授和一批"北平学联"的领导骨干。系主任吴承仕是章太炎的四大弟子之一,经常鼓励学生关心时事和社会。还有学联骨干分子任仲夷、杨易辰、夏英哲……张楠经常和他们在一起讨论时局、撰写文章,有时候因为参加民主活动学分凑不够就去请求吴承仕帮助,他总是为她想办法。这个张家的大小姐,过去有些孤僻和清高,现在,整个人都变得开朗、活泼起来。

张楠的变化首先影响到了足不出户的母亲。她时常把外面的消息带回家讲给母亲听,和母亲一起讨论。虽然外面的世界和母亲有着很大距离,但这个家庭从来就有的一种民主气氛恰好弥补了这一欠缺。此时的北平城,城外有日本军队驻扎,城里有穿着和服的日本人大摇大摆,政府忙着把大批国宝从故宫运出,有钱人急着离开这个将要陷落的城市,老百姓人心惶惶……母亲每次听到这些消息都忧心忡忡。一次,张楠带回一张报纸,指着上面一批被捕学生的名单,对母亲说:"这都是宪兵三团干的好事!"母亲听了久久不语,然后长叹一声:"为了不当亡国奴,要流多少血啊!"作为国民党将领的遗孀,她越来越感到困惑和茫然,偌大一个北平,走的走了,留下的难道就真的要当亡国奴吗!她对自己的政府感到了怀疑。

一向充满宁静和温馨的宅院在悄悄地发生变化,这是一次和几年前的变故完全不同的变化。那时候,这个家在猝不及防中遭受了外来的灾难性的巨大打击,几乎崩溃,是母亲以她的勇敢和聪明才智支撑了下来,尽管这么多年来,母亲是如此小心地呵护着这个家庭,呵护着她的一群儿女,希望他们能够过太平日子,她那经历了痛苦和惊变的心灵已经不能再承受更多的磨难,但在这个动荡的时代,在新的思想带着巨大的危险出现在面前的时候,她却表现出了超出寻常人的勇气和精神,正是这种勇气和精神使得她的家庭在以后的生活中发生了更大的变化。

"一二·九"运动爆发的那一天,张楠从外面带回一张《中共北平市委会告市民书》,号召同胞们团结起来共同抗日,孩子们围在母亲的身旁,怀着兴奋的心情一起仔细地阅读了这张传单,之后,这位国民党将领的遗孀叹息道:"这就有希望了!"

1936年,张楠先是加入了中国民族解放先锋队、左翼作家联盟,不久加入了共产党。她悄悄地告诉母亲自己加入了"民先"和"左联"。此后,张楠就时常把"民先"的传单带回来给娘看。一次她交给娘一本油印的秘密小册子,里面有列宁、斯大林《论中国革命》,娘赶在夜里看完了,交还给女儿的时候,两个人竟像相互深知的同志一样彼此看着什么都没说。

在那个夜里,母亲除了为接触到新思想感到兴奋一定还想到了很多,她一定知道跨出这一步所面临的危险,一定知道还有别的选择——把大门关起来,尽可能地像过去一样过隐居生活,这至少在当时还是安全的。但是,她还是看清楚了另一种更大的危险,不仅威胁着她的家,还威胁着整个民族,迟早要连她的小家一同淹没。或许,她是在经过了再三考虑后,认定已经没有别的选择,或许她相信如果丈夫还在,他也会做出同样的选择。总之,她彻夜难眠,最终迎接了命运的挑战。

很多年后,我曾经问过张昕,如果不是抗日,你们家会怎么样,你娘在含辛茹苦地把你们培养成人后会过上安逸的生活吗?你们会安安稳稳地过完小姐的生活,成为医生,或是别的职业女性吗?你们会有什么样的生活、家庭和儿女?

张昕笑而未答,假设毕竟是假设,生活中的一切已经发生了,它不可抗拒地改变了一切,没有假如可言。

就在那些日子里,张楠开始带人到家里来,最先出现在这个院子里的正是"一二·九"运动中大名鼎鼎的人物:黄敬(俞启威)。

黄敬,出身于一个世代官僚家族,锦衣玉食的安逸生活并没有使他沉湎不可自拔,相反,这位贵族之家的"三少爷"从小就充满着叛逆精神。他喜欢和下人谈天,待专门伺候他的一个男孩如同手足。上大学之后,每逢假期回到家里,佣人们就非常高兴,跟他有说有笑。后来,他参加了革命,很少回家。暑假里,穿一身白绸衫,戴一顶白草帽,回家住几天就出去了,谁也不知道他到哪里去了。偶尔的机会,当母亲在牌桌上听人说起老三是共产党时,惊诧的程度可以想象……

走进张家宅院的时候,这位传奇式的人物已经是中共北平地下党的负责人了。他高高的个子,一张扁脸,鼻梁有些塌陷。人虽不算漂亮,但充满着勇敢、热情的眼神和擅长组织、讲演的才能却显示了他的与众不同。同来的还有彭真、姚依林、蒋南翔等人,这正是中共北平市委的一班人马,他们选中了这个僻静又有着特殊身份的宅院作为保护,召开秘密会议。

大院就这样变得神秘起来,张楠对家里人只说是请同学来玩,私下里她悄悄地告诉母亲,是中共市委要借他们家的地方开会。母亲没有反对,对长女的稳重、善良和有责任感,母亲一向是放心的,她只是立刻在暗中采取了措施。她对长年住在家里的姨妈说,女儿大了,要在社会上做事,和同学多来往以后路会宽些。为了不让老传达兵看出什么,每当有人来时,她就指使他到很远的地方去买东西。她最担心的还是隔壁,那是一个有着警卫把守设有电台的国民党机关。不过,谁会想到中共的秘密会议会在一个隔壁设着电台、警铃连到派出所的国民党将领的遗孀家里召开呢,张家过去的地位和老关系恰好为这一切起到了掩盖作用。

或许是因为充满了青春朝气的张楠,或许是因为这里有着一位沉着善良让人感到踏实的母亲,黄敬从走进这所宅院时就喜欢上了这里。当他穿过姹紫嫣红的花草走向深深的庭院的时候,他感到了安静中的一种安宁。他的家也在这座城里,是一座比这里要奢侈得多的豪宅,却没有这里那种总想让人亲近的气氛,特别是看到若无其事地守在二道门里,无声地露出微笑的母亲时,那一刻,这个在"一二·九"运动中带领游行队伍与军警展开激烈的搏斗,在"一二·一六"大游行时曾经冒着生命危险跨步攀上电车,发表了慷慨激昂演说的勇敢的男人,他的心竟有一种说不出的感动。

　　黄敬和他的同伴们就这样经常出现在这座院子里,开始是预先通知张楠要来开会,渐渐地就直接和娘打起交道来。他称呼娘"伯母",除了开会,他请娘保管文件,交给娘别的秘密任务。娘好像天生就适合做秘密工作,她大胆、心细、不声不响,从不张扬。那时候,究竟有多少重大的决定是在这个院子里做出,然后又通过各种秘密渠道传达到北平的各个角落,娘究竟配合黄敬做了多少秘密工作,连三姐妹们都不清楚。她们知道的只是,渐渐地,黄敬把这里当做了自己可靠的联络地点,把娘当成了共患难的战友,当三姐妹相继离开家后,他索性住进了张家。有许多个紧张工作后的夜晚,他会和娘一起谈天,他带给娘的是更多新鲜的思想和理论,而娘的安详镇定和不寻常的生活经历也让他在紧张和承受着巨大压力的同时,感受到一个长者的慈爱和关怀,这种慈爱和关怀变成了一种力量,深深地嵌入他的心里。几年后,不幸的事情发生了,他患上神经病,当人们护送他秘密穿过敌人的封锁线前往根据地时,他竟然不顾一切地狂呼口号"打倒日本帝国主义!",以至于护送的人生怕暴露了目标。到达延安后,他的狂躁症发作时根本没有人能够控制得了,只有在见到娘时,他会立刻双手垂立,恭敬地称"伯母",吃饭、吃药、休息一切都听娘的指挥。这是后话了。

　　1936年的那个冬天,黄敬对张楠说:"介绍你妈妈入党吧!"在黄敬看来,这位足不出户,却早已把自己的身心交给了党的事业的母亲已经是一名合格的党员了。而后来的北平市委书记杨春甫证明,他在1938年联系的十几个党员中有一个就是母亲。

其实,那时候,娘并没有正式提出入党。她相信共产党,也不怕牺牲自己,但她是一个普通的母亲,她曾经许多次地问自己,如果有一天自己被捕了,敌人用孩子们的生命来威胁自己,自己能够承受得住吗?她知道一个母亲的心和感情是有多么复杂呵!她可以牺牲自己,但牺牲自己孩子的生命却不是常人可以做得到的,或许自己还需要经受磨炼。

1937年秋,黄敬送走了最后一批疏散的学生后也走了。他介绍杨春甫和娘联系,后来杨也住进了这个院子,这里依然是地下党联系和接头的地方。平西游击队常来人,那些又饥又渴衣衫单薄的人来到这里总是受到娘的热情款待,娘一次次地把父亲的好衣服和家中的金银首饰交给他们。

1939年,娘五十岁的时候,她终于带着最小的儿子离开家跟着杨春甫去了晋察冀边区。在大扫荡中她几次从危难中闯过来,最危险的一次是1940年在涞水县,一股叛变的土匪半夜里包围了村子,把干部和老乡绑着拉到河滩上处死,她被打得浑身是伤,眼看着一个个同志被处死,还有几个就轮到她了,就在这时候,土匪们大喊:"敌人来啦……"混乱中她终于逃脱出来,当八路军给她解开绳子的时候,胳膊上的肉也一起粘落下来。更令她心痛的是1941年,只有十七岁的小儿子在敌人大扫荡中患了肺炎,她日夜守候却无法挽救他的生命,儿子在临终时说:哪次战斗牺牲的都是他母亲的儿。你好好革命吧,你待别人跟你的儿子一样,你的儿子不是很多吗!儿子的不幸病逝,使她遭受了几乎无法忍受的打击,但她没有后悔,她知道自己经受住了失去孩子的考验。1942年,她郑重地提出入党申请,并含着眼泪听到支部书记说:党早就等着你,你早就该提啊!

1936年前后,这个院子里发生了很多事情。

张楠忙着参加学联和"民先"活动,在城市和农村宣传抗日。她活跃、能干、坚定、充满了朝气,也不乏追求者。一个一直就喜欢着她的男生就找到家里来,请娘对她多加管束,免得遇到危险。没想到娘笑笑说:危险的事总得有人来干哪! 比张楠大好几岁的黄敬对张楠也充满了好感,感情就这样地来了,他的关心和爱慕之情让周围的人一眼就能看出来,但张楠好像并不为之所动。她正受到另一位中国大学同学王拓的猛烈追求,这是一个长相英俊、帅气得像是电影明星的男孩子,他经常出现在张家门前,并不进门,也不拉门铃,只是往信箱里投下信件就走了,这种充满着炽热语言的信有时候会上午一封下午一封地出现在信箱里,这不能不使张楠心动,相比之下,黄敬就显得老成了许多。

张家二小姐的演剧活动已经从学校扩展到了社会。1937年初的一天,张瑞芳见到了来自上海左翼的崔嵬。一个由陈波儿、崔嵬、李丽莲、吴似鸿、丁里等文化人组成的前线慰问团路过北平,应邀在燕京大学公演四个独幕剧,其中《黎明》缺少女主角,学联决定推荐张瑞芳扮演。就这样,由荒煤创作的这部独幕剧成了张瑞芳演出的第一部抗日题材的剧目,而崔嵬成了她思想和艺术上的启蒙人。

《黎明》写的是一个普通家庭的苦难生活,女主角莲香是一家日本纱厂失业工人的妻子。从未吃过苦的张家小姐对这样一个角色可以说完全是陌生的,担任导演和男主角的崔嵬一遍遍地给她讲述上海女工的生活,提醒她一定要把一个失业女工的感觉、一个病危孩子的母亲的感觉表现出来。凭着她的灵气和悟性,她终于表演得很成功。

接着,她又和崔嵬演出了《放下你的鞭子》。正值清明时节,北平学联组织了全市学生的春游活动。大卡车一辆接一辆地把几千名学生送进香山,在一层层围起来的人群中锣鼓响了起来,崔嵬演老汉,张瑞芳演闺女。虽然事先她并没有读到剧本,也没有什么排练,情节和台词都是老崔临时编的,表演也都是即兴式的,但在老崔的鼓励和帮助下演出却非常成功。演出期间,场上不断地掀起高潮,演员和观众

崔嵬和张瑞芳在香山
演《放下你的鞭子》

形成了强烈的情感互动,谢幕时数千人此起彼伏的掌声、口号声、抽泣声连成一片,瑞芳跟着老崔转着圈地向大家一再鞠躬,连尾随而来防止学生闹事的警察队长也自己掏钱买了汽水塞到他们的手里,连连说:我家也在东北,我也不想当亡国奴啊!从来没有经历过这种场面的张瑞芳被深深地感动着,眼里一次又一次浸满了泪水。

这是和女一中戏剧研究会的演出完全不同的体验,张瑞芳由崔嵬带领着前往一个又一个的地方演出,老崔满腔热情的信念和艺术家的性格感染着她,那些来自普通观众的强烈情绪包围着她,使她没有一天不在兴奋和激动中度过。出现在那时候剧照里的她完全变了一个样子:她身穿从老乡那里找来的夹袄和花裤,端庄的脸上露出的笑容是淳朴的,那件看上去有些局促的短夹袄紧紧地裹着她青春洋溢的身体,她的眼神里充满了渴望,是对未来的渴望,抑或是对挑战命运的渴望!她还是那个常常要围着娘撒娇的二小姐吗,还是那个穿着淡紫色的花衣裳在圣诞夜里唱着柔美的赞颂歌曲的小姑娘吗?很长时间里,在优雅的表演舞台上,一向演戏都很投入的她已经找不到感觉了。和余克稷的初恋令她迷茫,那大半抽屉的充满热情缠绵语言的信件也好像失去了最初的魅力,还有在学校里一直呵护着她、追随着她的新男朋友郑曾祜……这些都阻挡不了她追求新的生活,她满脑子里都是

"唤起民众,抗日救国"的呼声,那些此起彼伏的口号和密密匝匝的人群萦绕着她,推动着她,生活和时代的洪流正不可抗拒地把她引向另一个方向。

或许,变化最小的还是三妹张昕了。这个聪明文静的姑娘,还在认真地读书,她没有放弃最后一线上大学的希望。她既没有像大姐那样整日活跃在外,不断地把各种新鲜的思想带到家里来,也对二姐的戏剧活动不感兴趣,她做着自己的事情,看着自己的书,不论是初到这个院子里来的荣高棠,还是荒煤,都把她看成是小女孩,低头望向她,问道:上几年级呀?

很多年后,荒煤还提起第一次被张瑞芳领着,到法通寺10号时见到张昕的情景,"她那时候还是个小姑娘,在院子里跳绳呢!"那时候,他们正在黄敬的领导下成立北平学生移动剧团,准备秘密离开北平到南方去。他无论如何也没有想到,几年后,他会和眼前这个还在梦想着考大学的女孩生活在一起,并携手走过了半个世纪的风风雨雨。张昕不承认有这样的场面。事实上,当时她最烦的就是他们把她当做小女孩看待。她觉得自己早就长大了,她已经好几次帮张楠给女一中的人传送信件了,连《国际歌》都是她教给张楠他们唱的,因为,她的五线谱水平比他们都好。

然而,荒煤却保留着树影婆娑下张昕跳绳时的身影,那轻盈的身影和老宅一起就像是一幅年代久远的照片,永远地留在了历史的档案里。

别了，北平

我对张昕老师说：1937年，沦陷后的北平是什么样的啊？

说这话时，是2005年冬天的一个日子里，温暖的阳光照射着张昕老师家的客厅，阳台上的绣球花正吐露着娇艳的红色。

她微微地眯起眼睛望着我，好像在谈论一件并不遥远的事情：

"我记得，那时候城里特别安静，静得有些吓人。"

张瑞芳老师也在回忆中这样说：

"北平城内一片死一般的沉寂……"

1937年7月7日，在过去了很久以后，在今天的人们只能依照想象来揣测那些逝去已久的年代的时候，人们也仍然不敢忘记这个日子。

史书中是这样记载：

> 1937年7月7日夜，卢沟桥的日本驻军在未通知中国地方当局的情况下，径自在中国驻军阵地附近举行所谓军事演习，并诡称有一名日军士兵失踪，要求进入北平西南的宛平县城（今卢沟桥镇）搜查，中国守军拒绝了这一无理的要求。日军竟开始攻击中国驻军，中国驻军第29军37师219团奋起还击，进行了顽强的抵抗。
>
> ……7月28日，守军在死伤惨重的情况下，被迫撤离。

一觉醒来,北平陷落了,街上到处是日本人的岗哨,古老的城里,响起了侵略者的脚步声。那一刻,孩子们不再满世界地奔跑玩耍,长长的胡同里不再响着悠然的叫卖声,甚至连鸽子的哨音也不再明快嘹亮……经历了二十多天紧张的忙碌,经历了从未有过的团结一致,不惜一切代价支援前线后,北平终于陷入了死一般的沉寂,继而又开始了混乱,城里的人扶老携幼潮水般地往外跑,城外不知情的人又成群结队地往里拥来。习惯了随波逐流生活的皇城百姓被战争和耻辱惊醒,不得不面对生死做出各自的选择,时代无情地改变着每一个人的生活和命运……

那些日子,鼓楼城下法通寺10号张家宅门紧闭,这所有着三进套、前后五个院和许多空地的幽静宅子更加静谧,夏天的太阳烘烤着高大的老屋和门前的廊子,围墙下成片的竹子,盛开着的月季都晒得有些发蔫,连屹立在草丛中的三棵老槐树也在炎热的空气中一动不动,好像预示着更大风暴的来临。

院子里的人们却没有一天能够平静。

大小姐张楠(张瑞珍)整日忙碌,似乎在筹划什么。她有时候和妹妹张瑞芳一起嘀嘀咕咕,有时又一天都不见人影。娘不止一次地想问问她,但早上起来,一转身,就不见了她那穿着灰色长裙的身影,问瑞芳,得到的也是含糊不清的回答,娘表面上不说什么,但她心里知道有什么事情很快就要发生了。

这所大院里的另一些人也更加忙碌,黄敬、彭真、姚依林、蒋南翔等中共北平市委的一班人马,他们经常是分别到达,一个一个地穿过院子一直走进三门里,进入东屋,然后整个院子就陷入了安静。

北平陷落了,如何保存实力开展抗日活动,身为中共北平地下党市委书记的黄敬做出了这样的决定,他说:北平已非久留之地,北平学生中的党员、民先队员、进步的青年学生,要分批撤走,到全国各地开

张楠凝立水边眺望远处,风吹起她的长裙,带起飘拂的思绪,透过青春的背影,我们仿佛看到她远眺的双眸。见到这张照片有谁不为青春的美丽而叹息,又有谁能够料到,不久之后她就和同伴们告别宁静的生活走向战争

展抗日活动。他表示,自己要坚持到最后一批再走。

要撤离北平,怎么走法?张楠问黄敬,是否可以以宣传队的形式走?黄敬觉得组织起来一起走的办法也很好。

事实上,"七七事变"前,在中共北平地下党的领导下,北平的学生们就纷纷组织起来,到农村进行抗日宣传。国立艺术专科学校的学生郝龙找到张楠和张瑞芳姐妹,商量一起成立宣传队到农村宣传抗日。同时参加的还有杨易辰(杨振玖)、程光烈、方深(曹述铎)、管平(管振堃)、胡述文、郭同震等。剧团还没有开拔,"七七事变"就爆发了。

为了安全起见,黄敬让张楠把宣传队的名单给他一份,调查一下这些人的政治面目,还准备给他们配备支部书记。

不久,黄敬就把组织调查的情况和决定告诉了张楠,很多年后,张楠回忆了黄敬当时的话:"你们这样组织起来出去很好,你们这次出去和原来打算出去宣传不一样了。组织上派了荣千祥(后改名荣高棠)做支部书记,他是清华大学的学生,名单中还有两个党员,一个是杨易辰，一个是东北大学的程光烈。"此外，黄敬还特别告诉张楠，郭同震（后改名谷正文）曾经被捕过，可能有叛变行为。对他要警惕，必要时甩掉他。

和张楠一样整天忙碌的还有二小姐瑞芳，即使是六十多年后，张瑞芳在回忆往事时也忘不了那个夏天发生的种种事情。

崔嵬与陈波儿一行人回上海去了，他和瑞芳的合作演出，带给她的不仅是表演艺术上的提高，更是思想上的拓展和启蒙。崔嵬走后，瑞芳开始投入"沙龙剧团"的演出，先是在《日出》中扮演女主角陈白露，潘经理和小东西由石挥和鼎鼎有名的白光扮演。"沙龙剧团"还请来了陈绵教授做导演，排演《雷雨》和《复活》，瑞芳分别扮演四凤和玛丝洛娃的角色。在同一个时间里，交错演出中外名著中的重要角色，这对正在话剧舞台上崭露头角的瑞芳来说具有多大的吸引力是不言而喻的。

就在这时，"七七事变"爆发了，卢沟桥的炮声彻底地打碎了张家二小姐平静的心情，各种消息不断地传来：在妙峰山打游击的学生，立即赶回北平参加抗战工作；在西苑参加军事训练的学生纷纷要求到前线去和士兵并肩战斗；城里各自为政的社会团体联合起来了；学联号召捐一万条麻袋，第二天北京大学和中国大学校园里就堆满了麻袋！还有长辛店的工人、卢沟桥的农民去前沿帮助士兵修工事、抬伤兵⋯⋯所有的一切冲击着她，使她再也无法沉浸在陈白露的角色里，有时候她嘴里念着台词，脑子里却不断闪现着和崔嵬在香山演出《放下你的鞭子》的情景：那层层叠叠的人群，那此起彼伏的口号声，那流着眼泪的青年朋友和平民百姓⋯⋯

一天晚上，瑞芳走进陈绵教授家的客厅，石挥和朋友们都在，她对大家说自己是来告别的，希望他们也尽快离开北平。原本打算在一起对词的朋友们都沉默了，大家在一起吃了最后一次为排戏准备的夜宵，然后送她出门，当他们穿过客厅走过静夜的花园的时候，远远地正听到从卢沟桥方向传来的隆隆炮声,那是二十九军和日本人在进行着最后的拼搏。

她把要走的打算悄悄地告诉了好朋友郑曾祜,郑曾祜瞪着吃惊的眼睛看着她,好一会儿说不出话来。他喜欢瑞芳,在学校里也总是扮演着呵护瑞芳的角色,为此还引起了其他希望和瑞芳搭腔的男生们的不满,他的自行车老是被扎,几乎天天要去补带。他还收到过恐吓信,警告他"不要老是和张小姐待在一起,否则小心你的脑可(壳)",没多久还真的挨了打。尽管如此,这个国立艺术专科学校教务长的儿子仍然坚持不离瑞芳左右。时间久了,大家也都习惯了,连瑞芳的姐妹们对他都有了一种认可。

一向被呵护着的二小姐竟然做出了这么大胆的决定,这让郑曾祜既吃惊又感到难过,瑞芳见状便劝他一起走,他的琵琶弹得很出色,可以派上用场,但郑曾祜下不了决心,他觉得中途辍学简直是不可思议的,他劝瑞芳还是把书读完再说。那天分手时,郑曾祜一个劲地流着眼泪,很是恋恋不舍,倒是瑞芳豪爽地说:一年半载我就回来了,大不了算我休学一年,到时候咱们再一起玩……

1937年7月的一天,在清华骑河楼的同学会里,荣高棠和黄敬、李昌坐在一起,低声细语地进行了一场谈话。黄敬对荣高棠说,有一批进步青年组织起来要南下进行抗日宣传,组织上决定派人去,希望他能够承担这个任务。

荣高棠没有多想就同意了,形势越来越严峻,党正组织进步青年离开北平,一批批的人在撤离,他知道自己迟早是要走的,组织让去哪里就去哪里吧。黄敬简单地说了一下剧团的情况,荣高棠去了以后公开的身份是剧团总务,实际上是党的支部书记……能交代的,就是这些了。

荣高棠匆匆离开同学会,汗水已经把衬衣的后背湿透了。这个二十五岁的清华大学的学生,生在河北霸县一个地主家庭里,他的父亲两耳失聪在家庭中没有什么地位,母亲却是性情开朗聪明伶俐,因为从小爱看戏,懂得不少事理。荣高棠受母亲影响,自幼好学,念完小学后就在家人的支持下到北平上了中学,之后又凭着良好的成绩考上了国立清华大学,并很快受进步思想影响加入了共青团,加入了共产党,并担任了北平市农委委员、书记。他精力充沛开朗活跃,有着满腔的爱国热情和永远都使不完的劲,好像从来就不知道什么事情能够难倒自己。就像那首歌里唱的:冲冲冲,我们是开路的先锋!冲冲冲,我们是开路的先锋!他一心只想做开路的先锋。

很快,荣高棠就跟着黄敬出现在张家的院子里。第一次见面,他几乎就喜欢上了他们,同伴们对荣高棠也很友好,那时候他刚刚在学校参加过军训,剃得短短的头发立在头顶,本来就长的脸显得更长了,调皮的张家姐妹立刻就给他起了个绰号"老尺加一",说他的长脸是布店减价的招牌,老尺还加上一尺,荣高棠呵呵地笑着,一点都不在乎。

和荣高棠同时出现在张家的还有来自上海的青年作家荒煤。

与荣高棠完全不同,荒煤是一个来自上海亭子间的年轻文人,他生于大上海,长于长江边,父亲是一个参加过孙中山组织的同盟会,参加过辛亥革命,一生历尽波折的老军人。童年时期,因为父亲长年漂泊在外,荒煤跟着母亲和姨妈生活,家庭时常陷于困境。沉重的压力使得荒煤变得早熟忧郁,他情感细腻性格内向,1934年就开始发表小说和散文了,他的小说集《长江上》和《忧郁的歌》很有影响。一个月前他从上海来到北平,原本是想到绥远前线采访,然后回到上海继续小说创作的,"七七事变"的爆发彻底改变了他的想法,他欣然应邀加入到这一群大学生中来,成为宣传队的艺术骨干。

1937年7月15日,年轻的一群人聚集在中国大学的一间教室里,召开了剧团成立会议。

郝龙来了,这个美术专业的学生个子不高,壮壮的,浑身都透着热情。随他来的还有郭同震,那个被黄敬提醒有叛徒嫌疑的青年。他身

昔日中国大学图书馆（左二读书者为王拓），而今，偌大的北平已经再也无法摆放一张安静的书桌了

材高大，浓眉大眼，据说是沙滩"民先"（住在沙滩附近，非学生组织起来的"民先"大队）大队长，人称"杂牌大队长"，在北平已经演过一些戏了，一介绍，大家立刻就笑着简称他为"杂牌"了。

杨易辰也风尘仆仆地赶来了。这是一个性情豪爽无话不说的人，大家很快就知道了他的身世。杨易辰出生在一个富裕家庭里，他的父亲多年前也毕业于中国大学经济系，在政府里有着一份很好的职业。杨易辰是独子，深得父母的疼爱，他本该过着平静富足的生活，但是，在沈阳读书的时候，一个突如其来的事件使他终生难忘，并永远地改变了他以后的生活道路。

那是"九一八"之夜，在沈阳冯庸大学预科高中的操场上，杨易辰和老师同学们一起被日本兵当做人质围困了三天三夜。那夜，警报凄厉火光冲天，端着刺刀的日本兵在四周架起了机关枪，强令校方交出训练用的枪械。后来，天上下起了大雨，被困的人又冷又饿，滴水未进的师生们支持不住就昏倒在地上。最终，为了大家的安全，校方不得不交出枪械，日本兵撤离，并蛮横地强令学生们当天全部离校不准再上课……正是这刻骨铭心的三天三夜决定了这个只有十七岁的少年，不顾家庭的反对毅然离开东北，只身前往北平打算投奔义勇军。那时候，父亲已经在天津工作，他途经天津时竟过家门而不入。父亲听说宝贝儿子到了北平,赶紧派人去接他,却遭到了拒绝。后来,父亲硬是让表叔把他拖了回来,苦苦相劝。没有能参军的杨易辰只好考入天津的河北省立法商学院读书。两年后,转入中国大学法律系读书,在那里他接触到进步思想,并在"一二·九"运动中跟着老同学任仲夷冲锋陷阵表现得十分勇敢,成为学生运动的骨干。

1937年7月15日,对于他们是一个极其重要的日子,那一天,还来了不少同学,他们相互介绍,有的以后再也没有出现过,有的却从此成为一生彼此依靠的朋友。

那天,他们讨论了很多问题,把剧团的名字定为"农村服务旅行团",他们还三三两两地抢着发表了慷慨激昂的讲话,一起唱歌,情绪激动而热烈……在过去了很多年以后,虽然他们几乎无法说清那天大家都说了些什么,但回忆起那一天时,感觉还是那样兴奋和新鲜,那一天,对于他们永远有着非同一般的意义,它决定了他们中间多数人以后的命运,张瑞芳后来填写履历表时就把自己参加革命的日子定在了那一天。在此之后的无数个漫长的日子里,他们都曾不止一次地想起过那一天,都曾很多次地在心里对那一天的情景做过回放,他们常常会把后来那些艰难的、快乐的、苦涩的、自豪的,许许多多的体验都融汇到那一天里去描绘和感受。那一天,和以后许多的日子交汇、融合,变成了一体,永远地镶嵌在他们的生命中。

1937年7月,在中共北平地下党的紧急部署下,北平进步学生们开始了大撤离。此时,被日本人占领的北平城里,所有与外面的交通都被封锁了,只有西直门火车还通着。荣高棠和黄敬商量后决定乘火车出城,不管到哪里,先出城再说。

很多年后,张楠在回忆中对他们的出城有过这样的描述:

　　那时,北平和外边的交通几乎全部断绝了,只有西直门的火车还通,我们同走的约有十一二个人,黄敬悄悄地陪着我们,除了荣高棠和我没有人认识他。到了车站一看,都是化了装的进步学生,一般市民早就躲在家里不敢出来了。我们上了一列火车,车厢已被挤得满满的,铁路上的人一看都是学生,就下令火车停驶,我们只好回来了。

一次没走成,我们还得想办法出去,过了几天荣高棠租了一辆中型长途汽车,我们想要冲出西直门,直奔香山,然后从妙峰山再到河北去。可是车到颐和园,就有老乡说,红山口已经被日本人严兵把守,根本过不去,车只好又开了回来。

第二次出城又没有成功,黄敬说:不管怎样,你们还是要尽快想办法离开。他要我们到上海去,通过国民党上层人士,取得公开身份和活动经费来源,然后在河北、山东一带开展抗日救亡工作。他把亲笔写给沈钧儒、邹韬奋等人的五封信交给了我,信纸很薄,字也写得很小,他还交给我二百元钱,说这是组织上给你们的,一定要节省着用,并叮嘱说一旦站住脚立刻想办法和他取得联系,他再设法把组织关系转过去。我接过钱,心里很激动……

他们就这样开始了出发的路程。第一次出城,几乎没有更多的准备,张楠还是穿着她喜欢的灰色上衣、灰色长裙,好像每天早上起来去上学一样。张瑞芳也依然身着她所钟爱的明蓝色系列,剪裁得体的蓝色旗袍,蓝色皮鞋依旧像平日里一样擦得铮亮。她们和荣高棠等人在西直门车站会合,黄敬一直跟随着他们,并站在远处,看着他们费了很大的劲终于挤进了一截闷罐车,才悄悄地离去。没想到第二天,当黄敬走进张家的院子的时候,惊讶地看到张楠她们又回来了。

第二次出城,他们和中国大学的几位教授一起,乘坐荣高棠租来的汽车,穿过行人稀少的城市,直奔郊区。颐和园就在眼前了,雕栏玉砌今犹在,只是朱颜改,他们望着往日熟悉的景色,每个人的心都被愤

这是张昕1936年在中学球场上拍下的照片,球网后面的她满怀理想,她喜欢读书,决定要上大学

憋挤压得透不过气来。然而,出去的路已经被日本人把守住,他们还是没有走成。

两次出城都没有成功,黄敬十分着急,经过反反复复的考虑,为他们设计了一条新的路线——到上海去。当他把亲笔信交到张楠的手上时,望着张楠充满朝气的红润脸庞,心情一时竟很难平静,这个曾经在"一二·九"运动中冒着生命危险健步攀上电车,发表了震撼人心演说的男子汉,早已从一个贵族之家的"三少爷"变为一个忠诚的革命者,但在他的内心里也存着无限柔情。说不清从什么时候开始,他已经把这个大宅院当成了自己的家,对张楠更是怀着一种温暖的让人激动的感情。他欣赏她高挑的身材,喜欢看她转身起步,然后挥舞着手臂把标枪远远地投出去的矫健身影,也爱听她滔滔不绝地讲述学校里面的各种事情,她的勇敢和热情,沉着和机敏,虽出身富贵,却不怕吃苦的劲头,都让他感受着一种青春的活力。但现在,他只有压抑住自己的感情送她走向远方,前面会有什么样的惊涛骇浪等着她和这些充满救国热情的年轻人呢,这已经不是那个时候能够细细考虑的了,只有走出去再说。

和黄敬一样,母亲也在为女儿和她们的同伴们不能出城而备感不安。看着他们两次出去又回来了,母亲的心情焦虑又复杂。大儿子已经离家去了黄埔军校读炮科,两个女儿又要出征了,留下正在准备考大学的三女儿和还在读初中的小弟弟,一家人就这样各奔东西,不知什么时候才能团聚,做娘的心里真不是滋味!不止一次,这位国民党将军的遗孀停留在丈夫的灵位前凝想,若是丈夫还在世,会同意他们的选择吗,那埋藏在内心深处的创痛和思念是那样的深,那样的绵长……现在,可能又要面临着新的创痛了!尽管如此,她在孩子们面前没有流露出一点忧伤。她知道,此刻留在北平已经没有出路,更何况她已经做出了选择。自从张楠把那些新的思想带回了家,自从黄敬他们把这个宁静的大宅院变成了中共北平市委的秘密办公地点,经过了一个时期默默的观察和思考,她已经相信跟着共产党是有希望的。

她开始细心地为孩子们的出发作着准备,穿的、用的,能想到的都尽可能地备一些,还拿出一笔钱,分成两份,分别交给两个女儿各自保管。在此之前,这位母亲已经多次资助参加抗日救亡运动的年轻人们,崔嵬没有钱了,她让瑞芳送去二十元,荒煤"断粮"了,她让张楠送去二十元……夜晚的灯光下,面对两个从来没有离开过家的女儿,娘一再细细地叮嘱着,要她们小心冷暖,要瑞芳听姐姐的话,连在外面如果遇到舅舅们阻拦该怎么办都作了交代。她叮嘱女儿们,不要听亲戚们的话也不要接受他们的钱,勇敢地按照自己的意思去做事情。在娘的帮助下,张楠用油纸把黄敬的信裹成一根细纸棒,小心翼翼地塞进一只半空的牙膏筒里,娘还在一旁连连嘱咐着:你们这两个马大哈,什么都丢了,这只牙膏也不能丢啊!

一切都做了准备,只等着一个合适的机会。

这个机会终于来了。8月7日,北平到天津的火车通车,听到这个消息,他们立即做出决定,由荣高棠、郝龙、荒煤、张楠、张瑞芳乘坐第一天的火车先期离开北平,前往上海进行联络。

8月6日深夜,两姐妹穿上花旗袍打扮成回南方的阔小姐离开了家,行前,她们既兴奋又不舍,几次想要到娘的床前告别,但看到娘好像睡得很熟,就打消了念头。其实做娘的怎么会睡得着呢,女儿一出门,娘就立即起身,追到窗前,一直目送着她们的身影消失在院落拐角处,很久,娘才转身默默地回到床上,发出了深深的叹息:没想到在这国难当头的时候,我们一家人却要分开⋯⋯

当太阳升起来的时候,他们出现在北平正阳门东的火车站。那是一个有着西式风格的老火车站。站门口上方的屋顶是弧形的,左侧是一个高高耸立起来的尖顶塔楼,结实的墙体上镶嵌着许多有着细密格子的长窗户,使整个建筑显出一种优美典雅的风格。

那天,依然骄阳似火,火车站上人潮涌动,荒煤一袭洋装和同路的刘白羽一起陪伴在两姐妹左右,荣高棠剃了个光头装扮成佣人跟在他们的身后。大家事先说好了,如果遇到日本人盘查,就说荒煤是她们的表兄,荣高棠是从老家来接她们的。

一行人裹在拥挤的人流中终于上了车。车厢里几乎全是流亡学生,大家或坐或站挤在一起都不怎么说话。端着大盖枪的日本人在站台上走来走去,时而趴在车窗上向里张望,或许是因为刚刚占领这座城市,还没有力量对付这么多的年轻学生,他们没有上车检查。8月炎热的气息释放着威力,使得整个车厢像是要着起火来,人们在难耐的灼热中沉默着,对着车窗外的日本人闪动着仇视的目光。

汽笛总算是拉响了,荣高棠松了口气,荒煤松了口气,大家都松了一口气。瑞芳望着窗外,炎炎烈日下的站台、树木缓缓地向后倒去,越来越远。她知道这次是真的走了,想到娘和弟妹们,想到不久前自己还在灯光明亮的剧院里扮演《日出》中的陈白露,沙龙剧团还一再邀请自己出演托尔斯泰《复活》中的玛丝洛娃、曹禺《雷雨》中的四凤⋯⋯那好像就是昨天的事情,而今天,自己却选择了离开,选择了走向抗日前线,这选择是对的吗?她看看旁边的姐姐,张楠正紧紧地抱着那个装有秘密信件的小包,一脸沉思地望着前方⋯⋯

就在这个时候,车厢里有人哼起了歌,沉闷嘶哑的歌声刚一响起来就得到了周围人们的响应,歌声从弱到强,渐渐地,变得越来越高亢,那一节节沙丁鱼罐头般密不透风的车厢就带着满车汗流浃背的青年们和他们的歌声,驶出了车站,驶向城外,开始了他们复仇的行程……

两个名字，一个剧团

1937年8月的一天，天津《庸报》在头版头条刊出大字标题：数千赤色分子逃亡来津。

荣高棠一行人，就是裹挟在这"数千赤色分子"的人流中来到天津的。

那天，火车从正阳门出城后一直走走停停，几乎每个小站都要待上一段时间，站台上人很少，只有零零落落的日本兵在巡逻。车厢里实在太挤太热了，有身手好的同学就索性从窗户钻了出去，双手抓住车顶把自己挂在外面，车开的时候迎风招展，惹得车里车外的人连连惊叹，好不羡慕。

经过了一天的颠簸，火车总算在黄昏时分到达天津，同学们急忙下车各奔东西。

按原定计划，荣高棠们要进入租界到杨易辰家去，但他们很快就发现通往租界的路口已经被封锁，所幸他们手里有钱，租了辆汽车，绕来绕去开了进去，终于找到了杨易辰家的小洋楼。

杨易辰的父亲因为时局的变动不愿在政界做事，正赋闲在家，他把房子腾出来安顿同学们。几年前由于担心独子的安全，他曾经对杨易辰苦苦相劝严加看管，如今面对大片国土的沦陷，这位父亲已经再也无法把儿子的安危放在最前面。

杨易辰忙着在家里接待从北平出来的同学们，人越来越多，卧室，

满怀爱国热情的杨易辰

书房,连厨房都挤满了人,实在挤不下,他又找到一个同学的亲戚,动员他把小学校舍腾出来接待大家,那里后来就成了北平流亡学生的一个落脚点。

在天津住了几天后,他们设法买到了四张英国太古轮船公司到上海的船票,决定荣高棠、荒煤、张楠、张瑞芳先走,杨易辰留在天津,等候剧团第二批人到达后再带人去南方会合。

他们又拎着简单的行李出发了,天津的轮船码头上是另一番战斗情景,无数准备奔赴南方的学生和难民们拥挤在一起,争相登船,船上已经挤满了人,吊梯也撤下来了,还有人从船头抛下很粗的绳索把人从船缘旁拉上船去。

一番拼搏后,他们总算上了船,这时候不要说船舱里面,连甲板上也没有什么空隙了。荒煤还算幸运,在一个捆锚绳的小铁柱旁站住了脚,张瑞芳就紧紧地靠着他站着,有时候,他坐在铁柱子上,瑞芳就蜷曲着身子伏在他的脚前睡一会儿。

轮船载着年轻人的梦想和希望起航了,那一刻,在遥远的海平线上,太阳正冉冉升起,迎着万顷波涛,年轻的荒煤眼眶湿润了,很多年

后,荒煤在回忆时这样描述:

> 当轮船一旦开出港口,行进在茫茫大海时,我记得正是黎明时候,突然响起了一阵嘹亮的救亡歌声,于是整个轮船沸腾起来,在歌声不断中迎来了朝霞。
>
> 直到此刻,一个多月以来的压抑感才消逝了,仿佛重新获得了真正的自由,自由地歌唱、自由地谈论、自由地呼吸、自由地想象……这是我过去从来没有体会过的自由!
>
> 我也感受到大海的自由,大海浩荡,尽情地展开那雄伟无边无际的蔚蓝的胸怀,温暖了数千名热血澎湃的青年的心,让他们尽情地歌唱爱国的心声,给他们展开想象的翅膀,祖国将如何振奋起来燃烧起抗战的烽火!
>
> ……这是我有生以来第一次对大海有这样深厚的情感。

海上的旅途同样不顺利,天气炎热,船上伙食差,经过了极度疲劳奔波的人们拥挤不堪,病号很快就越来越多。为此,在李昌等人的建议下,船上成立了"平津流亡同学会",走到哪里都很活跃的荣高棠和张楠成了同学会的骨干,负责和船长交涉改善伙食等问题。轮船行驶到烟台时,有人从对面开过的轮船上打来信号,告知上海去不成了,淞沪抗战爆发了。大海上,一船人就这么前不着村后不着店地困在了那里,不知何去何从。那天,海上的夜色很深,风很凉,流亡的感觉像海风一样袭透着他们疲惫的身心,使他们感到了发自内心的冷和悲伤。"平津流亡同学会"召开了紧急会议,张楠在会上提议取道青岛,她想到了在青岛铁路局机务段负责的三舅,建议向他寻求帮助,从青岛改乘火车到济南去,济南是南下学生的中转站,大家可以到那里再作打算。在她的建议下,第二天,轮船驶近青岛时,船上的多数同学分乘竹筏在青岛上岸了。

当张楠和瑞芳灰头土脸地出现在她们的三舅面前时,舅舅愣住了,过了好一会儿才一把将两个外甥女搂在怀里,差点哭出声来。李昌、荣高棠等人代表同学们向三舅提出了求助的希望,三舅答应了。很快,他就帮忙找到了一节车厢,挂在开往济南的货车后面。热心的三舅还给学生们送来几大桶饼干,他们终于可以上路了。

和娘的预料一样,在做完了这一切以后,三舅把两个外甥女叫到面前,要求她们留在青岛读书,不要再走了,她们没有同意。三舅又拿出钱来要她们收下,并恳求她们把同学们送到济南后再回到青岛来,她们也没有接受,两个人昂着脸坚决地表示:我们不会当逃兵的!我们要去打日本!看着两个小难民似的外甥女,舅舅很难过,眼泪一直在眼眶中打转,而两个女孩儿却毫不犹豫地和同学们站在一起,向舅舅和车站的同仁们鞠躬表示感谢,然后挥手上车了。

他们又开始了旅途,火车哐哐地载着他们向前,从沦陷了的北平出发,要去的上海也面临着沦陷,现在他们改道济南,那里又将怎么样呢……车在漆黑的夜里行驶,有股风从窗外猛地刮进来,使劲地吹拂着他们,行进中,疲惫的人们不再说话,几乎每一个人都在想着:什么时候才能回到家乡,什么时候才能再回北平呢?

北平,在遥远的黑夜里向着他们遥望……

1937年8月的济南一派忙碌不堪的景象,成千上万的平津流亡学生带着抗日救国的热情来到这个山清水秀的名城。他们来不及欣赏城市的美景就立即开始找寻那些需要人的抗日团体,街道边、马路旁的电线杆子上到处张贴着各种组织的招募广告,许多人就像没头苍蝇似的瞎跑乱撞,纷纷报名参加到各个临时成立的组织中去,还有一些人要去南京,济南就成了他们南下的中转站。

"济南平津流亡同学会"成立起来了,荣高棠他们一到就被安排住进大明湖附近的一所中学,安顿后,立即给黄敬发信告之剧团的行踪。

同学们马上就忙了起来。荣高棠、张楠四处跑着联络关系,荒煤开始创作《打鬼子去》,张瑞芳凭着记忆把《黎明》、《放下你的鞭子》的脚本整理出来,没有桌子,他们就坐在砖头上就着长凳写作。几天后,杨易辰、方深、郭同震、庄璧华等人也从天津经烟台赶来了,人员基本凑齐后他们打算先排练一组节目。

从离开北平,他们就过起了居无定所、朝不保夕的日子,现在总算是住下了,但生活的困窘立刻就显现了出来。他们睡在教室里,课桌就是床,没有被褥和枕头,好在正值盛夏,盖件衣服就可以睡。张楠和瑞芳两姐妹睡在一张乒乓球台上,用捡来的罐头盒当做枕头用,夜间翻身时,一不小心罐头盒滚落在地发出当啷啷的响声,惊得一屋子人都心跳不已。有时候睡不着,就不由得想起娘和北平那个温暖舒适的家……长这么大,她们还是第一次体验挨饿的滋味,每天只有两顿饭:馒头、芥菜丝、米汤。白天还好,饿了就找水喝,一到深夜肚子就咕咕叫个不停,偏偏隔墙的街上不时地传来卖烧鸡的吆喝声,这更让大伙辗转反侧难以入睡。一天,瑞芳实在忍不住了,想起临离开家时娘给的那份钱,一出发就被姐姐收走了,便悄悄向姐姐要烧鸡吃。张楠没答应。在家一向大手大脚的姐姐自从做了剧团的财务总管就变成了铁公鸡。她板着脸教训妹妹说:大家的钱都凑到一起了,到实在揭不开锅时才能用呢!瑞芳知道姐姐说得有道理,但还是忍不住露出了委屈的样子。张楠心软了,叹了口气跑了出去,回来后她把妹妹带到操场上,递给她一个纸包,里面裹着一只比鸽子还小的烧鸡。几十年后,瑞芳都记得那只自己一生中吃得最香的小烧鸡,记得大姐那半带心疼半带不满的表情,她已经顾不了那么多了,把纸包捧在手里小心翼翼地吃着,并且没有忘记让姐姐也吃一点,可姐姐拧着身子背对着她拒绝了。

为剧团改名正是这时候。一天,他们在报上看到邹韬奋发表的《战地移动剧团》,感到很受启发,原有的"农村服务旅行社"的名字已经不再适用,他们的阵地不再限于农村,而要向前线转移。经过一番热烈的讨论,他们决定把剧团定名为"北平学生移动剧团"。新改的名字使他们既自豪也很兴奋,事实上,在整个抗战时期以北平大学生命名的移动剧团也只有这一个。

黄敬很快就派北京大学的江凌秘密地送来了组织关系,转给了负责接洽党员关系的任仲夷。剧团怎样尽快取得合法身份,仍然是生存下去的首要问题,黄敬带话给他们:等团员到齐后赶紧去上海。

他们不能在济南久留,必须南下。南下还有一个计划,就是要找到崔嵬,让他加入剧团,这是荒煤在北平时提出来的。他坚持认为要担当抗日演剧的任务,必须有真正懂得戏剧的人参加剧团,眼前这支队伍,除了张瑞芳、郝龙以外多数都是没有什么演剧经验的大学生,他有些担心。

战时的铁路运输很不正常,等了好多天,也没有等到去上海的火车。正在这时,济南铁路局为流亡学生发了一趟去南京的专列,他们便决定到南京去。那天,南下的学生很多,荣高棠担任了大队长,他奔前跑后地指挥着同学们上了火车,却让自己的剧团发扬风格上了挂在火车最后面的一节运牲口的敞篷车。火车开了,坐在货物的缝隙中间,8月的风穿过原野吹拂着他们,开始他们还觉得挺舒服挺得意,没想到车刚过徐州就下起了大雨,他们急忙把包行李的油布解下来撑在头顶上。雨越下越大,水不停地从油布的四周流下来,很快敞篷车厢里就积满了水,行李也湿透了。正在焦急中,荣高棠忽然挥舞着手臂喊道:女同学们,别客气了,你们不能坐在水里呀,就坐在男同学的腿上来吧!哄笑中,女同学便纷纷毫不客气地坐到了男生们的腿上。雨还是下个不停,油布中间的积水越来越多越来越沉,眼看油布就撑不住了,荒煤赶紧站起来拿个棍子往中间一捅,水哗地从四周倾泻下来,洒得大家脸上身上都是,叫嚷声中,杨易辰带头诌起打油诗来:

> 车篷像牛肚,
> 老陈用棍杵,
> 四边直流水,
> 湿的是屁股。

大家又笑了,笑声在雨中显得特别清脆。

到南京后,剧团住进了设在下关八府塘中学的"平津流亡同学会"。费了一番周折,他们终于打听到黄敬介绍的五个人中只有沈钧儒在南京。商量后,决定荣高棠等人立即前往。

沈钧儒住的地方在中山陵附近,那里戒备森严,一行人刚刚走近就被岗哨拦了回来。荣高棠想起在天津闯租界的经验,没过两天就设法租了部车子开过去,居然很顺利就通过了,他们不由得暗笑,哨兵真是势利眼。

他们终于见到了沈钧儒。身为"七君子"之首的沈钧儒刚从监狱中放出来不久,身体有些虚弱,精神却没有半点颓唐,他个子不高,宽大发亮的脑门好像蕴藏着不少智慧,说话声音不大,但条理清晰字斟句酌。

张楠把黄敬的信交给了沈钧儒,黄敬曾在上海待过,他的化名、笔迹和口气都是沈钧儒熟悉的,读信后沈钧儒立刻表现出不同一般的热情。他很细心,考虑到自己刚刚出狱,不便出面,就决定写信给时任国民党中央宣传部长的邵力子,再由他把剧团介绍给适当的人。

有了沈钧儒的信,他们很快就见到了邵力子,邵力子又把他们介绍给教育部长陈立夫,陈立夫表示,用演剧的方式宣传抗日是好的,教育部也需要这种人才,但是他本人不懂文艺,于是介绍他们去见张道藩。

曾经西渡英国,凭着一身才气,成为伦敦大学美术部历史上第一位中国留学生的张道藩时任国民党教育部次长,在政治上他是陈立夫

CC派的骨干,在文化上颇有建树,被人称为"艺术全才",他创立的中国文艺社、国立戏剧学校培养了不少人才。令人遗憾的是,虽然有陈立夫的信他不得不见,但是面对年轻的学生们,他并没有表现出更多的热情。或许是因为明显地感觉到他所流露出的不信任,荣高棠、张楠看着他也不大顺眼,同去的瑞芳很多年后还记忆深刻地形容他,架子很大,人很讲究,头油亮得能滑倒苍蝇,像是一个花花公子。

张道藩一见面就不断地询问剧团成员的情况,包括学历、家庭状况、将来的打算等等。剧团的成员没有一个出身工人农民家庭,这似乎使张道藩稍稍地放松了一些。接着,他又询问剧团的演剧能力,这方面荣高棠早有准备,他着重介绍了张瑞芳在北平的演出,荒煤等人的戏剧创作,还有其他人的抗日演剧活动。正值国共合作时期,抗日救亡是全国人民的一致要求,他们的介绍又显得颇具说服力。张道藩听了说不出什么,想想,要他们先演出一次再说。

机会总算来了,他们立即把这个情况向沈钧儒作了汇报。沈钧儒很重视,嘱咐他们要认真准备,包括一定要租好的礼堂,印精美考究的节目单,尽可能要显得专业化,不要弄得就像个流亡学生组织等,并交给他们二百元钱作演出费用。有了沈钧儒的指点,他们心中有了底。这期间,他们只要遇到问题就找沈钧儒商量。沈钧儒告诉他们一条路线,可以避开哨兵不需要坐汽车就能进入,他们也实在没有钱可以再那样乔装打扮了。

他们全力以赴地投入到紧张的排练中。荒煤终于找到了崔嵬,但崔嵬却因为已经加入了演剧三队不能脱身,三队见到他们还生出想把张瑞芳也挖走的念头,瑞芳既忘不了和崔嵬在北平演戏的激情和收获,更不想离开姐姐和大家,荒煤见状,赶紧打消了拉崔嵬的念头,转而邀请姚时晓,姚时晓的到来为剧团增添了艺术骨干。

正在这时,荒煤又意外地碰到了从上海流亡出来的丽尼(郭安仁),好朋友相见格外激动,丽尼使劲地摇着荒煤的肩膀说:上海的朋友们都传说你在北平沦陷时遇难了,我们还准备给你开追悼会呢!说这话时,他的眼里噙着泪花。荒煤顾不上多说什么,立刻要求他支援剧团,荒煤的《打鬼子去》已经完成,两人又合作夜以继日地赶写出了独幕剧《北平:七二八之夜》。

1937年9月的一天,在南京国立戏剧专门学校的礼堂里,北平学生移动剧团的首场演出拉开了帷幕。演出的剧目有话剧《打鬼子去》、《北平:七二八之夜》,大鼓《卢沟桥之夜》和歌咏《松花江上》、《海军歌》、《空军歌》等。

《打鬼子去》讲述的是一个悲惨的故事。在北方一个平静的村庄里,乡亲们过着安宁的生活,然而日本鬼子的到来打破了这里的一切。他们抓走了村里的男人,留下老弱妇孺过着担惊受怕的生活。陈老汉的儿子和邻居张大哥都被抓走了,一天,鬼子再次闯入村子强奸了张大嫂并杀死了她的孩子,张大嫂在强烈的刺激下疯了。被抓去的男人们终于逃了出来,配合中国军队打鬼子,投入了抗日的行列。

这是首场演出的重头戏,瑞芳和荒煤担任了主角张大嫂和陈老汉。瑞芳第一次扮演一个被凌辱的农村妇女形象,开始排练时还有些生疏,在荒煤的启发帮助下,她很快地把握了人物感情发展脉络。那天开场前,张瑞芳从幕布后看到场上黑压压的观众,心里还有些紧张,但戏一开始,她很快就忘了一切,沉浸在人物的悲惨遭遇中。丈夫的被抓使她陷于悲伤,被鬼子奸污使她悲愤到痛不欲生的程度,但因为有孩子,她还要挣扎着活下去。然而,孩子的被害终于使她失去了最后的精神支柱。随着一声撕心裂肺的喊叫,张大嫂彻底崩溃了,她满手是血抱着死去的孩子向台下冲去。那一刻,刚刚二十岁的瑞芳把自己彻底地变成了一个无助的村妇,她流着眼泪喊叫着摔倒在台上,又不由自主地像戏曲中的跪步那样,一步步连跪带爬地下了场,当她扑倒在后台盖道具的苇席上时,还浑身发抖地不能控制自己。

台上的演出还在继续,有记者出现在张瑞芳的面前,告诉她,就在

《打鬼子去》，荒煤饰老汉（中），张瑞芳饰村妇（左），张昕饰孙女（右）

刚才，当她演到张大嫂发疯的时候，台下一个维持秩序的宪兵也突然发了羊痫风，那个士兵的家乡就在卢沟桥。记者问瑞芳，是怎样演好张大嫂这个角色的，瑞芳好像没有听明白，她还沉浸在巨大的悲痛中，一句话都说不出来。

《北平：七二八之夜》讲的是北平沦陷之夜的情景，丽尼应荒煤之邀扮演了剧中学生会负责人的角色，因为没有舞台经验，他很紧张，刚一上台就连连忘词，越急越想不起来，弄得和他配戏的瑞芳只好在一旁连连救场，总算没有影响到全剧的演出效果。从台上下来瑞芳就发了脾气：这太不像话了，连词都忘了！丽尼满脸通红，犯了大错般地站在一旁低头不响，荒煤急忙上前拉拉瑞芳：你看他多难过啊，别当着这么多人嚷嚷！瑞芳不好意思地伸伸舌头，不说话了。

那天的演出，剧团每个人都倾注了自己的全部热情，在台上他们是演员，在台下他们是化妆师、管道具的、管服装的，每个人都全力以赴不敢有丝毫马虎。荣高棠的演剧才能一开始就不被导演荒煤看好，荒煤不喜欢他一说话就爱伸出两个指头的样子，但荣高棠的大鼓书水平却是上乘的，小时候荣高棠总喜欢在街口摆把小板凳听西河大鼓，听得多了就会唱了。《卢沟桥之夜》是杨易辰创作的，写的是"七七事变"中国军人吉星文的事迹，经荣高棠一唱愈显得神龙活现，赢得了全场热烈的掌声。

首场演出,按照沈钧儒的嘱咐请来了邵力子、陈立夫、张道藩,还邀请了王昆仑、曹孟君等著名人士,以及文艺界、新闻界、平津流亡文化界人士、"平津流亡同学会"的很多同学。剧场里挤得满满的,正是兵临城下的时刻,演出取得了强烈的反响,从开始到结束,场上掌声不断,一个高潮接着一个高潮。演到一半时警报突然拉响,日本飞机轰炸的声音传来,演出不得不中断,张道藩表现得沉着镇定,就在现场亲自指挥维持秩序。轰炸声一过,演出接着进行,那警报就好像给演员和观众注入了兴奋剂,场上的情绪更加高涨了,大合唱就在这种情绪中进行,几乎所有人的心都被震撼了。

演出取得了成功,无论是政治上还是艺术上都挑不出什么毛病,张道藩很满意,要他们在新街口新建的大剧院再演一场。除了团员们,最高兴的还数沈钧儒了,他不仅为年轻人充满激情的演出感动,同时也为自己完成了黄敬的托付而欣慰,他有种预感,黄敬期待的结果怕是没什么问题了。

果然,不几天张道藩就通知他们,要他们留在教育部,成为教育部属下的剧团。听到这个消息,没有思想准备的他们反而着急起来。他们知道,如果留在教育部势必被控制起来,这不仅对开展工作不利,对黄敬交代的要回到华北地区活动也会造成很大的阻碍。商量后,他们不得不婉言拒绝,表示希望到山东、河北一带去。理由有两点:一是同学们都是北方人留在教育部在南方宣传恐有语言障碍。二是山东、河北离家近,仗打完了好回家读书。张道藩不太高兴,觉得被驳了面子,但还是答应了他们的请求,决定让他们到山东去,由山东省教育厅领导。

经过一个多月的努力剧团终于取得了合法身份,大伙儿都高兴极了。

还有一件令人高兴的事,三妹张昕终于无法再待在北平读书,她

三姐妹在兖州。她们穿着的黑色棉大衣被戏称"黑虫子"

和同学一起从烟台赶到南京,和两个姐姐在南京团聚了。姐妹相见分外亲热,张楠、瑞芳围着张昕不停地询问娘和弟弟的情况,瑞芳还急着向她描述离家后的一个月是怎么过来的,张楠还有一件重要的事,她打断两个妹妹没完没了的话题,把张昕拉到一边问她带了多少钱,把临行前母亲给妹妹细细地缝在被子里的几百元钱全部拿出来充公了。张昕对姐姐的做法毫不反对,只是她对演戏兴趣不大,不过大家很快就发现了她另外的特长——写有一手秀丽的字体,这对剧团油印小报、制作宣传材料大有用场。张昕得意起来,她这个聪明活泼有点厉害的中学生,现在终于和一直把她当成小孩看待的大学生们在一起了,谁也不敢再小看她了。

剧团初战告捷,又增加了张昕、胡述文几个人,扩大了的队伍情绪高涨,准备再次返回济南。

离开前,荣高棠、张楠分别前去与沈钧儒、张道藩辞行。张楠见张道藩已经好几次了,一次在他家里,他正在画油画,画的尺寸和气派都很大,他就站在那里,一边随意地涂抹着油彩一边和他们说话。还有一次是"九一八"纪念日,张道藩说他要吃素。这次辞行就在张道藩的办公室里,一见面他好像不太高兴,不知是不是对他们的行为有所察觉,开始说话没一会儿,就突然骂起沈钧儒来,他说这些人很坏,他们就是听共产党的,共产党就是听苏联的,他们抗日就是要和苏联接上头……张楠坐在那里只是听没有吭声。转而,他又追问起张楠的家世背景来。

当听说张楠父亲的情况时,张道藩有些吃惊,他把身子向前倾斜着盯住张楠,用尽可能恳切的口吻说:像你们这样的家庭,就应该赶紧回家继续读书啊!你这么一个年轻的女孩子,还带着两个妹妹跟着这么跑,多危险!还是赶紧回家吧!张楠嘴硬地说:家已经让日本人占了,要回去,我们还出来干吗。张道藩更加不高兴了,教训地说:你打算干什么?你这样做不对!你要对你的妹妹们负责任!你们这样跑来跑去,谁知道将来会碰到什么情况!他站起来在屋子里来回走了几步,转身又指着挂在墙上的一幅地图越发显得激动起来,"你要知道,共产党北上抗日并不是为了打日本人,陕北离苏联很近,共产党是打算在抗日战争形势不好时,就近投靠苏联……"他滔滔不绝地说了许多红军长征如何如何的话。

张楠始终不做声地听着,将来会遇到什么情况?她真的不知道,从走出家门的那一刻起,她就知道危险随时都可能降临。北平,那个温暖的家,在母亲身边那种平静的感觉从来没有像现在这样觉着珍贵。她当然也为妹妹们的安全担心,可是,她从来没有怀疑过自己的选择,并且对前途满怀着信心和希望……

张道藩讲累了,才回到正题上,他让剧团到济南找教育厅长何思源联系,并表示要给剧团派一个团长去。

离开南京时,已经有种风雨飘摇的感觉,日本人越来越逼近,政府正准备撤离,老百姓人心惶惶。他们怀着不安的心情离开这里,虽然打了一个胜仗,争取到了立足的机会,但离开时,心中仍有种说不出的感觉,更让他们想不到的是,仅仅两个月后,日本军队就开进了南京,在这座美丽的历史名城里进行了惨无人道的大屠杀。

还有一件事是他们无论如何也想不到的。很多年以后,正是这一段历史使剧团的所有成员都被定上了一条共同的罪状——投靠国民党参加特务组织,而他们以后的种种活动都被说成是特务活动。他们在"文革"中受到了严厉的批判和斗争,造反派责问他们:你们去什么地方不行,为什么偏偏要去国民党统治区? 他们解释,没人听,他们申辩,被呵斥为不肯认罪,只能罪加一等! 面对着种种"罪证",他们哭笑不得,只能仰天长叹。

移动在前线

9月末,天气刚刚有些凉意的时候,他们回到了济南,那个山清水秀但已被战争的烟云密密笼罩着的地方。

在教育厅,他们见到了何思源。

四十岁出头的何思源中等身材,有着几分儒雅气。他曾经是"五四"运动和新文化运动的积极参与者,后留学美国、欧洲接受过不少西方先进思想文化的影响,1926年回国后加入了国民党,立刻被任命为"国民党山东省党部改组委员会"委员兼宣传部长。见到荣高棠们的时候,他已经在山东教育厅长的位置上干了近十年了。

面对由张道藩介绍来的北平的大学生们,何思源表现出了充分的热忱。他热情地接待了他们,表示同意把剧团收编为教育厅的下属组织。不过,他要求剧团改名为"山东省教育厅移动剧团",由张道藩派来的人任团长,原团长郝龙做副团长,荣高棠做总务干事。并承诺剧团所需经费由教育厅负责,每人每月生活费二十元,办公费实销(后改为每月二百元),剧团编制以后还可以适当扩充。

也就是在这个时候,黄敬从北平到根据地去,途经济南悄悄地来到剧团驻地山东省民众教育馆,得知剧团已经按照他的意思取得了合法身份,有了经济来源,他表示很满意。

见到黄敬,离开北平两个多月的张家姐妹更加想念娘和弟弟。她们围着黄敬打听消息,黄敬告诉她们,娘是坚强的,她一个人不仅支撑着家,还仍然担负着许多工作。娘的心时刻都在牵挂着外面的孩子们,有时,她会不经意地张口就叫出她们的名字,然后就"嗨"的一声,好久不再吭声……张昕听着先低下了头,这些情况两个姐姐走后她就见到过,想到现在娘在错叫名字的时候又多了一个自己的名字,她的心里酸酸的。黄敬还带来了娘为她们姐妹三人精心缝制的丝绸背心,背心的颜色不同,为了不引起矛盾,细心的娘还在每一件背心的里面绣上了她们的名字。抚摸着柔软的背心,姐妹三人的眼里都不由得浸满了眼泪,她们仿佛看到娘在灯下缝制衣服时的样子,那背心上面好像还留着娘的体温和娘身上熟悉的味道。

黄敬走了,程光烈、王拓、管平等人先后赶到剧团,至此,团体的十五个人全部到齐。

张道藩派来的团长钟志青也很快到任。钟志青,中校军衔(后来知道他是个中统特务),中等身材,相貌端正,初见一副大大咧咧的样子,身边还带着一个专门服侍他的勤务兵,这让剧团的大学生们很有些看不惯。

为了不使钟志青一人独断专行,荣高棠们提出延用剧团成立时的领导机构,实行民主集中制的组织原则。剧团的最高权力属于全体团员大会,由团员大会产生执委会。执行委员会(后改称干事会)由团长、副团长、总务干事三人组成。钟志青是团长,副团长郝龙虽然并不十分清楚总务干事荣高棠的身份,但也猜出十之八九,他很快就和荣高棠形成了联盟,共同对付钟志青。三个执委,在决定大的问题时,常常形成二比一的局面,钟志青反倒得听荣高棠们的指挥了。

何思源默许了大学生们的意见,他表现得比较宽容。钟志青虽然不大满意这种做法,但何思源没说什么,他也不好多说什么。

他们还建立了团体经济制度,财务有专人管理,每人每月只发五角钱津贴,其余的钱交由集体统一使用。

剧团内部做了分工,有对外联络、编导、通讯、壁报、服装道具管理等。荣高棠负责和兄弟团体、当地政府驻军联络,荒煤、姚时晓负责编导,杨易辰、程光烈、王拓负责发通讯、编辑移动周刊,剧团的每一个人都是演员、合唱队员、舞台工作人员和后勤服务人员。

剧团还规定了生活工作制度,早上按时起床、出操、练习唱歌;白天排练剧目、出壁报、到街头巷尾做宣传;晚上演出,演出后召开每日例行的工作会议,各人汇报当天工作,执委会宣布当天发生的大事,安排次日的工作。星期六召开一周总结会,他们戏称为"过星期六"。

他们开始了一种半军事化的集体生活。

每天,从驻地山东省民众教育馆出发到省府礼堂排戏,经过大明湖时,是他们特别高兴的时候,清晨的风吹拂着他们,鱼儿在清澈的湖底自由自在地游动,岸边垂柳掩映,珍珠泉腾起晶莹的水花,他们时而在水边奔跑跳跃,时而放开喉咙歌唱,女同学尖脆的笑声常常传得很远,眼前这美好的一切让他们暂时忘却了战争和忧愁。

然而,忘却只是暂时的,前线的风声不好,战局吃紧,一批批聚集到这里的流亡学生,开始向前线各处转移,街上防空警报时常骤然响起,压在人们头上的战争阴云越来越重,他们焦急、担心,但毫无办法,只有当他们走上舞台的时候,才能把这些积存在心里的忧愤宣泄出来。

在省民众教育馆的第一次演出就很轰动。那天,场内座无虚席,演员们感情充沛,全身心地投入演出,无论是悲伤的女孩,还是身心疲惫的老汉,或是勇猛的抗日战士、奸诈的日本兵……一个个形象逼真活灵活现,场上场下高潮迭起,悲情在演员和观众中传递,演到快结束时,观众中,一个人嚎啕大哭着冲出了剧场,这个人就是民众教育馆的馆长,东北人。

在省府礼堂演出的时候韩复榘来了。先是进来两个侍卫,抬着一把大太师椅放在礼堂后面紧靠墙壁的地方,接着韩复榘大摇大摆地走进来坐在太师椅上,属下们都坐在他的面前,据说他喜欢这样坐,一切

1937年移动剧团在济南慰问伤员。二排左起：郝龙、张楠、张瑞芳、胡述文、张昕、伤兵团长、郭同震、荒煤。三排左二起：荣高棠、方深、程光烈、姚时晓、王拓，右一：杨易辰

尽收眼底，有安全感。那天，他兴致勃勃地看过演出，立刻就下了一道命令：允许剧团在山东境内整个第三集团军巡回演出。这样，剧团在山东就畅行无阻了。

在济南，他们工作了三个月，演出数十场，还录制了抗日歌曲，通过电台播向全国。

11月，济南面临着沦陷，大学生们已经分散殆尽，许多政府机关开始迁移，尘土苍苍的路上，赶路的人越来越多，有匆匆行进的军队，有夹杂在人群中难以快速前进的汽车、马车，有背着行李扶老携幼的难民，还有刚从农村逃出来的妇孺，他们拖着肮脏的行李，睁大了眼睛望着陌生都市庞大的建筑和路灯。

剧团出发到周村、长山一带演出。这是他们真正地走进农村，走进军队，走进现实社会。

初到农村，给他们印象最深的是贫穷，很多地方都刚刚闹过饥荒，破旧的房屋，衣衫褴褛的大人和孩子们，因为前一年地里没有什么收

成,人们普遍吃不饱肚子,还有的人就因为穷当了汉奸。眼前的一切使大学生们受到很大的震动,站在这片贫瘠的土地上,每个人的心里都感到说不出的沉重。

他们的出现同样给偏僻的农村带来了不小的轰动,很多人从来没有见过洋学生,更不习惯女人抛头露面,农民们像看西洋景一样尾随着他们,还有的人就傻呆呆地站在窗外张着嘴巴观望,一站就是两个小时,弄得他们哭笑不得。

面对着这些没有文化的农民,怎样进行宣传呢,他们接受了动员委员会的建议,把自己打扮成难民的样子走进村子,和他们谈话,给他们演出,教他们唱歌。在一些偏僻的地方,人们显得比较麻木,当日本人的枪炮声在不远处响起,他们也会自动地组织起来准备保卫家园,但情况稍有好转,他们又不愿接受训练了。另一些富裕开明一点的村子,就好多了,他们组织起来欢迎剧团的到来,他们聚集在土戏台子前一遍遍地观看演出,流泪,喊口号。他们还给同学们吃面条、煎饼,端出一碗碗的茶款待同学们,虽然他们自己好像从来就没有喝过茶。当剧团告别乡亲们向另一个村子出发时,他们也尾随着前进,孩子们跟在后面奔跑着,在麦田里打着滚,大人们则一直送出几里地还依依不舍,最后就站在路边目送着他们一直到看不见为止。这情景,让他们久久难忘。

除了贫穷,他们还看到了丑陋和黑暗,在不止一个地方他们遇到让人不理解和气愤的现象,那些压在农民头上的劣绅和苛捐杂税,那些为了财富之争忙着拉选票的党部官员们,光说空话不办实事的县长,还有连剧团演出用的油灯租金也要贪污的政府小夫役……他们不止一次地和县党部的人座谈,提出自己的看法,甚至和他们发生顶撞,却没有任何结果,贫穷和黑暗在他们心里存下的是一种伤痛和郁闷。后来他们遇到一位来自苏联的记者,还和他讨论起俄国十月革命苏联是怎样解决农村问题的……

和军队的接触也出现了一些他们想象不到的事情。

寒冬季节的山东雨雪霏霏,道路泥泞,一次演出后他们住在周村职工学校,刚好碰到一群从前线退下来的散兵也住了进来。被寒冷、饥饿、危险和疲惫困扰着的士兵们看到有女大学生顿时来了精神,几个人鬼鬼祟祟地徘徊在门口伺机行动。见势不好的荣高棠和杨易辰出来阻拦,没想到那些士兵反倒更来劲了,荣高棠急中生智赶紧把张家背景散布出来,才阻止了一场灾祸。还有一次,几个部队的军官索性找到剧团,直截了当地提出要剧团的几个女学生嫁给他们,荣高棠知道讲道理是没有用的,只好还是把张家的背景亮出来,那些人一听立刻说,原来是大小姐、二小姐、三小姐啊!冒犯,冒犯!再也不提此事了。事后,荣高棠惟妙惟肖地学着那些人的样子在女同学们面前表演一番,弄得张家姐妹哭笑不得。

到鲁西南一带演出时,当地驻扎的主要是刘汝明的军队,还有从前线撤下来的机关和逃难百姓。一天,刘汝明急着要见剧团,见面后人还没坐下来,就急着辩解,说自己的部队没有逃跑,报上登的消息不对。自己只是奉命调动部队,还拿出一些钱来,说给每个人买一支笔。

12月27日,济南终于沦陷了。听到这个消息的时候,他们正在曹县,听说沦陷前一天,日本鬼子在鹊山上安了大炮,冲着济南城整整轰了一天,整个济南陷入一片黑暗中,到了夜里,日本人的"膏药旗"就插进了济南。接着,济宁失守,泰安失守,河北、山西、察哈尔相继沦陷……他们就在这接连失守的消息中度过了1937年的最后一天。那天深夜,剧团的人都熟睡了,程光烈和张昕还在刻蜡版赶印新的剧本和宣传小报,他们一字字地认真撰写、校对,然后打开油印机,铺上蜡版,调墨、印刷,油灯映着他们疲惫的脸颊,两个人的眼睛里都充满了血丝,实在支持不住了就弄点凉水在额头上敷一下接着再干,当一张张散着油墨味道的小报出现在面前的时候,东方微现的晨曦正从窗棂间照射进来——1938年到了!他们在战争中迎来了中华民族浴血的一年!

济南沦陷后,山东省教育厅随政府撤退到徐州办公。剧团离开曹县步行出山东进入河南柳河,南下开封,又西行到兰封、考城(两县合并后成为兰考县)、民权、商丘后到达徐州。徐州是第五战区司令部驻地,是军事要地,全国学联、平津流亡同学会和许多革命团体都聚集在这里。战火中的相逢,大家备感亲切,纷纷交流经验,畅谈撤出平津以后的经历,举行了联合公演。李宗仁、白崇禧观看了演出并讲话。

徐州的伤兵越来越多,移动剧团除了演戏,还忙着慰问伤兵。一次,在医院慰问,伤兵们见到比自己小的学生们来演出、代写家信,都不由得想起了家中的老人和姐妹们,他们落泪了,有人还放声大哭,尽管如此大家还是表示,伤好了以后一定要再上前线杀敌。有两个女伤员,她们躺在病床上,身上裹着绷带,伤口上的纱布浸着血迹,苍白的脸上勉强浮着虚弱的微笑,这让剧团的同学们看了心里更加难过,女生们几乎都要哭出来了。

眼泪流过后是再次送同胞们走上战场。一次,他们在徐州车站上等待出发,正好一列火车满载着孙连仲的27师即将北上,几个宣传团体立刻在站台上排开队伍,向着一节节的车厢敬礼、高喊口号、唱歌,车厢里的士兵们,热烈地回应着他们,一时间,那个平时寂静的小站沸腾起来了,抗日的歌声此起彼伏。剧团的同学们高呼着"打回老家去!""收复失地!",士兵们高喊"打到东京去!""杀尽小日本!",人们的声音嘶哑了,但没有一个人肯停止呼喊,直到火车蜿蜒着如长蛇般开出站台,歌声口号声还在苍茫的夜色里回响。

最让他们难忘的是遇到了张自忠将军。

59军驻扎在徐州附近时,张自忠就邀请剧团到他的部队进行宣传,剧团还没有去,部队就转移了。后来剧团到驻马店时再次遇到59军,张自忠便把移动剧团接到军部驻地,专门搭了一个演出用的土台子,把一支支部队调上来看戏。他们在驻马店工作了一个多月,几乎

与张自忠将军在一起的情景是他们终身难忘的。照片前排左四为张将军,虽然岁月已使图像变得十分模糊,但仍能辨认出前排右二为张昕,后排右二为荒煤

每天都演出一场。

他们亲眼看到演出前张自忠给自己的部队训话,将军站在部队前面,用洪亮的嗓音大声地向官兵们询问:参加过第几次第几次战役的请把头低下,只见唰的一下队伍里许多人的头都低下了,他又接着问:参加过某地战役的把头低下,队伍中又是一批年轻战士的头低下了,几次询问的结果是,这支部队里的军官士兵没有哪个人是不曾打过仗的流过血的!张自忠挺着胸膛骄傲地挥舞着拳头:"你们都是好兵!为国出力了!"官兵们高呼着口号,群情激昂地回应着将军的鼓励。每当看到这种情况,移动剧团的同学们没有一个不感到热血沸腾。

有一部戏叫《反正》,描写沦陷区的士兵不甘受日伪汉奸的压迫,齐心铲除不愿抗日的军官,一起离开沦陷区。第一次在部队演出这个剧目时,军方有些不安,演出一结束,一位副军长立刻跳上台向士兵讲话,说剧中的长官不见得是不愿意抗日的,官兵一心都是为了打鬼子。以后每演出一场,长官必定上台演说一遍。

演出《烙痕》时，张自忠哭了，大滴的眼泪从这个倔犟勇猛的将领脸上落了下来。

一天晚上下起了大雨，剧团住的后台漏雨无法睡觉，大家就把行李搬到前台，坐在行李上唱起歌来。正在这时，张自忠披着雨衣，打着赤脚来看望他们，身后跟着参谋长和副师长等人。他逐个询问同学们家里情况，当听说张家三姐妹父亲的名字时，随同的参谋长惊喜地插嘴说，我是你们父亲的学生啊！接着感叹道：你看你们，本来是可以在家里享福的，结果出来受罪！张自忠又充满感情地对大家说："你们都是北平的大学生，看见你们，我心里很难过。日寇进攻北平时，我听从上峰的命令没有抵抗，一直感到有罪。外界人对我有误会……砸开我张自忠的骨头，要是有一点不忠的话，算我对不起中华民国……"

后来，张自忠还带同学们去看黄河，看着黄河滔天浊浪翻卷而来，大家在巨大的浪涛声中都感受到一种力量的震撼。

连续不断的频繁演出，使剧团面临新的问题，表现在台柱子张瑞芳身上更为明显。最初，她所扮演的角色多是靠着自身充沛的感情，但时间长了，就不可能总像第一场演出那样保持忘我的状态，而且无节制的感情宣泄也常常会影响下一场的演出效果。与荒煤姚时晓讨论后，她开始寻找可以激发情绪，使人物性格自然地推向高潮的兴奋点。在扮演《打鬼子去》中的大嫂时，她发现这个兴奋点是孩子的死亡，而更具体的刺激点是当人物伸手去摸孩子的刹那间，为了加强这个关键点，经过一番研究，他们在道具上下了功夫：把红墨水和糖拌在一起，使墨水变成了黏稠的汁液，然后用一块棉花将液体浸透，放在香烟罐里塞进孩子的襁褓中。当衣衫凌乱的张大嫂抱着孩子跟跟跄跄上台，一边拍打和呼唤着孩子的时候，她很自然地顺手摸到了香烟罐里吸满"血"的棉花，定睛一看，满手是血，那是孩子的血啊！张大嫂"啊"的一声大叫，人就进入了癫狂状态！瑞芳把这一抓设定为调动情绪控制情绪的关键点，借助这一外部刺激，比较准确地、有层次地把握了人物情绪的变化,成功地把人物的感情一步步推向顶峰,也调动了观众的情绪。

《林中口哨》是姚时晓创作的独幕剧,情节简单却冲突尖锐,富有戏剧性,且成功地展示了各种人物的性格和心理状态,使现实题材中充满浪漫主义色彩:在东北沦陷区,日本人为了抓捕游击队长李海把老弱病残的村民们集中起来一一进行拷问,村民们与日本人展开了反抗和周旋,戏的结尾树林里传来熟悉的口哨声,日本人心惊胆战,乡亲们的眼里露出得救的惊喜,李海带着游击队回来了……

这是一台展示了剧团全体人员才华的戏,姚时晓扮演李海的驼背哥哥,他在假驼背上包了一层干牛皮,当弯腰驼背的他被日本鬼子吊起来抽打的时候,鞭子打在牛皮上发出"啪啪"的声音,好像真的打在人的皮肉上,那一声声痛苦的惨叫,让在场的每个人都难以忍受。荒煤扮演老大爷,见到驼背被打,忍不住大骂一声,"有种自己去找游击队",被鬼子狠狠地抽了一记耳光,这位平素在村里有着很高声望的老爷爷,站在那里气得浑身发颤,连嘴唇都在颤抖。荣高棠扮演一个哑巴,平日一副可怜巴巴的样子,没想到鬼子审他的时候,他竟一反常态"咿咿呀呀"地跟鬼子理论起来,结果被鬼子一枪托砸到一边。在这场戏中,瑞芳扮演一个丈夫已被日本人杀害了的年轻寡妇,她和乡亲们一起被赶到大树下,日本人一个个逼问拷打大家,最后问到她:"你丈夫到哪里去了?"她愤怒地大声喊道:"让你们打死了,还来问我!"紧接着就破口大骂起来……开始时,导演姚时晓要求瑞芳一开口就要出其不意地把对手吓得后退几步,瑞芳总达不到这个要求,由于情绪准备过火,大吼一声非但没有达到吓退鬼子的效果,声音反而憋住了。后来,她不仅在角色的装扮上下了一番功夫,而且尽可能地体会现场的效果,接受周围事物的刺激,让感情随着其他人的变化逐渐达到高潮,到了剧情发展到日本人审问村妇时,她的情绪已经酝酿到了憋不住的地步,喊叫声冲口而出,那声音和气势直逼扮演日本军官的方深,方深是一个很有演剧才华的人,他总是非常容易就进入角色,那吼声把他镇住了,本能地身体向后一倾,脚跟也向后退了两步……整场演出,人物间彼此成功的配合推动剧情跌宕起伏,给观众留下很深的印象。

随着艺术水平的不断提高,瑞芳对表演越来越有把握了,在台上她不再感到孤立无援,她体验到戏是在与周围人物的相互刺激中产生的,演戏不能老是牵着自己的一根弦,必须把自己放到整场戏中间去,在对手身上抓东西,才能更好地完成人物的性格塑造。移动剧团的演出实践,为她以后的表演生涯打下了非常重要的基础。

剧团的演出成绩让何思源感到满意。钟志青也很以剧团的成绩为自豪,只是在一些小的事情上时常和荣高棠有摩擦,比如,他喜欢把自己的一点烟酒钱放到剧团的账目上,报账时就总是受到荣高棠的坚决反对,有时候两人还会吵起来,弄得满脸通红。钟还喜欢吹牛,每次演出前,要到台前去讲话,内容多是带点自我吹嘘的介绍:我们这个剧团可不一般,都是些清一色的北平大学生,我们的演出水平可是很高的……每当这时,荣高棠就会在一旁叫他:过来过来,快开演了!把他拉回后台。大学生们还是看不起钟,觉得他没有什么能力,有时还嘲笑他衣服虽然不错,但人却邋邋遢遢,表面看似大大咧咧的钟也并不生气。钟志青怕吃苦,有时候剧团到艰苦的地方去,他就借口要向上级汇报工作逃避了,荣高棠们也正好乐得躲开他的视线。

然而,钟志青对上峰的精神却是心领神会的。在济南时他听到韩复榘对演出的好评,喜出望外地跑来向剧团贺喜。不久,他又拿来一批张道藩的剧本,希望剧团安排上演,这显然是张道藩的意思。荒煤和姚时晓都不同意,商量后便以剧中人物太多,需要较好的布景,而剧团不具备这些条件拒绝了。

钟志青也会在关键时候向大家显示自己的能力。剧团经常出入部队驻地,时常会受到哨兵的阻拦。一次,钟志青把大家召集到一起,拿出一些空白胸章,颇为得意地说,这是他费了很大劲从上面弄到的,每个胸章上的军衔可以填写少校、上尉,有了它就等于有了通行证。他还有些炫耀地说:这就是资历呵,以后还可以填进履历表,放入档案呢!大学生们都觉得有些好笑,快嘴的张昕不以为然地说:那就把它刻在墓志铭上吧!胡述文拉长了嗓音说:那就把它贴在脑门上吧!一屋子的人都大笑起来,谁也没有理会钟志青尴尬的脸色。哄笑声中,写得一笔好字的程光烈自告奋勇地填写胸章上的姓名和军衔,他原想把郝龙、荣高棠、荒煤三人填上少校,其他人填上尉,不知怎么的,一不小心就把荒煤写成了少尉,大家又是哄笑一番……

事情在当时看来很简单,他们在哄笑后把写好的胸章戴在胸前,果然进城出城时不再受阻拦,行动起来自由多了,特别是女同学们,还有机会进城到澡堂去洗澡,这可是她们最盼望的事情……谁也没有想到,正是这件事情到后来竟成了他们无法说清的罪证,"文革"中,造反派们知道了这一细节,于是就有了"第三集团军分别授予团员军衔"一说,他们投靠国民党加入特务组织的事实变得更加凿无疑,对他们的追查和批斗也因此加大了力度,一时间,他们真是有口难辩!

剧团在战火中移动,就像惊涛骇浪中的一叶小舟冲破险阻努力向前。他们行进在满目疮痍的祖国大地上,敌人的轰炸是家常便饭,有时候是白天,有时候是在夜里,有时候就在身边,他们已经练就了以最快的速度钻防空洞的本领,但也有的时候,他们匍匐在可以隐蔽的地方,咬着牙,愤怒地注视着天空,一架一架地数着敌人的飞机,眼看着飞机投下来的炸弹在不远的地方爆炸起火,那熊熊的火焰好像就焚烧着自己仇恨的心。一次,夜行车,他们坐在车顶上,火车穿过敌机刚刚轰炸的地区,阴森森的,一连几里地都是废墟,那次轰炸死了两千多人,夜风里弥漫着烧焦的味道,好像包裹着无数死去人们的冤魂。

他们都变得粗犷和坚强起来,可以吃得好,也可以吃不饱,可以住好房子,也可以在漏着雨又湿又臭的茅屋里与牲口和苍蝇蚊子为伍。移动中,闷罐车、敞篷车和火车车顶是他们最经常待的地方。一次,在敞篷车上,下起了大雨,粗大的雨点从天上倾泻下来,他们无处躲藏,每个人都在瞬间湿透了衣裳,病倒了的同伴就躺在临时搭起的铺板上,身上盖的大衣无力地承接着从天上落下来的雨水。怎么办?他们高声地唱,大声地笑,雨水从头发上流下来,雨珠跳进张大的嘴里,雨丝的细沫迷蒙了眼睛,他们还是唱、跳、笑,他们的情绪感染着同敞篷车里的军人们,但当火车到站时,他们几乎支持不住了。后来他们换了车,仍旧是敞篷车,把四十八件行李重新搬到车上,雨已经停了,他们把车厢里的水擦干,拴上根绳子,晾上湿的被褥,把湿衣服换下来堆在一起,就那样倒在一旁沉沉地睡了……

从1937到1938年的日子里,他们就这样辗转于山东、河南、安徽数地,行程几万里,演出二十几个剧目,百余场戏,几乎每一场演出观众都挤得满满的。

他们忘不了那一次次的开幕闭幕,一次次地装台卸台,更忘不了寒冷的冬天里台下那些哭泣、吼叫的军人和民众。有很多次,台下和台上一起歌唱。有很多次,从观众中冲出怒不可遏的人奔上台去要打"鬼子"!他们鼓舞着观众,也被观众鼓舞着,并在这中间一次次地燃烧着热情。

然而,随着时间的向前推移,抗战初期速胜的心理渐渐地消失了,随之而来的是抗战前途如何,抗战能否取得胜利的困惑,眼见着队伍不断地撤退转移,他们的宣传、讲演也不得不针对这些问题,在内部他们也在不断地讨论着争论着……悲观的情绪渐渐地弥漫开来,这种伤感越来越多地袭击着他们,使他们逐渐感到难以自拔。

每天唱着:哪年哪月才能回到可爱的故乡,可是,这个日子究竟有多远呢!

来自亭子间的文人

1937年的那个夏天，荒煤无论如何也没有想到，自己就这样加入了一个由大学生组成的剧团。

他是6月间乘船离开上海，从天津转赴北平的。《北平新报》副刊以一则"小说家荒煤即将到北平"的消息报道了他的到来。

当他拎着简单的行李走下火车的时候，好像还没有完全从自己刚刚经历的事情中清醒过来。在天津看到的一切，就像是一场梦，他见到了童年时代产生过许多美好感情的谢阿姨和她的女儿海丽，她们曾经在他孤独的童年生活里给他带来不少安慰，为他灰黯的空间点燃一道亮色。如今，时光逝去，他心中的"圣母"已经成了一个依偎在商人老头身边吸着鸦片的姨太太……他还见到了多年未曾谋面的父亲，这个曾经充满英雄豪气跟着孙中山闹革命的老军人，也正因为失业郁闷地寄居在别人家里……除了那个单纯的女孩海丽，所有的一切都让他感到失望和郁闷，他不得不尽快离开天津。

走出车站，初夏的北平，湛蓝色的天空没有一丝云彩，风不冷不热地吹在身上，荒煤却没有感到一点的舒适和轻松……这已经是第二次来到北平了，第一次是1935年，那时候，他怀着迷茫和困惑从北平匆匆而过，几乎没有来得及好好看看这座城市。这一次，战争的阴云正越来越浓重地堆积在古老皇城的上空，陷落前的紧张空气悄悄弥漫，虽然人们都极力保持着惯有的从容，他有种感觉，那覆盖在表面上日复

30年代的荒煤。一头浓密的鬈发,目光有些忧郁,很少笑,一旦笑起来依然灿烂

一日的平静,每时每刻都可能被另一种火山爆发式的震荡所代替。

荒煤原本是为了上前线采访来到北平的,离开上海前他一直和舒群保持着通信联系,说好一起去绥远抗日前线,到北平后才发现舒群已经走了,绥远去不成,他只好找到田涛,在那里暂时住了下来。

在北平,荒煤拜访了女作家白薇,白薇正在治病,面色苍白而虚弱,微笑中含着一种凄凉,使他看了不由得感到心痛。荒煤还参加了中国大学举办的文学座谈会,介绍了上海的一些情况。不久,经金肇野介绍,他又决定参加一个由十几名大学生组成的西北访问团,到延安去看看。

7月7日那天,早上起来热浪袭人,虽然前一天下了一场雨,但闷热的空气丝毫也没有缓解。上午,荒煤满头大汗地赶到正阳门火车站,和西北访问团的同学们会合。田涛、王西彦等几个朋友把他们送上了火车。可是,开车的时间过了很久,火车却没有一点动静。人们焦急地等待,车上的人忽上忽下,到处打听消息,一时间人心惶惶。几个小时后,车站宣布退票,火车停开。荒煤只好又和田涛返回住处。消息很快传来,卢沟桥打起来了。那天夜里,荒煤和几个朋友聚在一起谈了整整一个通宵,他们分析情况、推测形势,每个人心中都充斥着无处发泄的愤懑,和全城的人一样,他们彻夜未眠。

接着便是沦陷,在经历了二十多天的激战后,整个城市陷入了沉寂,一直以来隐藏于人们心中的不安终于变成了现实。

那些日子里,荒煤倍感焦虑,原计划到前线采访后仍回到上海继续写作,绥远没有去成,七七事变的爆发却彻底地改变了他回上海继续创作的念头。可是,北平已不是久留之地,到哪里去呢?睡不着的时候翻来覆去地想着这一个问题,他渴望上前线,渴望打鬼子去!听着远处隆隆的炮声,想象着在战火中厮杀流血的将士们,他的心被愤怒和不安撕扯着,没有一刻能够平静。

一天,金肇野带着中国大学的郝龙、张楠、荣高棠来找荒煤,他们组织了一个学生剧团要到前线去演出,希望荒煤担任导演。这是他第一次见到张楠、荣高棠等人,生气勃勃的郝龙,身材高挑的张楠,充满热情的荣高棠,当他们单纯、活泼的脸庞出现在他面前,充满理想和希望的话语掀动着他内心火一样的冲动的时候,荒煤有种预感,自己未来的生活道路或许将要和这些与他年龄差不多,却有着不同经历的年轻人联系在一起了。虽然他并不知道这个剧团是由中共北平市委暗中领导着,但他却欣然地表示了同意。

8月7日,北平通车的第一天,他同荣高棠、张楠、张瑞芳挤上了开往天津的第一列火车,从此踏上了漂泊的路途。

火车磨磨蹭蹭走了一天,黄昏时分他们在混乱的人群中涌出天津车站,不久前,他才离开这里,现在回来,原有的郁闷没有消除却又加了一层更深重的愤怒和忧伤,前途茫茫,还不知道从这里将要往何处去,当看到天津《庸报》"数千赤色分子逃亡天津"的大字标题时,他觉得那就像是用烧红的烙铁印在心上的永远难以抹去的烙印。

那种无助的感觉真是一生一世都忘不了。

很多年后,他还在散文中忧伤地写道:

……我也早已习惯一个人手提着简单的行装,孤独地到处漂流,但从来没有经历过这种成群结队离开家乡,带着一个祖国失落感的流亡生活。

　　流亡——荒煤还在童年时代就似乎懂得它的含义。那是因为父亲,这个参加过孙中山组织的同盟会,参加过武昌辛亥革命,又参加过讨伐袁世凯的老军人终因革命失败而被通缉,长期流落在外,这使年幼的荒煤早早地知道了什么是流亡……那是父亲遥远模糊的背影,是母亲悲伤无助的眼泪,是笼罩在家庭里总也摆脱不了的贫穷和困境……随着年龄的长大,童年的感觉渐渐地演变成嵌入性格中的孤独和忧伤,伴随着离家的脚步,他觉得自己也踏上了流亡的路途。

　　然而,如今,荒煤被一种更大的创痛所震撼。目睹着成千上万的人扶老携幼颠沛流离,目睹着日本人荷枪实弹在中国的土地上耀武扬威,火车站里惶恐的人群,轮船上初次离家的女孩消瘦的面孔,波涛声中青年人发自内心的愤慨……战争将无数来自不同家庭、有着不同经历的人抛到了同一个漩涡里,整个民族都走在流亡的路上。

　　一到济南,荒煤就开始创作独幕剧《打鬼子去》,他一有空就写,常常忘记了吃饭和睡觉,剧本几乎是一气呵成。在这个描写北方农民受到日本人凌辱和杀害最终奋起反抗的故事里荒煤宣泄着自己的情绪。失去了家园的人们、悲愤的老汉、惨遭日本人凌辱的村妇,随着剧情跌宕起伏一步步向前发展,人物在不断迭起的高潮中得到充分的展示和发挥,荒煤也体验着一种新的感受。

　　这是一种完全不同的感觉,以往,荒煤的散文充满着孤独和伤感的情调,尽管这情绪带有强烈的社会印迹,但它仍属于个人。现在,这个来自上海亭子间的年轻文人,将个人的孤独忧郁与民族的重大灾难融合在一起,他作品中蕴含的不再只是无望的伤痛,更多的是复仇的力量!

荒煤和瑞芳

他投入了新的生活。二十四岁的荒煤在移动剧团中不是年龄最大的,却由于性格内向,显得有些老成。类似军事化的集体生活,对他这个亭子间文人开始是不习惯的。但他只有一个愿望,尽快地融入到集体中去,在抗日的巨大浪潮中,利用文艺这个武器发挥自己的作用。

《打鬼子去》写成后立即投入排练,首场演出荒煤扮演老汉,瑞芳扮演村妇,后来,村妇一直由瑞芳扮演,老汉却是团里的几个男生都演过。这个戏很快就在抗战前线流传开来,不仅成为北平学生移动剧团的主要保留剧目,而且成为抗战时期影响较大的剧目之一。

继《打鬼子去》之后,荒煤在南京和丽尼合作了《北平七二八之夜》,描写7月28日北平城沦陷之夜,民众和学生在民族危亡的时刻奋起反抗的故事。之后,荒煤又创作了《血宴》,这是根据他听到的一个真实的故事改编的:在日寇占领的地方,一个当地的绅士被强迫做了县长,后来他举行了一次宴会毒死了敌人和汉奸,自己也同归于尽。荒煤根据这个故事,虚构了人物、情节和细节,写成了一部多幕剧。遗憾的是,剧团没有来得及排演荒煤就离开了。荒煤到达延安后,张庚看了剧本认为很有戏剧性,便拿去给鲁艺戏剧系的学生排演。不料彩排时,有些军队干部看了不满意,认为县长的形象不够正面,荒煤对他们的批评也有不同意见,剧本就搁下没有再修改。

在不断"移动"的生活中,荒煤没有停止写作。每当演出结束夜深人静,他常常拖着疲惫的身子,带上暖瓶和一只大杯子,找个僻静的地方修改剧本或编写幕表戏(一种根据形势随时创作的幕间短剧)。疲劳了就喝下一大杯水——这是他在上海时养成的习惯。找不到桌子也没有电灯时,他就把自己从上海带来的一只小箱子垫在膝盖上,点上蜡烛进行写作。这是一只咖啡色的精巧结实的小硬皮箱子,从那时起就一直跟着他走南闯北经历风雨,成为他的行李箱和小书桌。四十年代,就是在这只小箱子上,他写下了数十万字的日记和报告文学。解放后,他一直珍藏着它。1978年,当他结束了"文革"被批斗、关押的生活,被宣布平反时,中央专案组还给他的也正是这只小皮箱,箱子里塞得满满的,除了他在长达七年多监狱生活中写下的上百万字交待材料,还有两本由老伴珍藏的、在审查时几乎被翻烂了的移动剧团团体日记。接过这只小皮箱,他不能不有一种历经沧桑的感觉。

1937年的那个夏天,当荒煤接受导演工作时,对剧团的现状并不满意,团里的人除了张瑞芳、郝龙学西洋画,张楠上中文系以外,其他人都是理工科的学生、业余演员。他觉得要成为一个好的剧团,一定要有真正懂得戏剧的人参加,于是又邀请了姚时晓。他和姚时晓是在上海剧联时认识的,那时候他们和崔嵬一起常在上海提篮桥、兆丰路女工夜校辅导女工排戏,一起讨论创作问题。姚时晓是位工人出身的作家,朴实,有才华。到移动剧团后,他很快就创作了《警号》、《林中口哨》、《突围》等剧目,都成为剧团的主要剧目,并在演出中获得了成功。

荒煤坚持以专业水准要求团里的大学生们。他总是强调,即使是在动荡的战争年代,观众都是军队的将士和普通的老百姓,也必须不断提高演出的艺术水平,只有准确地把握人物的性格和心理状态,才能更好地表现出时代的面貌。他是一个很严厉的导演,对演员的要求甚至有点苛刻。不过他很快就看出方深、郭同震很有演戏天分,这使他感到些许的安慰。荣高棠在剧团里是核心人物,荒煤却认为他缺少话剧演员的艺术细胞,很少分配给他角色。排演时,他这个本来就不爱笑的人,总是显得更加严肃,分析剧本,对台词,排练动作一丝不苟,遇到剧团里有人排练不认真时,他的脸就越拉越长,脸色也越来越难看。

一次,《打鬼子去》中饰演小女孩的演员走了,换上的人感觉总是不到位,荒煤的脸色就阴沉沉的,他指定由负责刻钢板的张昕顶替。没想到从未演过戏的张昕犯起了倔劲坚持不干,荒煤遇到了难题,只好耐下性子慢慢地说服,一句句地教。他一会儿演女孩,一会儿演女孩的对角,奔来跑去活灵活现,把张昕给吸引了,当张昕熟悉了角色后,他又不厌其烦地和张昕配戏。聪明的张昕很快进入了角色,荒煤难看的脸色也渐渐退去变得高兴起来。没想到,演出开始了,当幕布拉开时,站在后台的张昕却吓得不肯上台了。情急中,荒煤猛的一下把她推了上去,出现在观众面前的张昕就这样开始了她的表演生涯。几十年后,已经是电影学院表演系教授的张昕,笑谈老伴的这一段往事。如果没有当年荒煤猛的一推,自己会不会走上这条路就不知道了。

最让荒煤高兴的是,一个偶然的机会,在人去楼空的房子里,他发现了一些逃难的人留下的文学名著,几乎没有任何犹豫,他立刻就把那些书"移动"回来,津津有味地看起来。以后,每到一地,他就去找被丢弃的文学书籍。慢慢地,竟攒了一箱子书:《红楼梦》、《水浒》、屠格涅夫、陀思妥耶夫斯基的作品……藏书越来越多,行李也越来越累赘,但无论多么艰难他都带着这些书。一次,他发现一个四门洞开的图书馆,便叫喊着跑进去,好像是发现了一座宝藏,站在落满了灰尘的书架前,抚摸着那些中外名著,他久久徘徊舍不得离去。他不知道什么时候自己能够坐下来安安静静地读这些书,也不知道某一天,日本人的飞机会不会在瞬间把这些书炸得灰飞烟灭……他真想把能带的都带走,但已经实在带不动了。

在难得的空闲里读书是荒煤最快乐的事情,他不仅自己读,介绍给大家读,后来还组织了研讨班,讨论创作与演出问题。读书使大伙的艺术修养不断提高,剧团中日益浓厚的艺术气氛,使荒煤感到了欣慰。

移动剧团的一年多时间,也是荒煤一生中从事演员活动的唯一一段时间。他演各种角色,擅长的是演老头儿。他能够通过语言、动作、体态准确地刻画出不同身份、不同性格的父亲、祖父、老工人等。尽管他并不喜欢当演员,但演出时还是全身心的投入,常常忘记了自己的存在。有好多次,在演《烙痕》中的父亲郭鹤年宁肯牺牲自己和女儿的性命,也要救出儿子让他投奔队伍去报仇时,他总是声泪俱下,台下的观众也哭成一片。在《林中口哨》和《月亮上升》中他还成功地扮演了机智勇敢的青年战士形象。正是移动剧团的实践,使他亲身体验了表演艺术的奥妙和甘苦,使他在把握演员的表现力方面有着敏锐的感觉,也使他更容易接近演员,理解他们,帮助他们。这对他后来从事的创作、理论和电影领导工作不能不是一个很重要的经历。

1937年那些风雨飘摇的日子里,荒煤和剧团的同伴们一起经历着炮火的考验,经历着艰苦生活的磨炼。然而,性格原本就有些忧郁的荒煤还是和大家不同。他不像荣高棠那样老是梗着脖子呵呵地笑,也不像杨易辰那样爱在别人难受的时候唱歌,童年生活给他的性格打上了深深的烙印,这烙印是不会轻易消失的。和那些大学生比,荒煤显得孤独和伤感,他忧虑时局,感伤民众和士兵的颠沛流离,也思念自己久无音信的母亲和弟妹们。战争根本看不到希望,第五战区的形势一度越来越糟。用他自己的话说:整整一年时间里,就是不断地唱着救亡歌曲,既不断地呼吁"战斗",又不断地哀叹"流浪流浪"……凄凉的音调,总是不绝地萦绕在心头。

使荒煤感到忧郁的还有别的方面。

虽然接连不断的演出使剧团在艺术上得到了明显的提高,但荒煤还是不满足。他看得出来,尽管剧团的人对演出充满了热情,但除了姚时晓、张瑞芳不多几个人外,其他人对戏剧本无更多的兴趣,演戏只是他们宣传抗日,实现革命目标的一种临时手段。他们对荒煤在艺术上的执着追求很难有更大的回应和理解,这不能不使荒煤感到些许的寂寞和失落。

荒煤深深地热爱着创作,写作对于他来说不仅仅是谋生的手段,更是精神上的寄托,是他对生活的希望。战乱的年代,连绵不断的漂泊,不仅没有使他放弃这种希望,相反,那些积攒起来的感受,使写作的欲望更加强烈……离开上海前,他已经进入小说创作的高潮,然而,战争使得他再也没有地方摆放自己那一张安静的书桌了,他不知道什么时候才能够重新坐下来写作,那似乎成了一个越来越遥不可及的梦,有时候,想起来,只会让人感到茫然和困惑……

使他感到孤独的还有一个重要的原因,他完全和组织失去了联系。在这个团体里,谁都不知道他是共产党员。

那还是在1932年,他被武汉剧联派遣到上海参加全国反帝大同盟代表会议,遇到了共产党的联络员。他只知道他叫小陈,他的勇敢、机敏和疲惫不堪给他留下了很深的印象。他们接触过几次,他还为小陈作过掩护。就在离开上海前,小陈通知他组织上已批准他为共产党员,并叮嘱他回到武汉不能暴露身份等待组织上的联系。那是一个改变命运的时刻,一切却和我们后来在电影中看到的不一样,没有宣誓,没有唱国际歌,也没有人和他紧紧地握手表示祝贺,只有小陈简单的嘱咐和交代。后来,当荒煤再次从武汉回到上海时,终于和组织接上了头,并参加了许多活动,却再也没有见到这个小陈,直到1939年在太行山采访陈赓时,才知道小陈是中央交通员,已经牺牲了……

在移动剧团的那些日子里,这一切,只有荒煤自己知道。

他仔细地观察周围的人,这个团体中最大的不过二十五岁,最小的只有十七岁。荣高棠是一个不知疲倦乐观能干的人,他整天奔前跑后张罗各种事情;杨易辰充满了活力,办事有头脑;还有性格倔强的程光烈、颇有主见的张楠、赋有演戏才华的方深……毫无疑问,他们都是进步青年,有的是民先成员,他喜欢其中的一些人,但他们是党员吗?这个团体中到底有没有党的组织存在?即使有是否也已经和上级脱离了关系呢?

考虑再三之后,他决定试探一下。

机会终于来了,那是在河南开封,偶然的情况下他碰到一个熟人担负着党的工作,于是他找到了程光烈,在他看来,直率又有着几分倔犟的程光烈应该是党员,他对这个团体有无组织的情况应该知道,也可能会向自己透露一些。没有想到的是,当他悄悄地把程光烈拉到一旁,告诉他自己可以设法和当地的党组织接头的时候,程光烈不置可否,反而板着脸问他:你知道团里可能有坏人吗?荒煤愣了,完全不明白他的话是什么意思,再也不敢多说什么了。

直到离开剧团,他一直弄不清团体中到底有无组织,到底谁是党员,这个问题不仅在当时使他感到苦闷,到了后来竟也成为经常困扰着他的一个问题。

1938年秋,当先于其他人到达延安的荒煤在宝塔山下迎接了自己同伴们时,他终于揭开了心中的疑团,对曾经生活了一年多的团体有了新的发现:剧团里存在党的组织。

这是姚时晓告诉他的,姚时晓在他离开剧团后和党组织接上了关系。

接着,他又从张楠那里听说,剧团从一开始就和北平地下党有关系。

他似乎有种说不出的感觉。

说起来他是剧团里资历最老的党员了,可是,对剧团有组织却始终不知道。

他是和荣高棠同时走进张家大院的,他还记得那个夏天院子里盛开着的花草,记得在树荫下张昕伸展双臂跳绳的身影,却从来没有见到过黄敬和北平地下党的什么人。黄敬交给张楠的信他根本不知道,后来,黄敬路过济南时悄悄地来到剧团,给张家姐妹们带来母亲亲手缝制的三件丝绵背心……这也是他到延安后才知道的。

想想,可以理解,组织有纪律。但每每想到当时试图和程光烈接头的情景还是有些抱怨,很多年后,谈起此事他还有种失落的感觉:这个小程,我和他说东,他却说西……毕竟,那一年,自己是多么孤独啊!

知道后的感觉是欣慰还是郁闷,抑或什么都没有?也就是这时候,胡述文报考延安鲁艺,一篇写移动剧团的文章交到了他这个教员的手上,整整一夜,他没有睡着。但是,第二天起来他就好像忘了这些,延安的新生活正应接不暇地向他卷来,要学习的东西太多了,他来不及对已经过去的事情探究什么,也更没有想到要再去询问别人。或许对他来说,那一年有属于自己的记忆就够了,尽管说起来缺着一块重要的内容,但也释然。

让他震惊的事情还在后面。不久后,在延安抢救运动中,他受到了审查。周扬不断地询问他离开上海后的情况,开始他还不明白,后来才意识到是移动剧团出了问题。他急忙诚恳地说出自己后来了解到的情况,剧团是受到北平市委黄敬领导的,却被告知,北平地下党有问题,是假红旗,你必须好好交待……

有很多个夜晚,他呆坐在漆黑的窑洞里,一点一点地想着刚刚过去不久的那一年,惊讶历史怎么在瞬间就翻了个个。最初他奇怪自己竟没有觉察到组织就在身边,现在却又要惊讶这个组织根本就是假组织了,他感叹自己的政治敏感性太差了,只能更加严肃地思考,认真地回忆和反省。

他想不起他们是怎样决定从济南去南京的,也不知道荣高棠是怎么找到沈钧儒和张道藩的,以后和何思源、钟志青的种种多是荣高棠在支应,他更是说不清,他的主要精力都在演戏上……他有些后悔,到延安后应该好好问问荣高棠,现在想问了,问什么,怎么问?

即便如此,他仍不相信组织是假的,那是一种直觉,他相信那种直觉,也相信风雨同舟患难与共的伙伴们。折腾了一年多,许多问题弄在一起就那样被稀里糊涂地甄别了。

历史有着惊人的相似之处。二十多年后,在"文革"的狂飙中,那一年的问题被再次尖锐地提起,这回,他面临的是参加了国民党特务组织的指控。

关于组织的问题,究竟是怎么回事呢……在监狱里那个昼夜亮着灯却连窗户都被堵死了的屋子里,回忆变得有时清晰有时混乱,有时几乎无法进行又不得不强迫进行下去。他回忆,又不敢回忆,昔日的一切仿佛早已被岁月掩埋,一旦真的回溯起来,却又永远是一片属于自己的天地……最终,他只能在交待中一遍遍地重复着自己说过无数次的话:

> 剧团有党的组织,我是在剧团到了延安之后才听说的,之前我不知道。

荒煤不知道到底怎样才能向那些对历史没有理解能力的人解释清楚。说自己不知道有组织存在,他们说你就是想跟着国民党走;说知道有组织,又要你交待清楚为什么没有和组织发生关系,甚至连党员身份是真是假都成了问题;说只是猜到了有组织、估计到了有组织,又没有证据……一切都变得极其荒谬,极其混乱。

即便如此,他还是相信党是对的,虽然扪心自问自己并没有做过任何有损于民族国家的事情,但是经过无数次的审讯批判,又经过无

数个夜晚的苦思冥想,他终于认识到了自己应负的责任,他在交待中写道:

> 剧团的方针路线都是错误的,是执行的一条违反毛主席革命路线(深入农村发动群众,展开游击战,在敌后建立根据地)的右倾机会主义投降主义路线……不管剧团有无集体领导,怎样分工,反正在剧团内从业务方面来讲,我是一个重要成员,我要负主要责任。

他仿佛松了口气,就算所有的指控都不是事实,自己也有对不起党的地方,受到的惩罚应该没有什么可委屈的了……他沉痛地解剖着自己的思想根源以及给革命工作带来的危害,却好像忘记了,剧团的负责人根本就不是他,他只是一个导演。

移动剧团一年的经历,留给荒煤的感觉是极其独特的:流亡的悲伤,无法追求艺术的痛苦,无法找到组织的苦闷,除此之外,还有令他惶惑的爱情的失落……这种种沉重的东西积攒在一起,压在他的身上,他被困扰着,工作之余总是把自己埋在书里,有时候甚至很长时间一声不吭。一天晚上,人们突然发现他不见了,到处找他,后来发现,他一个人在寂静的夜里徘徊,面色苍白……

很多年后,当回忆这一年时,他说,那是自己"一生中经历最复杂、感情最激荡、生活最动荡的一年"。

然而,他仍旧怀着深深的感情怀念那一年,他没有被苦闷所压倒,生活在一群热血青年中间,他感受着他们的热情,也用自己的智慧和信念感染着别人,青春的火焰不断地在他心中点燃起希望之火,正是这希望之火鼓舞他穿越艰难,努力地追求,努力地向前。

同胞们！我差点就见不到你们了

1937年夏天，摆在荣高棠面前的问题是，如何把这支队伍带出北平，带到解放区去。

很多年后荣高棠都忘不了，七七事变后不久的一天他和黄敬、李昌进行的那场谈话。那天，天气特别闷热，街上的树叶都被太阳晒得耷拉着头，在清华骑河楼同学会那间小小的房间里，他们挨在一起低声细语，黄敬告诉他，有一批进步青年组织起来要南下进行抗日宣传，组织上决定派人去，希望他能够承担这个任务。

荣高棠几乎未假思索就同意了。黄敬还简单地介绍了这个剧团的情况，有几个党员，有几个民先，也有几个还不太了解的青年，荣高棠去了以后公开的身份是剧团总务，实际上是党的支部书记……荣高棠默默地听着，一一记在心里。

离开同学会时，荣高棠已经感觉到肩上的担子沉甸甸的，但也有种说不出的兴奋。

荣高棠一米七几的个头，长脸，一双眼睛炯炯有神，他出生在一个殷实的地主家庭，自小喜好读书，在北平上中学时不仅学习成绩优秀，体育才能也崭露头角，考入清华大学不久就被美国教授马约翰选入篮球队，成为校园里的活跃分子。1933年，他因为参加共青团活动被当局以"共嫌"抓捕，两年多的监狱生活不仅没有消磨他的斗志，相反，更坚定了他与黑暗势力斗争的决心。走进张家时，这个机敏精明，性情

1946年荣高棠在北平军事调停处执行部。那时候程光烈也在为军调处工作，而郭同震正忙着为军调处制造麻烦

开朗，又很有组织才能的二十五岁的年轻人，已经是中共北平地下党农委书记了。显然，不论从政治水平还是从组织能力上看他都是一个合适的人选。

那次谈话后不久，他见到了将要同行的伙伴们。漂亮的小芳，热情又稳重的张楠，充满乐观精神的杨易辰，善良又总是有些忧郁的荒煤，还有老是想着上前线打仗的郝龙……和他们在一起，荣高棠的干劲更足了。同伴们也很喜欢荣高棠，并很快就和他熟悉起来，因为他的脸长，调皮的张家姐妹给他起了绰号"老尺加一"，绰号喊起来的时候，大伙笑，荣高棠也跟着大家一起呵呵地笑得很开心，像是和自己没关系似的。

然而，当队伍整装出发的时候，困难便一个个接踵而来。离开北平城颇费周折，几次三番，好不容易带着几个人挤上了火车，乘上了轮船，又遇上"八一三"事变爆发，船中途在海上抛锚；改乘火车终于到了济南又无法开展工作；靠着黄敬的关系和沈钧儒的帮助，靠着剧团同仁的通力协作总算取得了合法身份，但当"山东省教育厅战地移动剧团"的名称取代了"北平学生移动剧团"，当有了比较充裕的演出经费可以让他们施展拳脚的时候,他也清楚地看到了自己面临的处境:他必须一方面应付国民党的控制,坚决执行共产党的计划,要带领同伴们冒着侵略者的炮火全力投入抗日宣传,另一方面还要尽可能地把这些单纯的有才华的青年人安全地带到解放区,使他们成为对革命有用的人才——这担子实在是太重了!还有一点是他当时不可能想到的,那就是很多年后他还要在监狱里接受审讯,承受那些你们根本就不是共产党,而是国民党特务的责问,还要豁上性命为自己和同伴们辩白!

1937年,这些问题是容不得去细想的。一切都需要全力以赴地去应对。

还算幸运,他们遇到了何思源。

何思源提出的第一个要求是剧团改名。他们虽然很不情愿,但也知道势在必行。好在何思源这个人还算好说话,荣高棠利用了这一点,他接受了改名的要求,但同时也决不放弃"北平学生移动剧团"的称号。在和军队、地方政府打交道的时候,他们用"山东省教育厅战地移动剧团",在和平津学生组织、进步组织进行联系,以及在报刊上发表文章、编辑团报、印刷宣传品的时候他们还是使用"北平学生移动剧团"的称号。对他们的这种做法,何思源睁一只眼闭一只眼,虽不满意,但是也没有下死命令,于是,他们就这样混过去了。

何思源对年轻的学生们表现出的关心和宽容是有理由的,剧团的演出在当时当地属于一流,不仅韩复榘满意,李宗仁、白崇禧都当面夸奖剧团演技优秀。后来,在柳河县荣光兴部驻地,东明县刘如珍、刘如明部驻地,开封市刘峙部驻地,剧团都受到热情的欢迎和礼遇。不仅士兵们爱看,一些高层军官也很喜欢,59军军部的平祖仁秘书和江参谋长就风雨无阻,场场必到。这更加坚定了何思源的想法,只要宣传演出做得好,其他事情都好商量。他常常到剧团来看望大家,有时慷慨激昂地和大家谈论时局,有时候像个长辈一样嘘寒问暖,对剧团遇到的困难他积极给予帮助,还把自己的一部价值六百大洋的相机拿出来借给剧团使用。一次,他带领教育厅的人和移动剧团的学生们一起唱歌,由庄璧华指挥,唱的是《松花江》,教育厅的同仁没怎么唱过,不免生疏,有人嗓门低,有的人嗓门大却总是跑调,唱到第一节完了的时候,何思源已经忍不住笑弯了腰。

何思源很希望这些年轻人能真的成为他们队伍中的成员。

一次,他请大家吃饭,在聚餐会上,对青年们加入国民党表示了明确的希望。其实,这种关注已经不止一次了,而且是通过多种方式表达出来的,这一次,他的想法虽然仍旧夹杂在谈笑之中,表现得像是一个长辈对青年人满怀慈爱的关心,但谁都明白,这是作为一个上司对下属们的希望和要求。对于剧团里的基本情况,他是心中有数的。几个骨干分子很活跃,可能是倾向共产党的。多数人似乎还属中间地带,还有个别人如庄璧华——这个年龄稍大,特别热情的女生,还幻想着做独立的自由人,他们必须尽可能争取这些人。

然而,何思源的希望和要求始终没有得到什么响应,在这个团体里,有一种更强的力量在吸引和团结着大家。这种力量似乎是无形的,但又确确实实地存在着。

荣高棠是这股力量的核心,这个生龙活虎的人像是一个大哥哥时时处处照应着大家。每天早上,他叫大家起床,前一天演戏开会常常要折腾到半夜,第二天大家还在酣睡中,就听见他一个个地喊:起床啦,小三,起床啦!小管,起床啦……接着,就开始安排一天的工作。在剧团里,最忙活的就数荣高棠这个总务了。他要掌管集体的财务,负责团体的后勤,还要负责对外联络。每到一处,安排大家的吃住、联系演出、准备场地,杂七杂八什么都干。吃饭有问题去弄粮食,交通有问题去找车,早上叫大家起床、练操,晚上组织大家开会。这还不说,这十几个充满了热情又个性十足的青年,在一起也常有些磕磕碰碰的事,特别是几个年龄小点的女生,哪个也不是省油的灯,谁遇到不高兴的事就冲着荣高棠发脾气更是常有的事,但他从来不生气,不抱怨,好

荣高棠（右一）、杨易辰（中）、方深（左一）三人对词

像天生的一个好脾气。大家对他这个"家长"的角色很快就习惯了，有什么事情总是找他商量解决。

只有一件事使他感到有些尴尬，就是导演荒煤对他的演剧才能从来都评价不高，总不分配给他角色。不过，没有什么事能难住天性乐观豁达的荣高棠，他很快就想到了办法——唱大鼓。小的时候，在离家不远的街口常有艺人表演，他总喜欢拿个凳子到街口去看，坐在那里一听就是一天，久了自然就会唱了，什么西河大鼓、梨膏糖小调、小放牛小调都是那时候学会的。这些节目用不着道具，化妆简单，很容易就可以把宣传的内容加进去，就这样，他自告奋勇地唱起了大鼓和小调。除了杨易辰创作的《卢沟桥之夜》，后来他还自编了《大战平型关》、《花子拾炸弹》、《八百壮士》、《张忠定计》等等，内容新颖，形式通俗易懂，几乎每场都受到欢迎。渐渐的，他又有了新的绰号——"梨膏糖"，荣高棠的名字正是到延安后根据"梨膏糖"的谐音改的。

偶尔，荒煤也派一点小角色给他。一次，《林中口哨》的演员实在不够用，荒煤就让他上场，满心欢喜的荣高棠很快就失望了，因为派给他的那个角色一句台词都没有是个哑巴。即便如此，他也很珍惜这个来之不易的机会,他不在乎大家拿这个角色和他开玩笑,一门心思仔细揣摩角色的心理和每一个动作,认真地作好准备,到集体排练时大家吓了一跳,他把个哑巴演得既善良又可怜,既弱小又强悍,惟妙惟肖,而且上了台就不肯下来,几乎要抢别人的戏。事后,大家才知道,他的父亲是聋子,还有个叔叔是哑巴,从小和他们生活在一起,荣高棠耳闻目睹甚至还会用简单的手语说话,所以演起来也得心应手。平日里张瑞芳爱嘲笑他:你这个人缺少艺术细胞,月亮在你看来就是个烧饼!那次演出以后,她再也不说了。

荣高棠身上有一种精神,就是那种蕴藏在乐观中永不言败的自信和天不怕地不怕的勇气。这种精神感染着周围的人,赢得了大家的信赖,使大家很自然地团结在他的身边。一年多的时间,荣高棠在一种极其特殊的情况下,锻炼着自己的才干,成为这个团体的真正组织者,很多年后,他在北京的家同样也成了大家团聚的地方,"传递情报"的地方。

相反,张道藩派来的钟志青却显得力不从心,他是国民党中统特务,他的任务是考查团员们的政治情况,把剧团的活动纳入国民党的工作轨道,但在一群大学生的包围中他显得有些无可奈何。由于荣高棠等几个共产党员有着严密的工作纪律,他始终无法弄清他们的真实身份。加上钟志青在生活上有些怕苦,他带着一个勤务兵,许多事情自己不动手让勤务兵伺候,有时剧团下乡到很苦的地方去,他就借口要向上级汇报工作躲开了,这样就更难控制剧团。

荣高棠领导着他的小组秘密地开展着党的活动,一般情况他们不开会,只是利用休息的时间几个人聊天商量事情,然后把决定的事情不动声色地贯彻到剧团的公开活动中去。有时候实在需要碰头了,他们就会让年龄较小的张昕去找郭同震玩——他们没有忘记黄敬在北平时有关郭同震的交代,虽然热情高大、演技不错的郭同震和团里不少人都相处得不错,除了有时爱发脾气,他们也没有发现郭同震新的疑点,但对于荣高棠等人来说他好像是一个弄不清楚的谜,弄不清楚的或许比摆在明面上的还要麻烦些,他们只能小心提防。

荣高棠利用外出联系工作的机会秘密地和上级党组织取得联系,有时候组织上的人也以兄弟团体代表的身份来和大家一起交流座谈。几十年后,在回忆移动剧团当年的情况的时候,荣高棠说:"这个剧团从成立到走(指去延安)都是党的决定……"这其中的种种,也只有他和不多的几个人知道。

1938年的新年在战争和血的洗礼中到来了。

1月的一天,天寒地冻,狂风凶猛地刮着,荣高棠只身一人爬上了从柳河集到徐州的一辆闷罐车。剧团正在曹县演出,他必须到徐州去找何思源和钟志青确定下一步的演出路线并领取2月的经费。

闷罐车离开柳河集哐当当地在铁轨上摇晃着向前,车厢里还坐着四五个武装"兄弟",他们灰头土脸,一副疲惫不堪的样子,一看就是从前线下来的散兵。

荣高棠抱着出发前杨易辰塞给他的一条毯子昏沉沉地睡着了,连日的宣传演出忙得像陀螺一样团团转,他一直没有睡过一个好觉,这会儿便借机打起瞌睡来。

忽然,他觉得有什么冰冷的东西顶在头上,猛睁眼,那几个"兄弟"正站在面前用枪指着自己。

"把你的东西拿出来,要不老子就不客气了!"他们气势汹汹地喊着,还在他的头上狠狠地敲了几下。

荣高棠想要和他们理论,但是,在昏暗的光线里,他看清了那些瘦弱的脸,那些充满血丝的眼睛里透露着的狰狞和无望,他们的声音颤抖又带着凶残……他知道,这种时候说什么都是没有用的。

他摸索着自己的口袋,身上只有十元钱,是到徐州的路费,还有一支钢笔,在寡不敌众的情况下,只好拿出来全交给了他们。

那几个"兄弟"对缴获的战利品并不满意,他们不相信荣高棠只有这样一点东西,一个家伙扑上来,一把夺走了那条毯子,另外两个人翻遍了他全身上下,终于失望了。

他听到他们退到一边去商量,那个用枪指着他的人说:把他扔下车去,不然我们大家会倒霉的!另一个人嘀咕了几句有些犹豫,第三个人表示赞成,几个人争吵了几句,犹豫的那个想了想,叹口气,不再说什么,达成了一致的几个人都望着外面,好像在等待一个机会。

荣高棠很气愤,大敌当前这几个"兄弟"为了一点钱竟然什么都不顾……但他知道,指望他们把自己留下来几乎不可能,他们显然是怕火车到站,自己给他们带来麻烦……他迅速地环视四周,火车正以很快的速度向前行驶,这样的车速被扔下去恐怕人是到不了徐州了,弄不好连命都得交待上,倒不如索性自己跳下去,危险会小一些……

正在这时,那个拿枪的家伙向其他几个人使了个眼色,几个人一起向他靠拢过来,"兄弟,这车里实在太挤了,只好委屈你给腾个地方了!"一个"兄弟"咧咧嘴对他笑着,其他几个人动手去揪他,"等等!"荣高棠大喊一声,他主意已定,急忙向那几个正在逼近自己的家伙说情,那几个人总算还给面子,犹豫了一下又嘀咕了一阵,然后同意了。

他走向敞开着的车门,闷罐车正以很快的速度向前驶去,咣当当的声音像是一首进行曲。他想拖延一段时间,或是等到火车上坡的时候再往下跳,但是身后那几个"兄弟"很着急,他们担心车快到站了,一个劲地用枪顶着他喊:快跳!再不跳就把你扔下去了!

他探身望着眼前晃动的土地,灰黄色的硬土在眼前掠过,风猛烈地吹着他的脑袋,让全身都感到寒冷,他顾不得再多想,就在感觉火车似乎慢了一点的时候,纵身跃了出去。车门离地面很高,他只觉得自己的手从铁门边松开的一刻,身子重重地坠落下去,有什么尖锐的东西猛烈地撞击着自己,他觉不出疼还试图控制住局面,但根本就不可能了,他在那坚硬的地面上急速地翻滚着,一个巨大的声音轰地从身后掠过,就什么都不知道了。

　　醒来的时候,已经是两个小时以后了,他只觉得浑身都疼,急忙活动自己的腿脚,竟然发现除了一些外伤没有什么大问题。他笑了,得意于自己的急中生智和身手矫健,如果让那帮家伙把自己扔出来肯定不是这个结果。他想起在清华大学读书时,教化学的美国教授马约翰是怎样地钟情于体育,后来索性改变专业教起了体育。他还记得马约翰教授给自己上第一次体育课的样子,他穿着白球鞋,白色的长筒袜,轻盈地从体育馆的大门口跑进来,一开始就带领大家在操场上跑了二十圈……他感谢马约翰教授把自己变成了他手下的一员爱将,把自己的身体训练得如此强壮和有柔韧性,那时候,每当训练疲劳不堪的时候,马约翰就会把拳头高高地举起,用脚把地板跺得咚咚的响,声音洪亮地高呼:Fight,fight! Fight to the finish!(我干! 我干! 我干到底!)大家一听,便跟着一起高呼起来。这会儿,荣高棠匍匐在中原大地干冷的土地上,他真想向着那一望无际苍凉的原野高呼:我干! 我干! 我干到底!

　　他站了起来,活动着腿脚,慢慢地沿着铁路向前走去,虽然浑身上下疼痛难忍,心里却还想着马约翰和他的训练。在那个灰蒙蒙的日子里,他边走边打定主意,等赶走了日本人,将来如果有可能的话,他一定要为祖国的体育事业做些事情! 他爱体育,体育对他来说就是一种享受……

　　那天的一切都像是惊险小说。走了很长时间,才看到一个小站,在见不到人的小站上一直等到半夜,总算来了一列邮车。他跑到车厢门口央求押车的把自己带上,押车的人听了他的讲述,看了他身上的伤口,挥挥手让他上了车,并搬过一条长凳让他坐着,第二天早上还给他买了块白薯吃。他觉得自己总算遇上好人了,没想到好景不长,眼看还有一站就到徐州了,天空中突然出现日本人的飞机,飞机飞得很低,能听得见马达嗡嗡的声响,很快,就有接二连三的炸弹在火车旁爆炸,在一阵激烈的颤动后,火车终于停了下来,车上的人急忙跳下去逃命,荣高棠跑得很快,完全不像一个刚受过伤的人,他一边跑一边心里再次感谢马约翰教授的训练。轰炸过后,火车已经瘫在那里不能动了,他只好沿着铁路徒步向徐州走去,这时候,他才觉得又冷又饿实在没有力气支撑了,幸亏遇上了几个曾经看过他们演出的青年学生,他把自己的遭遇向他们一说,大家急忙给他凑了一点钱,给他买了点东西吃,他才坚持着走到徐州。

他终于找到了何思源。听了他的汇报,何思源决定让剧团到河南去,并批了四百元大洋作活动经费。告别了何思源,和同伴们约定的碰头时间已经过了好几天,荣高棠揣着四百大洋急忙往回返,为了防止再次遭遇抢劫,他混在难民中爬上了一列拉煤的车。从柳河站下来,他几乎是一路小跑着赶往曹县,终于在途中遇到了已经出发的同伴们。剧团的人们正因为一连几天等不到他而焦急万分,犹豫再三,不得不决定前往徐州,幸运的是,他们在路上相遇了。远远地,人们从马车上跳下来向他招手呼喊,荣高棠更是拿出了百米冲刺的劲头加速奔跑,一边高喊着:"哎呀!同胞们!我差点就见不到你们了……"一边冲上去激动地拥抱了每一个人,那高兴的劲头竟好像久别重逢一样。

很多年后,荣高棠回忆那时的情景说:我真怕找不到你们啊!我不怕吃苦,不怕生命危险,可在那个兵荒马乱的年代,脱离了大家我该怎么办啊!

他不仅要把同伴们带到解放区去,他自己其实也早已离不开这个集体了。

1967年的冬天,荣高棠被几个军人押上了一辆军车,车呼啸着把他从劳改的"牛棚"拉到了北京卫戍区的一个连队,从此开始了长达八年的"监护"生活,有人在他被押走的时候用相机记录下了这个时刻,照片后面注着"荣修被抓的情景1967.12.13日"。

他被关在一间小屋子里,门口是荷枪实弹的士兵,除了每天十分钟的放风,只能独自一人面对四壁。

一天,监护室的门被猛地打开了,走进一胖一瘦的两个人,他们进来就大声地向荣高棠交待政策,警告他要老老实实。

他听明白了,他们是来调查移动剧团的情况,要他交待与反革命修正主义分子原文化部副部长陈荒煤的历史黑关系。提起荒煤,他的眼前立刻就闪现出几十年前那个聪明内向、有些忧郁的青年,他们在一起共同战斗了一年多的时间,他只知道他是来自上海的"左翼"作家,到延安后才知道他是1932年就入党的年轻党员。说来有意思,一年多的时间,荒煤竟没有和他们接上组织关系。

来人气势汹汹,好像做好了准备:

"说,你们是何时何地认识的,都干了些什么反革命勾当?"

"我们是革命战友,没有干什么反革命勾当……"

"什么革命战友,你们投靠国民党反动派,是不齿于人类的狗屎堆!你必须老实交待,国民党是怎么收买你们的?"

"谈不上收买……"

"不是收买?难道没有给你们每月二百大洋吗?"

"的确是给了二百大洋,那是剧团的经费……"

"好!铁证如山,还想抵赖!你们到底都给国民党提供了什么情报?你说是共产党领导,可是据我们调查,你们的团长钟志青是国民党CC特务!你必须老实交待,否则只有罪上加罪!"

"我要对历史负责……"

那胖子冲上来照荣高棠脸上就是一拳,"你反动,难道我们无产阶级革命派对历史不负责!"

……

这样的调查和审讯不是一次了,除了要他交待在体育界犯下的

"滔天罪行",移动剧团已经成了他历史上最大的问题,投靠国民党,加入特务集团,提供情报,解放后定期接头传送情报,一桩接一桩的"罪行",永远也过不了关的交待材料……有时他心里愤怒得像要炸开,有时又啼笑皆非无可奈何。

他是多么惦念剧团的每一个伙伴啊,从外调来人的情况看,他知道荒煤被打倒了,杨易辰被打倒了,张瑞芳被关了,程光烈在劳改……几乎每一个人都在受苦。想到外调人员凶蛮的样子,他不由得为自己的战友感到担心。夜深人静的时候难以入睡,想起那些遥远的青春岁月,想起解放后他们在自己家里的一次次团聚,想起张家姐妹们给自己起的绰号,又不由得笑出声来……回忆中,他一遍一遍地对自己说:一定要实事求是,一定要对历史负责,就是打死我,也不能编造材料出卖战友!

在那个冰冷的小屋里,他也想起了自己1933年的那次牢狱之灾,他是被两个特务架着,拽上一辆卡车送进监狱的,虽然家里请人出面保释,但最终还是以"共党嫌疑"被判两年半徒刑。那是在河北模范监狱,一间牢房关一个人,在那里,他学会了用敲暖气管的方法和其他犯人交流,学会了通过墙上的小洞向隔壁的人学俄语,他还天天坚持做俯卧撑和体操,他感谢马约翰教给他的这些健身之道,他相信留得青山在不怕没柴烧,后来出狱时,清华来了许多同学接自己……没想到,事隔多年自己竟住进了共产党的监狱,这一次,他没有任何办法和别人取得联络,每天面对的是冰冷的灰墙和哨兵毫无表情的面孔,听到的是喊叫和责骂,还有拳脚相加的侮辱,没有书读,没有报看,甚至连做操也成了对抗,只能规规矩矩地坐在床上,坐不住了就蹲下来……开始的时候,他还幻想自己很快就会出去,日子一天天地过去,希望也一天天被摧毁,迷茫痛苦中荣高棠坚守着自己最后的一点信念,他相信党,他相信组织有一天会还自己清白,即使让自己解甲归田做一个普通的老百姓也没有什么……

会有那么一天吗？有时候他又疑惑地问自己，他是多么想念妻子管平啊，他记得自己被带走时她表现得那么坚强，她现在好吗？还有瑞芳、大楠、小三，她们都怎么样了？她们可一定要挺住啊……他想起当年在曹县那次失散后的团聚，他从土路上迎着大家跑去，激动地拥抱着每一个年轻的伙伴，大声喊着："哎呀！同胞们！我差点就见不到你们了……"他还能再见到他们吗？他们曾经是生死相依的兄弟姐妹，任何时候，任何情况下这种情谊都不会改变。他曾经把自己的全部热情都给予了他们，他永远都离不开他们……

就在那个被关押着的屋子里，他回想着一切，跨过漫长的岁月，迈过无数道沟沟壑壑，一路走来……他对自己说：移动剧团的一年，那是我一生中最值得记忆的一段生活，那样的生活我们以后再也没有过！

在勇敢和困顿中

1938年春天的那个夜晚,程光烈的勇敢举动让剧团所有的人一生记忆深刻。

4月间,台儿庄战役的胜利使许多人沉湎在"大捷"的喜悦气氛中,当局也放松了警惕。然而,进入5月后,战局却变得越来越紧张。

剧团是5月初前往曹县的,有八百多潢川青年军团的毕业学生正在那里等待分配,钟志青和何思源商议后决定派剧团对他们进行宣传和鼓励。

他们挤在一节闷罐车里由徐州先到柳河集,在火车站睡了一夜,又坐上省政府派来的大卡车开往曹县。好久都没有坐过这么像样的大卡车了,他们心情变得兴奋起来,卡车迎着春天暖融融的风一路开去,四周尽是望不到边的麦田,绿色的麦浪滚滚而来,有人尖着嗓子对着麦田大声询问:"这麦田是谁的?""是我们的——"大家一起回应着,一遍又一遍……那时候,刚刚听说又收复了台儿庄附近的白马山,济南、禹城也相继被收复,想到或许回到北平的时间不会太远了,高兴的心情真是难以抑制,他们放开喉咙,任凭欢呼声歌声在田野中尽情地飞扬。

几天后,就发现有些喜讯是误传。和青年军团的同学刚开过联欢会,紧张的消息便一个接一个传来。5月中旬,菏泽的驻军防线竟被几十个日本骑兵突破,军队乱了阵脚,23师师长自杀,失去了指挥的士兵

程光烈在移动剧团

四处溃散，形势一下子变得异常凶险，教育厅打来紧急电话，要他们在最短的时间内离开曹县。

那天，下着大雨，不到一会工夫，地上就积了很深的水，人们的心情也和天气一样充满着阴霾。在荣高棠的催促下，大家戴上竹帽，冲到街上去吃饭，雨立刻就把衣服淋湿了，地很滑，荒煤在水中跌了一跤，爬起来一身的泥汤，三妹和小管几个女孩子见状忍不住哈哈大笑起来，大家也都跟着笑了，他们趟着深到小腿的积水，向前跑去，笑声在雨地里打着旋转，一时间竟忘了压在头顶上的阴云。回来的时候，雨下得更大了，豆大的雨点夹杂着冰雹打在身上生疼，街上几乎没有行人，只有从菏泽退下来的散军，三三两两在雨中踯躅着艰难行走，赶马车的车夫缩避在墙边哆嗦着身子，马车上躺着受伤的军人，因为无法行动，就那么在雨中默默地淋着。

夜里，剧团收拾行装离开住地。曹县已经处于极度紧张的状态，城门用砖垒起来封闭了，临时迁入的一些政府机构再次搬往太康、许昌。城外狭窄的土路上挤满了逃亡的人群，军政要人和他们的眷属坐着汽车逃离，有钱的人没弄到汽车就赶着大车逃离，没钱的人则背着包袱扶老携幼，艰难地移动在泥泞的路上。剧团既找不到汽车也找不到大车，费了好大的劲才弄到七个小手推车，把行李和道具装上出发了。道路泥泞行走艰难,雇来的两个农民第一次使用手推车,一路上歪歪扭扭,过沟的时候翻了车,大家便轮流帮着拉车推车。经过一天多的跋涉,他们终于到达了几天前刚刚离开的柳河。恰好与从台儿庄放电影回来的钟志青会合在一起。

消息不断地传来,有人说民权已经失守,徐州正在危机中,事后知道民权并没有失守,但正是两天后(5月18日)李宗仁放弃了徐州。

程光烈和大家一起焦急地讨论着怎样尽快地脱离险境。东去的列车已经没有了,开往许昌的车还通,但是必经民权,多数人主张冒险西行,正好有一列西行的火车要开,大家急忙冒着大雨,把行李抢运上车,东西还没装完车就动了起来,荣高棠高喊着跑过去拦住站台上摇旗子的人,大家在匆忙中爬上了火车。

车开动的时候,人好像又有了一种安全感,浑然中已经不去多想什么,好像火车总会把人带到一个新地方,开始一段新的生活。夜过民权倒也平静,天亮时火车在晨曦中驶过野鸡岗,缓缓前进,进入内黄车站。

就在这时候,他们突然听到了隆隆的大炮声,火车一顿,然后以很快的速度向后退去,人们还没有来得及弄明白事情原委,火车已经退回到了野鸡岗车站,车刚刚停下,满车的乘客,就在一片混乱慌张中喊叫着跑光了。

整整一节列车里,瞬间就剩下了剧团的十几个人,刚才还乱哄哄的车站变得人无踪迹死一般的寂静。显然,内黄已经开战,敌人很可能进一步向东围攻徐州。眼下处境十分危险,前进呢,东、西都有敌人的踪迹,向南直奔太康,也可能和敌人正撞上个满怀……怎么办?大家一时没了主意,但无论如何有一点是肯定的,必须尽快离开这个被人们抛弃了的列车,留在车厢里等于坐以待毙。

然而,摆在眼前的困难是,人离开容易,行李和道具却成了问题。带着它们走太累赘,很可能会被敌人追上,丢弃又是不可能的,那些东西是他们工作和生活必不可少的依靠。

时间紧迫,每拖延一分一秒都可能带来灾难性的后果。就在这时候,程光烈提议让大家马上离开,自己留在车上看守行李。这怎么行?大伙都很担心,他却显得异常自信,一个劲地表示没有问题,自己一定会想办法带着行李赶上大家。事已如此没有更好的办法了,干事会最后决定,程光烈留下看行李,大家轻装前进,直奔太康,如果中途被冲散了,一定要想办法赶到太康集合。钟志青也决定留在车上,押运那些电影机、发动机……

确定了当天第一个宿营地后,所有的人都迅速地带上自己的棉大衣下车了,那件平常不讨人喜欢被叫做"黑虫子"的大衣,在这种时候就显得格外有用,可以挡雨,可以御寒,既是被子又是褥子。匆忙中,女孩子们仍然没有忘记拿上自己最舍不得的物品,大家向留在车上的人道声"珍重",告别了。

远处是一声紧似一声的炮声,车站上一片死静,天空变得黑压压的,马上就有一场大雨降临,行走中大家不放心地回头张看,只见程光烈站在车厢门口,像是一尊雕像,他举着手,向大家庄严地行礼,离开的人心里一阵阵发紧,大家都不由得想到了生死离别这个词。

程光烈目送着大家匆匆离去,很多年后,他都清晰地记得那个时刻:

> 车站更寂静了,除了震撼大地的炮声一声紧似一声,一声近似一声以外,再无其他声音了,火车头在轻轻地喘着气。似乎在这动荡不定的时刻等待着什么,等待着什么……

程光烈是那种认定了一个目标就要努力去实现的人。他不怕牺牲,甚至渴望牺牲自己,只要能够为社会做些有益的事情。

1912年,他出生在辽宁一个破落地主家庭,父亲是军人,在营口的练军营做掌旗官,不久就把程光烈和母亲接了过去。由于父亲和母亲关系不好,程光烈从小对父亲就没有什么好感,但父亲军人的生涯和倔犟的性情,却仍然透过那段朝夕相处的日子给了他许多潜移默化的影响。后来,父亲在内战中丧生,程光烈和母亲的日子更加艰难,靠着自己的聪明和老师、亲戚的帮助,他上了中学,还在铁路上当过报务员、做过农村小学教员。"九一八"事变后,日本人占领了小学,他和许多东北人一样从此踏上了流亡的路途。他到了北平,经过补习考入东北大学,在不久后爆发的"一二·九"运动中,因为拍摄宪兵队抓人的照片被捕入狱。狱中生活没有把他吓倒,出狱后他参加了"民先",担任了区队长,还作为学生代表到西安找到张学良请愿,后来又参加纪念"九一八"大游行、参加反对蒋介石派臧启芳接替张学良任东北大学校长的运动……并在这一个接一个的浪潮中加入了共产党。"七七"事变后,他和同学们一起流亡到济南,因为在东大的时候程光烈就有演戏的经历,又认识郭同震、张瑞芳、杨易辰等人,就加入了移动剧团。

他演的第一个角色是《烙痕》(宋之的改编)中的儒弟,那是法国大革命中一个贵族青年的形象,苍白的面颊、抑郁又执着的性格对程光烈来说既陌生又熟悉,虽然他的表演在别人看来有些僵硬,却十分认真和投入,并就此得了个"儒弟"的称号,连团中年龄最小的管平也照样叫他"儒弟"。

除了演出,程光烈还负责编写《移动中间》和《手报》,对这项工作他的热情似乎更高。《移动中间》是一份油印的对外宣传小报,主要是向民众介绍战况、宣传抗日救国道理,稿件多由大家撰写,由程光烈编辑,他和张昕刻写油印。《手报》却是程光烈以训练组的名义创办的内部小报,全部采用手写的方式,根据情况变化设定各种栏目:演出工作通报、政治论坛、社会调查、个人通信、内部批评建议、编者按语,还有每人看过的感想和建议等等。《手报》不定期,基本上十天一期。在接连不断的演出和移动的艰苦日子里能编写这样的小报,是需要极大的

手报

工作热情和毅力的,程光烈坚持了相当长的一段时间。

在能够看到的1938年4月6日《手报》第2期上,程光烈作为编者写下这样的话:

> 这个小小刊物是我们每一个团员发表意见,交换意见的园地,因此,编者希望每一个团员对本团工作意见、生活意见,互相批判(评),政治的,技术的问题,源源地发表或提出在本刊上。
>
> 春天来了,整个世界都在发芽滋长,让这个小小刊物也像野外的桃李一样,靠着大家的灌溉,慢慢地开放一朵灿烂的花!

这一期,程光烈发表了庄璧华的《一封信》,信是前些日子写的,对自己"时间分配不得当,一天想要完成的工作,总没有完成"感到苦恼,同时对"团体中,时时还有小资产阶级的现象发生"、"小管和三妹的任性"提出告诫,信后还有程光烈的按语。

接下来的几个栏目是:3."政治讨论会讨论大纲"包括国际的、本国的、剧团本身在现阶段的主要任务等题目。4."几个问题"提出讨论工作方式问题和怎样发展团体感情,团体感情和私人感情是否相抵触等问题。5.论坛"有钱的出钱"和"苛捐杂税"。6.论坛"没有孤独,也没有悲哀"。7.小杂文"漂亮话"。8.编后。

整期《手报》中,除了庄璧华的那封写于几天前的信以外,其余文章都是程光烈一个人撰写,他在唱着独角戏。《没有孤独,也没有悲哀》可能是他在4月的日子里,在双沟写作的重点文章了:

和民众同甘苦,与时代共喜悦!

在近几天工作紧张当中,仍然有人仿佛很不愉快,很不高兴似的。

这话不是凭空说起的。比如,第一天下乡宣传时,大家都兴高采烈非常活跃,可是到校后,马上又"换"上一副面孔,仿佛天大不高兴在那儿等着,甚至连一句话都不高兴说,——自然这仅仅是一两个人现象,可是也影响团体空气的不调合(和)。

很显然地,这并不是工作上的问题,也并不一定是体力疲乏的问题。(工作时是多么热烈多么兴奋呀!)而大半还是人和人间的关系问题多些。

我们新时代的青年,对每件事都用新青年的精神来处理,来解决。尤其是生活方式,人和人间的关系,我们要创造崭新的方式,建设崭新的内容,不但为自己,同时也给同路的人一个参考,一个指标。

我们孤独吗?不,在千百万大众殷切地渴望着我们帮助的时候,我们决没有孤独。

我们悲哀吗?不,在整个时代向着光明途上推进的时期,我们决没有悲哀。我们只有——热烈的情绪,坚定的决心,耐久的毅力,为大众,也就是为自己,向着民族解放大的目标下斗争! 斗争!

这是一篇分析内部思想状况的小杂文,程光烈十分敏锐地关注着团体中每一个人的情绪波动,指出有的人在紧张热烈的工作中仍不能摆脱精神上的孤独。文章提出在战火纷飞的年代,青年知识分子除了经受战争的严酷考验外,还必须经受精神上的磨砺,必须在生活方式、人和人之间的关系上有所适应。这实际上是困扰着不少人的问题,程光烈充满理想主义地呼吁,要创造一种新的生活方式,克服知识分子的孤独感,与民众同甘苦,与时代共喜悦。

在这期《手报》的末尾,程光烈恳切地向大家述说道:这一期,收不到稿子,所以内容很简陋,以后或者能够好一些。编者的计划是:1.本刊不定期,最晚十日一次,篇幅也不定;2.刊物本身侧重问题的讨论;3.个别问题,本刊也乐为登载,署名与否,听投稿者自便。他还要求每位团员读过《手报》后,在背后签名,如有意见就写在背后。《手报》背面果然签有:荣、胡、楠、昕、庄、杨、小芳、梅、晓、拓、堃的字迹,荒煤还在末尾写道:"很满意这一期底内容。"

在有幸保留下来的另外五期《手报》里,程光烈仍旧唱着独角戏,他根据变化的情况不断地设立新的栏目,提出新的讨论问题,抒发新的感慨,发表新的有时候甚至是有些尖刻的意见。投稿的人仍然不多,大家都忙,荣高棠、张楠忙着剧团的各种事务,荒煤、姚时晓忙着写剧本、排练,小芳、方深、郭同震是主要演员,精力多在演出上,张昕要刻写油印,王拓、庄璧华、胡述文要出壁报、宣传讲演、教唱歌……但这并不影响程光烈的热情,他认真执着地编写着每一期《手报》,极力想要展示团体的状况,把握住团体的思想脉络,他的目标是要建立起一个思想感情交流的平台。渐渐地,虽然来稿的情况没有多少改变,但附在最后的签名和意见却越来越多,越来越热烈了。在第3期后面,王

在这个瞬间,程光烈(右一)充满遗憾地望向张昕,张昕笑得有些羞涩,郭同震(左一)却显得十分得意……很多年后,程光烈还清楚地记得那个时刻,那些青春的激情、苦恼和快乐

拓为编者提出的训练计划和社会调查大纲叫好,认为"不但说出了我要说的话,并且连我未想到的也说出来了"。第3、4期中连续发表的"怎样才是个理想的领导者"和"再论领导者",引得年轻人们纷纷发表意见,姚时晓补充了作为领导者应具备的"条件";胡述文认为文章有些"高调";张楠却并不认为是"高调","有些算作'高调'的话是可以用在大处也可以用在小处的",但也提出:如改为"再论'工作者'"会更好些;荣高棠却在这期发出感慨"觉得自己未能投稿是一个错误"。

可惜《手报》保留下来的太少了,但可以肯定的是,它成为团体生活不可缺少的一个部分,为团体成长发挥了重要作用。它不仅在当时为同伴们开拓了一个交流空间,也为程光烈自己磨砺思想、抒发情感找到了一个重要阵地。同时,在穿越了漫长时空的今天,《手报》还为后人提供了一个宝贵的透视历史的途径。

在团里,程光烈还是摄影师。他使用着一部何思源借给他的旧相机,折叠式,玻璃版底片,只能在照相馆洗印。程光烈的拍摄热情很高,他使用相机的历史已经很长了,当他还只有十几岁的时候,在家乡做小学教员,就曾经花一元钱买了一部叫"鹰眼号"的简易相机,随相机赠送的还有一管药水、一卷胶卷,他就用这些简单的物品开始了自己最初的拍摄生涯,家乡的茅屋、母亲和姐姐的身影都是他镜头捕捉的对象。他使用的第二部照相机是花三十元在沈阳买的,比第一部好一些。不幸的是,在"一二·九"运动时,因为拍摄东北大学学生游行的情景相机被宪兵队打坏了。现在这部相机是他使用过的最好的相机了,镜头很棒,是柯达的,还有自拍功能,移动剧团的大部分照片都是程光烈用它拍摄的。相机后来在分手时还给了何思源,那些生动地记录了当时的工作和生活的照片有些失散了,有些却几经周折保留了下来,可惜经过一再翻印,效果已经大不如初了。

这是一张在济南拍摄的照片,照片中的人们已经各自站好,程光烈特意为自己留出了张昕旁边的位置,谁知就在他按下快门跑过来的时候,郭同震却突然从什么地方钻了出来一屁股坐到了张昕身旁,奔跑过来的程光烈只好坐在郭的旁边。照片上程光烈面带遗憾地望向张昕,张昕悄悄地笑着,笑容里有几分羞涩几分狡猾,坐在中间的郭同震却是一脸的得意表情。几十年后,程光烈看到这张照片还会哈哈大笑,青春的岁月就在这些镜头中一一闪现。他喜欢摄影,虽然在以后的岁月中,他始终没有机会成为一个专业的摄影家,但他却在抗战结束时曾经用许光达送的相机,拍摄过国、共、美三方谈判的镜头,在解放战争中拍下解放沈阳的镜头……那些具有重要历史价值的照片,总把他带回到亲身经历的往事中去。

1938年的程光烈是一个做事非常认真,对自己和别人都有着很高要求的人。一度,他的脚病发作,不得不留守在家里,看着伙伴们收拾行李奔赴各个宣传点,他心里充满了自责。晚上开会研讨戏剧艺术的时候,看到同伴们像"瓶子似的摆在桌子四周"有的画漫画,有的织毛衣,有的交头接耳,他心里的不悦溢于言表。他对同伴们生活上的散漫很敏感也很反感,对女孩子们生活上的要求认为是多余。他还很固执己见,有时候会因为意见不同和别人争吵起来,和杨易辰、郭同震都发生过这种情况。由于他的过于认真也就得到了另一个绰号——"机械化",他不管这些,仍旧坚持自己认为对的意见,也常常因为得不到别人的认同而烦恼。他是剧团内仅有的几个党员之一,为了保证组织安全工作格外谨慎,直到很多年后,他都认为自己当时拒绝和荒煤接关系是对的。虽然他也猜到了荒煤可能是党员,但在没有第三方证明的情况下,绝对不能冒险。或许正是他的这种性情,为他在解放战争时期顺利完成地下工作创造了条件。

就是这样一个性格勇敢、做事认真的年轻人,内心却也十分纤细。他喜欢上了张昕,爱情悄悄地在心中滋长,让他感受到生活的多彩,也让他感到苦闷。他弄不清楚张昕喜欢谁,这个文静中带着直率、任性的女孩有时还有些像个孩子呢。慢慢地,他发现了杨易辰也喜欢这个女孩,而且他们似乎更亲近,更喜欢在一起。他的心变得不安和烦乱起来,不知道该怎么处理这些问题,有时望着张昕那红润的脸庞,心中就有着一种莫名的空洞和矛盾,他在日记中述说这种苦闷和矛盾:

差不多幸福都是建筑在别人的痛苦上的。

为了自己,就必得牺牲别人,为了别人,就一定要牺牲自己,绝难有两全之策,这是多末大的悲剧!天啊!

有时候,他觉得似乎要被这苦闷压垮了。一次,在演出《烙痕》的时候,有一个"儒弟"哭泣的场面,演到这里,他竟然克制不住自己的情绪,嚎啕大哭起来。台上的人都愣住了,不知所措地看着他,他抖动着双肩,任由悲伤从心底爆发出来一时竟无法停止,把整个剧情的发展都破坏了,幸运的是观众并没有起哄,那是一个悲伤的年代,看戏的人被他的真情所打动,都陪着流起泪来。

4月的日子里,战争、奔波、苦闷,都在一个年轻人的心中回旋。他热爱这个集体,愿意为集体牺牲自己,也不愿意因为个人感情使同伴之间产生摩擦和隔阂,但他又不可抑制地苦闷着。在痛苦中,他默默地要求自己坚强,希望自己有一种超越一切痛苦挣扎出来的韧性,他不断地鼓励自己说:

从现在起,要开展一个新的人生。
……写这种话已不是一次了,可是……但我决不灰心。

他就这样在勇敢和苦闷中徘徊,幸运的是他最终没有被感情压倒。他用工作和热情驱散自己的苦闷,用理想和毅力唤醒自己的斗志,绝不让更多的松懈和消沉控制自己,在4月的《手报》中他写下的《没有孤独,也没有悲哀》,实际上是他对自己的激励。同时,他还在日记里这样写着:

"真的,是伟大与庄严的工作呢,还是荒淫与无耻?"我自己有些怀疑了!每天都作了一些工作,不错,每天都作了些工作。然而在艰巨困难的伟大解放战争中算得什么呢!居然有人趾高气扬起来了,居然有人说可以享受一些了,要不得的布尔乔亚的劣根性啊!

和战争相比,苦闷是个人的,是布尔乔亚式的。勇敢是流淌在他血管中不灭的激情,也是那个时代历练的结果,但苦闷同样铸造着他,使他成熟,使他成长。

1938年5月野鸡岗的那个夜晚,程光烈告别了同伴们,把自己留在了随时可能和敌人遭遇的火车上,他做好了最坏的准备。想到自己经历过的一切,他觉得即使是牺牲也是值得的。

时间一点点地过去,远处时而传来一阵隆隆的炮声,时而是死一般的寂静。在这个时刻,他更加感觉到自己是那么热爱移动剧团这个集体,那么惦念在一起朝夕相处的同伴们,高棠、三妹、张楠、小芳、总有些忧郁的荒煤,还有爱和自己发生争执的振玖(杨易辰),他们都走到哪里了?都安全吗……和他们在一起的日子一一在眼前闪现。就在一个月前,他们还在徐州庆祝台儿庄大捷。那天,整个城市的人几乎倾巢出动,大街小巷都挂着庆祝胜利的旗子,鞭炮声吵翻了天,狂喜的人们无法控制情绪,有人就拎了日本鬼子的人头走在游行队伍里。他们在黄河滩、民众市场一带游行,队伍最前面打着移动剧团制作的"庆祝前方胜利"的横幅,军号在引导着,紧跟在后面的士兵每个人的枪上都插着五颜六色的小旗。有人出主意,要演出活报剧,谁乐意在这种时候扮演日本鬼子?个子矮小的程光烈只好自告奋勇了。他穿着日本兵的衣服,被端着枪的士兵押着走在游行队伍里。他的出现引起了人们极大的愤怒,一些人高喊着"打鬼子啊!"跟着奔跑,有人不断地扔东西过来,还有人冲上来要揍他,混乱中,他竟然还抬起头来装作日本人咕噜咕噜地说了几句,这更让周围的人们恨不得咬他几口。一行人到达剧场时,尾随的人群拥挤不堪,局面眼看就要失去控制,要不是身后跟着几个端枪的人,他可能就回不来了……那场景,在野鸡岗空荡荡的火车上想起来还让他忍不住哑然失笑。胜利的滋味是多么让人欣喜啊!那时候,他们甚至想象着回到北平的日子不会太远了!可仅仅一个月的时间,局势就发生了这么大的变化。

天色大亮了,灰蒙蒙的空气中,炮声依然在远处一阵紧似一阵。就在程光烈做好了最坏的准备时,车站附近忽然出现了几个人,是当地的农民冒着危险出来找活干,程光烈灵机一动急忙跑上前去询问,是否能弄到手推车,把行李推到龙塘岗,运价从优。重赏之下必有勇夫,几个农民听说后立刻跑回村里,不一会儿就弄来了五台手推车,经过一番精简终于把主要的行李装上了,电影机等笨重的东西仍然装不下,钟志青只好留在车上另外想办法。

手推车吱呀吱呀地出发了,程光烈寸步不离地跟在后面,一边在心里盘算着,如果遇到敌人怎么办,万一这些东西被强盗或是被这几个农民弄走怎么办……虽然势单力薄,他也作好了准备,反正不能让这些东西落到敌人手中。

天黑的时候,程光烈终于押着五辆手推车赶到了龙塘岗,同伴们在一所小学校吃过饭正准备休息,他的出现使大家惊喜过望,一时间满院子都是亲切的呼喊"儒弟"的声音,荣高棠更是冲上来紧紧地拥抱了他:"老兄,我还以为你当了俘虏呢!"程光烈拍拍胸膛:"大丈夫可杀不可辱,我只有一条路,和这些东西共存亡!"他得意地掀起衣服,让荣高棠看他身上掖着的手榴弹。

可是没过一会儿,在整理行李的时候,女孩子们便都愤怒起来,三妹跑到程光烈面前瞪着眼睛问他:"鞋呢!你把我们的鞋扔了!"程光烈急得直解释,"我要是知道能回来,我连个瓦片都不会扔的呀——","你扔什么不行,偏要把我们的鞋扔了!"张昕还是继续发泄不满,那是她们用自己攒了很久的零花钱买的一种系带的男式大皮鞋,样子虽然笨重,脚小的穿起来前面还空着一截,却有种粗犷的气派,而且行走方便,还能蹚水,女生们都美得不行。对这些鞋,程光烈早有微词,认为是小资产阶级作风,还很累赘。尽管这会儿他说什么也不承认,但三妹和所有的女生们都一致认为是程光烈趁机故意把鞋处理了。

于是,可爱的"儒弟"立刻又陷入了一片"机械化"的指责中。

追寻历史谜团

1937年夏天,年轻的郭同震由郝龙领着出现在同伴们面前,从此开始了一个充满谜团的故事。

当时的郭同震到底是一个什么样的人?张楠在八十年代的一篇文章中回忆,移动剧团组建的时候,北平地下党市委书记黄敬就曾经告诉过她:

> 你们队伍里的郭同震是叛徒,他有血债,对他要警惕,必要时甩掉他。

一个有血债的叛徒和一伙进步青年在一起,在长达一年多的时间里相处不错,这在今天看来似乎有点难以想象。对此,张昕说:张楠记忆有误。说"有血债"可能是把后来的记忆提前了。她清楚地记得,当年张楠为了要自己配合工作曾悄悄告诉说,郭被捕过,可能是叛徒,但并没有提到有血债。程光烈支持了张昕的观点,说当时知道郭可能是叛徒,并没有说有血债,并认为,如果当时郭有血债对他可能就是另外一种态度了。遗憾的是,荣高棠这个当年剧团里党的核心人物对此索性没有任何印象。至于说郭是叛徒的根据,他们分析起来认为可能是:1931年,郭同震的妻子吴春莲被捕后他也被捕了,吴春莲死在监狱里,他却活着出来。不过,张昕说,对吴春莲的死,郭同震一直有着很深的记忆,当年,他曾经对张昕说,妻子是冬天病死在监狱里的,自己从监狱里出来却是夏天了,为了表示抗议和思念他就穿着棉袍为妻子送葬,为了纪念妻子他还把自己的名字改叫"吴郭同震"。几十年后,在海峡的那一头,他也曾多次回忆起妻子的死对他的刺激,还说,当时他曾经多方设法,找共产党的关系要他们想法救人,但他们的反应都很无奈。郭同震后来又结过两次婚,据说都不幸福。

郭同震出生在一个地主家庭,六岁时开始看《水浒传》,听人讲《三国演义》,十岁时跟着外祖母学吸鸦片,十二岁又学抽烟管,十四岁娶妻。少年狂傲的他,对那种英雄豪杰出生入死的冒险人生羡慕得不得了,不甘心过凡夫俗子的日子。

他念过三个初中都没有毕业,不是被迫转学,就是被开除。然而,他在中学时就懂得"义结金兰",成立帮派,俨然像个江湖老大。十六岁那年,他领着"弟兄们"大闹学潮,一把火烧毁了位于校园内的国民党办公室,被学校开除,没想到其旺盛的活动力反而备受国民党市党部看重,将他留在山西省党工会整理委员会当了干事,这是他第一次接触国民党。

他也接触共产党,对共产主义理论一度大感兴趣,广泛阅读。不满政局混乱的他,还曾经野心勃勃找了一群朋友,准备在该地替共产党建立武装基地。实施这一计划需要钱,他决定去抢劫,结果行动失败,只好仓皇逃往北平,去找在北平女子文理学院读书的女朋友吴春莲。他们结了婚,在北平过了一阵清苦的日子。此间,他考上中央政治学校,没有毕业的妻子却因为参加共青团担任重要干部被捕,没有多久死在监狱中。他入狱又出狱,心情沮丧地回到山西省党工会整理委员会,在每月五十元薪水的诱惑下做了中统的通讯员,没干多久又因为讨厌陈立夫离开了。这一次,他凭着一个假文凭考上了北京大学,在北京大学心理系主任陈雪屏的介绍下初次与戴笠见面,加入了军统(一材料说是民国二十一年——1932年,又一材料说是民国二十四年——1935年),此后的一段时间里,他就在学生中间干些收集小情报的差事,戴笠每月派一个人来与他联络,当时的北平并没有发生足以让他"一显身手的机会"。

八十年代中期,张楠在一次回忆中曾经说:"杂牌"在"九一八"前后加入了共产党。这一点,没有材料证实,到底是不是共产党员,也始终是一个谜。

那是一个大的动荡的年代,一个年轻人是可以有多种选择的。自认为特立独行的郭同震就这样开始了在社会这个大舞台上的闯荡,他像是一条变色龙,为着自己的生存,在时代的大潮中扮演着种种不同的角色。像是一条游弋在不同海域中的鱼,每时每刻都在找寻着更大的诱饵,每时每刻都在充满渴望地发掘着能够让他真正发挥能量的机会,只要一抓住这个机会,他便会立即投入进去尽情地施展自己的能力。

2004年夏天,当我开始整理北平学生移动剧团资料的时候。一天,接到张昕老师打来的电话,她说:你看到"克什米尔公主号"事件的报道了吗?那就是郭同震干的呀!他后来改名叫谷正文了!

她的话给了我很大震动,我立即放下手中的工作,搜集相关材料。

此时,正值我国外交部开放首批解密档案中的第二部分5042份文件。其中与"克什米尔公主号"事件有关的档案引起了许多中外媒体和民众的关注。这些封存了四十九年的档案,揭开了当年周恩来总理专机爆炸事件鲜为人知的经过,并证实,整个事件完全是一起台湾特务机关蓄意制造的谋杀案。

其实,早在1995年,海外媒体就报道了前台湾"保密局侦防组组长"谷正文讲述的"克什米尔公主号"事件惊人的内幕:爆炸事件正是台湾特务组织所为。事前和香港情报组秘密策划、下达命令,事后又亲自驾车赶到台北松山机场,把藏匿于从香港飞来的"飞虎将军"陈纳德飞机中的特务接走的都是谷正文。2003年,他在接受香港电视台采访时,甚至还用了轻松的口气说:"从世界各国的历史来看,类似这种政治谋杀事件多得不胜枚举,事实上这已不是'对不对'的问题,而是'做不做'的问题。"

讲此番话时,谷正文已经是八十多岁的老人,这个曾经在岛内有着"活阎王"之称的国民党少将级特务头子,到了晚年却不断地把台湾情报部门的内幕抖搂出来曝光,惹得当局伤透了脑筋,然而,正是因为他的屡屡曝光,引起了国人对他的极大兴趣。也使郭同震,这个尘封于同伴们记忆深处的人,再次浮出水面。

2004年的那个炎热的夏日,在北京木樨地宽大的房子里,张昕读着有关谷正文的报道时心情是复杂的。尽管那些文章中讲述的事情令她非常气愤,但她脑海里闪现的却依然是那个高大,爽直,有些暴躁又有些神秘的年轻人——郭同震。她很难把制造"克什米尔公主号"事件的谷正文和当年的那个"杂牌"联系起来。很难相信"杂牌"就是那个后来被人形容成青面獠牙的凶残的人。

同年的上海,张瑞芳在家中接到来自台湾的节日贺卡,不久又接到电话,从话筒的另一端传来的声音仍旧洪亮:

我是杂牌!我很想念你们,欢迎你们到台湾来玩!我有房子车子,除了衣服管不了什么我都能管……那哈哈的笑声里依稀带出几十年前的豪爽,笑声中夹杂着从不远处传来的狗叫却让人感到陌生和疑惑,张瑞芳感慨不已。

2005年春节,当剧团健在的老人聚集在张昕家的时候,谈起郭同震的种种,他们似乎仍然有些难以置信,九十多岁的荣高棠非常坦然,"他是我们剧团的主力演员,演戏演得很不错啊!"他甚至调侃地笑着说:"这小子,那些事,不是吹牛吧!"

……

老人们似乎不愿意更多地谈到郭同震,他好像已经被大家忘记了,其实又不可能真正忘记,他一直就在那里,以他过去的和后来的存在活在这个团体的记忆中,带给大家或快乐或恼火或轻松或沉重的感受。对于这支队伍来说,他是另外一种颜色,对于多数人来说他始终是一个谜,一个过去和后来都让大家说不清楚的麻烦。"文革"中,剧团的人不止一个因他受到追查,因为他的存在,造反派们本来就认定的"特嫌"有了更充足的根据。更有甚者,公安部门的人曾经拿着移动剧团的一张照片找到张昕,要她提供所知道的郭同震的一切。当张昕告诉他们,听说郭已经去了台湾时,他们肯定地回答:他跑不了,已经被我们抓住了!他们认定的那个郭同震是谁呢,在那样一个草菅人命的年代被定案为这样一个十恶不赦的人,还能够逃脱一死吗?直到现在,每当想起这件事,都不能不让张昕感到心怵……

郭同震充满热情地出现在同伴们面前时,他的身份是沙滩的"民先"(住在沙滩附近,非学生组织起来的"民先"大队)大队长,人称"杂牌大队长",外号"杂牌"。他是在"一二·九"运动高潮来临时参加"民先"的,并表现得非常活跃。

张昕还清楚地记得郭同震那时的样子,他浓眉大眼,笑起来有点玩世不恭的劲头,在《放下你的鞭子》中饰演老汉。张昕说,许多剧团都上演这个戏,但老汉的角色都演得不如他。他演老汉举手投足形象逼真活灵活现,和演孙女的张瑞芳配合得很默契。惟一的问题是由于感情过于充沛,戏到高潮时,他常常一激动就把腰直起来说话了。几场戏演下来,他终于想了个好办法,把一根粗绳子从自己的脖子上垂下来绕过大腿打一个结,腰就被紧紧地拉住了,绳套藏在长袍里观众看不见,腰却很难直起来。虽然一场戏下来整个人都被弄得很不舒服,但老汉的形象贯彻始终。每次上台前,他都认真地往自己的脖子上拴绳套,大家看着他笑,他却得意地把这叫做"落下绳"。

他很聪明,总是有些新点子。为了加强形体训练,他自编了一套

郭同震和移动剧团的同伴们一起化装演出，前排左起：郭同震、张瑞芳、郝龙。后排左起：张楠、荒煤、姚时晓

模仿搬石头的动作，带领大家上早操时做。大家跟着他一遍遍地下腰、起身，再下腰再起身，做得满头大汗。一次，瑞芳在做这套动作时，一不小心把脖子扭了，演出在即，大家又手忙脚乱想方设法地帮瑞芳复原，连擀面杖都用上了。更有意思的是，剧团合唱的时候团里缺少女高音部，郭同震的嗓音高亢，竟索性躲在幕后把鼻子捏起来唱女高音。还有一次，齐燕铭到团里交流，介绍怎样用人来模仿乐器伴奏，郭同震就立刻用鼻音模仿胡琴的声音，效果居然很不错。

有关郭同震的事情更多的还来自于剧团当年的团体日记，日记中有很多地方都留下郭同震的足迹。他的确是团体中一个活跃分子，据日记记载，他在干事会中同时担任着宣传干事和剧务部干事两个职务。他演话剧、唱山西梆子、承担许多杂务工作，后来剧团缺演员时，他还一趟趟地跑到其他团体招募新人，忙得不亦乐乎。

日记里不止一处，描述了他在舞台上精彩的表演，一处是说他演日本人很逼真；另一处记述了他在台上"风吹幕动，绊了一跤，仍哈哈大笑不止"很好地控制住了表演，没有使演出中断。特别是4月27日那天的演出，当时正值台儿庄战役取得胜利，种种好消息纷纷传来，洋河镇举行了自卫队检阅，剧团同仁情绪高涨，连日赶排《无名小卒》，并举行了首演。郭同震在剧中饰演主要角色，荣高棠在日记上写着：

老郭因用手打破玻璃杯,把手割破了一大块……血花花地流出来,又不好去管他,只(直)到戏完才到医院去包起来,受伤的是右手大拇指。

　　在这个极其忙碌的日子里,剧团的人们参观学校,就如何推动抗敌救援工作和学校的人座谈,与洋河镇的各界人士应酬,接待来访……荣高棠更是忙得没有一刻空闲,然而,郭同震忍着疼痛坚持演戏的情景显然给写日记的荣高棠留下了很深的印象。

　　那是一个特殊的历史时期,也是一段较为单纯和充满着热情的生活。郭同震身处一群热血青年中,他们同仇敌忾,一起为了打鬼子而经历着艰难和惊险。一次,前方打了胜仗,徐州举行庆祝胜利的大游行,团里所有的人都行动起来了,大家怀着异常激动的心情准备了标语、壁报、画好了战况形势图,红红绿绿的纸条在手中飞扬。在人声鼎沸的街上,郭同震和张楠一人一头打着横幅走在队伍的最前面,横幅上是"庆祝前方胜利"几个振奋人心的大字。他们迎着大风向前走,长出人两倍高的旗杆,在风中弯曲着,横幅兜着风飞舞,顶得他们迈不开步子。团里的人都为张楠担心要换她下来,但她不肯,两手用力抓着旗杆几乎拼出全身力气坚持向前走,横幅另一头的郭同震弓着背,双手紧握旗杆,一面迈着坚定的步子逆风向前,一面扭头微笑着向张楠作着鼓励的手势,在那一刻,他整个人都充满着热情和快乐,他和伙伴们的心是跳动在一起的……那是难忘的一天,就在那一天,程光烈在游行队伍中化装成被捕的日本人,轰动了整个城市,引得无数男女老少挥舞着拳头跟在后面奔跑;还是那一天,他们在可以容纳五千多人的中正堂演出,郭同震一如既往地再次把绳子套在脖子上,为沉浸在胜利中的军人和民众饰演老汉……

　　至今没有什么材料能够证明,郭同震参加移动剧团是另有企图。

1937年的那个夏天,很多事情都发生了变化,日本侵略者对中国的无情践踏,激起了无数人强烈的反抗,很多人在寻找,很多人在改变,很多人奋不顾身地往前冲,国共两党摒弃前嫌又一次携起手来……正是在这种情况下,郭同震和大家一起"移动"在抗日战争的艰难征途上。

　　很多年后,谈起那些日子,荣高棠没有一丝犹豫地说:那时,郭同震是真心的投入到抗日演剧运动中,没有破坏活动,也没有耽误演戏。郭同震同样是我们那一段最宝贵记忆中的一个部分。

　　然而,黄敬的话他们也没敢忘记。尽管在朝夕相处的生活里,并没有发现郭同震有什么不对头的地方,甚至有的时候,他们几乎都忘记了这一点,但是为了保证组织的计划能够顺利进行,他们必须防备这个有着叛徒嫌疑的人。

　　通常,团里的党员们很少开会,有什么事几个人都是在聊天时商量,实在需要碰头时,张楠就会交代张昕找郭同震去玩,张昕年龄虽小却似乎心领神会,她很乐意执行这项任务,同时对热情抗日的郭同震也并不反感……

　　郭同震陪着张昕跑东跑西忙忙碌碌一起玩耍,一副乐在其中的样子,但心里却似乎很明白。一次,荣高棠们在一起碰头,郭对胡述文半开玩笑地说:他们老是在一起说话,怎么不叫你去啊!几十年后胡述文回忆起这一细节,认为郭当时显然是在试探自己,也是在挑拨离间,至少,郭同震对剧团里有共产党的活动是心知肚明的。

　　就在那次大游行后不久的一天,剧团向双沟转移。一大早,大家就整理好行李准备出发。九点半,汽车停到路边,所有的人一起把道具行李装上车,当剧团就要开拔时,却发现杂牌不见了,有人立即回住宿的地方去找,有人一遍一遍地大声喊着他的名字却不见回应,荣高棠骑着车子跑东跑西,仍寻不见人影,找了一阵,一脸不高兴地回来了。下雨了,大家走不了都很着急,一直等到中午,才见杂牌匆匆回来,说是到表铺修表去了,没想到等了半天,那只倒霉的表还是没有修好! 时间已经很晚了,大家顾不上再多说什么,赶紧急急忙忙上车,车在雨中一时发动不起来,几个男壮丁又跳下去推车,郭同震自然也很卖力气。终于,车子"啵啵"地叫了起来,大家在欢呼中忘记了那个修表的插曲。

张昕在当晚的日记中清楚地记下了这个细节:

> 行李上了车,遍寻杂牌不得,小荣骑车去找,拉长着脸无结果而归。我们都着急。
>
> 下雨了。中午杂牌回来,他在表铺等候那只倒霉的表,结果还是没修好。一个可恶的表!

许多年后,在北京木樨地的家里,读着有关谷正文的那些惊人的报道,当年的这一幕清晰地浮上脑海,张昕豁然醒悟道:什么修表! 那天,他一定是接关系去了呀!

风风雨雨的日子就这样过去,一年多的时间里,郭同震和大家相处得很不错。1938年9月间,荣高棠等多数人终于决定和何思源分手到西安去——实际上目的地是延安。郭同震也宣布了他的决定,跟何思源、钟志青一起过黄河到山东去。说出来的原因是"人事摩擦,工作兴趣不合,换一环境",但所有的人都觉出那不是真正的理由。

懵懂中的张昕跑去问他:为什么不和大家一起走? 他哈哈地笑着说:因为你们都不可爱啊! 如果我们不走呢? 张昕追问道。不走我就还在这里! 郭同震回答。那我们就可爱了?! 张昕生气地跑开了,虽然她觉得他说的不是实话但也没有多想。几十年后细想,其实郭同震一直就没有打算和大家同行。一段时间以来,为了准备脱离山东省教育厅后的经费,大家对钱的使用非常节省,只有郭同震,轮到他管理伙食的时候大手大脚,常从外面叫些菜和包子之类,一副今朝有酒今朝醉的劲头。在此之前,郭同震和何思源、钟志青的关系在大家眼里好像没有什么特别,但共同的决定却说明了他们之间有着的某些联系。

尽管如此,几位新到的不知情的年轻团员还是不希望他走,他们想要维护团体的完整,再说这个高大的性情有些暴躁、既能演戏也很能干的老郭给他们留下的印象并不坏。充满热情的"流星雨"(饶洁)很为老郭的执意离去而着急,他跑去劝解,并在日记中写道:"我们是同生死的团体,我们要提出这样的口号'不能同生,但愿同死!'"显然,这是不可能的,胸有成竹的郭同震坚持着。张楠、程光烈没有说什么,对郭同震的怀疑只有他们少数人知道,他们清醒地记得黄敬说过的话,现在正是甩掉他的时候。

几十年后,荣高棠回忆说,正是在这段时间,郭同震大哭过几次。

一切就这样决定了。为了送别杂牌,团体召开了谈话会。会上,先是由郭同震陈述临别赠言,接着大家纷纷讲话对他进行批评提出希望,郭又接着对每一个人提出批评和希望。新来的石精一在日记中写道:"从来没有见过本团批评个人的时候能这样的开诚,接受批判的人能这样的虚心。"正谈得起劲,刺耳的警报拉响,主持会的人要大家立刻隐蔽,但同伴们都不以为然,似乎要和敌机比比高低。谈话又持续了半分钟,飞机声不断地逼近,看得见它们的影子了,两架、三架、六架、七架、九架……带着三个发动机的重型轰炸机整齐地飞过来,瞬间,巨大的轰鸣声震响,房子发出了强烈的颤动,一群人这才纷纷起身飞奔冲入漆黑的防空洞,大约一刻钟后,轰炸停止了,他们又跑出来接着开会……

那一天的情景就这样深深地印在每个人的心中,即使是很久以后,老迈的台湾大特务郭同震忆起这一幕也不胜唏嘘!

郭同震就这样脱离了同伴们,毕竟,荣高棠们的信仰代表了时代

40年代的郭同震

的潮流,荣高棠们以自己的性格和魅力团结了多数的人,郭同震甚至一个人也没有拉走。他独自一人随钟志青过河,招募新人,充实山东省教育厅剧团。新的剧团维持的时间不长,演出也没有什么影响力。后来郭同震索性带了一伙人去打游击,还在林彪的115师当过侦察大队长。共产党还是怀疑他与国民党的关系,曾经把他关起来连续审讯了四天四夜,终因无证据定罪而将他释放。后来,他继续跟随何思源,直到抗战胜利。

以后的事情更是同伴们谁都没有想到的。

1945年,郭同震回到北平重返军统。戴笠再次接见了他,并同他进行了长时间的谈话,任命他为国民党军事委员会调查统计局(军统)华北工作区特种工作组上校组长。在离开军统多年之后,这个没有文凭、没有经过情报工作专业训练,还参加过共产党活动的郭同震,终于得到了一个"与自己个性最为相称的职务"。也就是在这时候,郭同震改名谷正文。

重返军统之初,郭同震除了戴笠授予他的职务和三十万元经费没有一兵一卒,但他觉得自己有着军统其他特务们没有的长处,那就是对共产党的熟悉和了解。他利用过去的关系想方设法混入进步学生中间,参与他们的活动,在陆续返回北平的大学生中发展组织。他总结经验说,在和对象的接触中必须首先判断对方是不是一个坚定的共产主义信徒。他太了解像荣高棠这样的人了,对这种人是不可能轻易动摇其信仰的,只能以共产党信徒的身份出现,大谈共产主义救国论,他过去的经历和读过的那些马克思主义理论,在此时为他起到了有效的保护作用。如果判断对方不是坚定的信徒,他则采取"攻心术"的办法,找空子抓住对方犹疑不定的地方无情鞭挞,进而彻底否定对方。他甚至把自己在115师挨整的经历,作为现身说法说服年轻人。这还只是第一步,接下来更重要的是满足对方的基本生活要求。通货膨胀造成了许多人生活上的困难,他提出的一个月一袋面粉的条件在当时是一个很大的诱惑。这样,在不到一个月的时间里,他就在学生中发展了一个二十多人的情报组织,这些人的工作为他后来的活动起到了重要的作用。

1946年,戴笠死于空难,毛人凤接任局长,清点戴笠遗物时,发现他在日记里写道:"郭同震读书甚多,才堪大用。"从此,毛人凤对他另眼相看。

也正是在同一个时间里,荣高棠、张楠分别从重庆回到了阔别八年多的北平,在军事调停处工作,张瑞芳也从重庆回到北平法通寺10号养病。一个阳光灿烂的日子,在绿草茵茵的北海公园里,张楠看到一个身着国民党军服,脚蹬锃亮马靴,牵着一条大狼狗的人,定睛一看正是郭同震,她非常吃惊,赶紧转身离开了。匆忙中回身一瞥,郭同震那高大的牵着狗的身影,深深地定格在张楠的记忆中。

这是剧团的人最后一次见到郭同震。昔日的同伴已经成为敌手,此时的郭同震正在满城搜捕共产党人。他带着人抄过郝龙的家。还处心积虑地在军调处叶剑英身边安插了特务。几年后,在北平即将和平解放的前夕,他亲临老长官何思源家墙外,指挥人在夜色中跃过高墙,实施暗杀任务。五枚炸弹分别安放在何思源卧室、女儿卧室和客厅三个房间里,孰料爆炸时何思源女儿房间先炸,何从卧室里跑出来查看情况逃过劫难,巨大的爆炸把位于锡拉胡同的何公馆几乎全部炸毁,大梁倒塌瓦片纷纷坠落,小女儿当场炸死,夫人和其他儿女均被炸伤……从在移动剧团认识何,到与剧团同伴分手效力于何,再到暗杀何,十年间的世事演变和纷争在郭同震似乎已经没有什么可以感叹的地方,正如他多少年后对记者所说"这已不是'对不对'的问题,而是'做不做'的问题"。

1949年,时光定格在改朝换代的历史关隘,国民党大势已去,不少人弃职逃亡,郭同震头顶北平特工组长、军统稽查处长、情报站副站长等多个头衔大显其特务身手。但一切都无济于事,就在那场爆炸后不久,国民党终于彻底垮台,在一片树倒猢狲散的混乱之中,郭同震却抓住时机带领着手下抢劫银行,把抢来的钱用作逃亡经费,租包机、劫船,携北平军统、中统一百多号人前往台湾,从此与大陆隔海相望。

在台湾,经毛人凤的举荐,谷正文继续受到重用,一段时期直接受蒋介石领导,负责清查台湾的共产党。最初,他所掌握的线索不过是几个持有共产党宣传品的青年学生,他还是采用"攻心术"的办法从青年人身上层层逼进,进而连连破坏共产党的组织……

演戏是他的另一个惯用手法。他把在移动剧团的演剧技能用到了政治斗争舞台上,经常出其不意地使案子取得突破性进展。在一个重大案件中,他索性自己装扮成共产党的接头人直接找上门去,骗过对方将其抓捕,使台湾共产党组织遭到致命打击。当毛人凤担心他不按常理出牌会惹来麻烦的时候,他得意地提醒毛人凤,别忘记自己过去是演戏的,"我演了一出好戏,戏瘾还没过足呢!"

历史就是这样无情地改变着每一个人,当年那个把绳子套在脖子上演戏的快乐青年,已经成了台湾保密局人人害怕的"活阎王"、"地下局长",表面上不露声色,内心里狡诈多谋。那阵子,他想找个同事联络一下感情,人家都会心惊肉跳,不知是不是"祸从天降"。获得"活阎王"绰号还因为他年轻时的火爆脾气依然不改,一旦惹急了,管你是谁,当场拉高嗓门、桌子一拍,非骂得对方无地自容才肯罢休……

此时,有谁还能想到在遥远的战火纷飞年代,郭同震曾经有过的那一段充满火热激情的经历呢!偶尔,在夜深人静的时候,他会想起1938年的中原,想起自己曾经在大风中和一个热爱共产党的女孩子共同擎着一面大旗奋力行走吗?对于这样一个人见人怕的"活阎王",移动剧团的经历究竟意味着什么?那青春时代不同寻常的以往会不会只是让他从某种程度上知道了怎样对付共产党,怎样把舞台上的表演技能运用到特务生涯中去呢?……在知道了郭同震的种种之后,他仍旧是一个谜。

2006年的最后一个月,在拜访过移动剧团健在的老人们之后,我飞往台北。

赴台的手续是经过两岸多次的来来往往才终于办妥的,直到登上航班,我还在为能否在香港拿到入台证件的正本而心怀忐忑。当我独自站在香港机场明亮的大厅里等候领取证件的时候,不安的心情仍旧有增无减。

我知道,让我真正感到不安的还是此行的主要目的,我要采访的这个人不同于此前采访的任何一个人。他曾经有着几副面孔;他同时拥有七八个名字,一段时间里,到底是"郭同震"、"郭守纪"还是"谷正文",都令人坠入五里迷雾中;他还是一个让人不寒而栗的"活阎王",除了"克什米尔公主号"事件,还制造过密谋绑架傅作义、筹划刺杀白崇禧等等许多让现代人感兴趣的大案……那些抹不去的往事说起来让人不禁毛骨悚然。然而,他仍旧是移动剧团的一员,是那段历史的一部分,这是任何时候都不可能否认的……

引导我下决心采访郭同震的是一年前的那个电话。2005年初,从台湾访问回来的电影界朋友帮我带回了所需要的材料,还把郭同震的电话号码交到了我的手上,因我的委托,她找到了郭同震,她告诉我他身体很好,很健谈。几天后,我拨通了台北的电话,和张瑞芳一样,我听到了从海峡那边传来的洪亮嗓音和中间夹杂的狗叫。

那天,当我在电话里介绍了自己和移动剧团其他人的情况后,他表现得很兴奋。我问他是否还记得移动剧团的同伴们,他立刻清楚地道出一个个名字,并说他们在一起演了两百多场戏呢!

握着话筒,我有种感觉,似乎和我通话的是来自另外一个时空的人,我必须不失时机地提出我想要知道的问题。

我问他究竟是什么时候加入军统和国民党的,他说,在参加移动剧团之前自己并没有参加军统,只是拿了人家的钱,为人家做一点事情,当时也弄不清是军统还是中统。正式参加军统是在移动剧团之后,而参加国民党是到台湾后才加入的,连军统的人都很吃惊,他竟然还不是党员呢,可共产党却总认为他早就是国民党了。

他回答得机敏又不失狡黠,有些地方和他自己在台湾的讲述还有出入,如在他出版的《白色恐怖秘密档案》、《牛鬼蛇人》等书里,明明说是1935或1932年参加军统的。对此,我反复地提出质疑,他说那是他口述别人整理的,意思是整理有误。

对于我所提出的为什么要加入移动剧团,他毫不犹豫地回答:抗战呗,那时候不分彼此!至于为什么没有和荣高棠们一起走,他直截了当地回答说:他们不要我,共产党是不能容纳我这样的人的。他的回答倒是正好应验了张昕老师的分析。他还谈到女朋友吴春莲的死,又说自己是一个敢说话的人,共产党认为这种人不适合他们⋯⋯

那次通话足有二十分钟,有些问题似乎有了答案,有些问题却依然弄不清楚,而且好像越来越糊涂。还有许多在电话里很难说清的细节和疑点,它们都牵动着我,使我下决心一定要寻找机会把这场对话继续下去。

冬季的台北迷茫着濛濛的雨色,在到达的第二天晚上,在台北朋友的帮助下我找到了郭同震在永康街75巷的住宅。那房子在一条蜿蜒的巷子中间,黯淡的外墙斑驳的大门在夜色的笼罩下都显得十分老旧。因为事前有约,在按过门铃之后,我们走上宽宽的楼梯,在第四层的楼口,郭同震的养女谷美信等在那里,领我们进门。

房子很大,但里面比外面还要陈旧,连日的雨竟然使客厅房顶的一侧开始渗漏,谷美信在那里一连摆放了好几把伞,那些伞都撑开了倒着放在地上用来接滴落的雨水,就在伞的上方,在那有着一团团黄色雨痕的墙上,高高地悬挂着蒋介石亲笔签名赠送给郭同震的大照片,还有沈醉所题"正气傲骨文如其人——正文将军吾兄雅正"的条幅。据电影界的朋友向我描述,这墙上原来还挂有毛人凤笔录蒋介石语录的条幅,可能是因为漏雨的缘故条幅被摘掉了。谷美信站在我身后淡淡地说:这房子国防部还等着要收回去呢,所以也不想修它了。

一只高大的狗,从屋子里溜出来,静静地在我身旁转来转去,谷美信说,前几年爸爸开口说话惹恼了李登辉,给自己找了很多麻烦,常有人跟踪他。为了防备万一,他在家里养了十几只狗,那些狗大摇大摆地穿堂入室,弄得整个房子里都是狗的味道。她让我看房门上的那些大洞,都是为了狗们出入方便凿开的。后来李登辉下台了,郭同震就把狗陆续送人,只留了这一只至今仍旧矫健地屋里屋外巡视。这正是一年前我在电话里听到叫声的那只狗,只是它的模样并不凶猛,长长的脸,黑黑的眼睛,看上去还挺听话。

在另一间房子里,郭同震或称谷正文已经坐在轮椅上等我了。谷美信在电话里告诉过我,他白天多数时间是睡觉,只有晚上才会醒来一段时间,就那么默默地坐着,注视着眼前的一切。他根本不见客,因为我来自北京,和他在一年前又通过电话,更因为我还是受张瑞芳、张昕委托来访的,所以对我完全是一个例外。

当拉住他瘦骨嶙峋的手时,我只能感叹岁月的蹉跎。眼前这个瘦弱的老人,他颧骨高耸两腮塌陷,和书柜里那张威武逼人的军人照片相差甚远;与六十多年前,移动剧团那个高大充满活力又带着一点诡秘神情的郭同震更是判若两人。一年前,当我第一次接通他的电话时,他还是高音亮嗓。后来再通话时就日渐虚弱,而现在,他说话的声音细微颤抖,只有当我弯腰把耳朵凑近他的嘴边时才能听得清楚。一年中连续八次进出医院,使所有的人都意识到,这个经历了台湾风云政治,一生都在危险和倾轧中度过的老人,已经支撑不了多久了。

但是,他坐在那里,这一刻,身体依然挺得很直,他的眼神里有种警觉犀利的东西直刺向你,使你觉出这个九十多岁的老人,或许就是到了生命的最后一秒钟,他的神经也一会儿都不会放松。

然而,当我拿出移动剧团当年的照片时,他却好像融化了似的笑了起来,他用一根长长的手指点着照片说:张瑞芳!小三!他仔细地看着那些照片,并且用手轻轻地抚摸着它们。那神情好像六十年前的青春岁月就在眼前,好像他们彼此从未分道扬镳似的。

我问他,是否还记得他们在一起的日子?

他回答:"记得。"

"记得你演过的戏吗?"

"《放下你的鞭子》!"他立即回答,声音突然变得很响亮。

接下来,他的精神似乎就不太好了,不知是不是因为有台北的朋友在场,他表现得不愿意多说什么,只是哼哼唧唧。

我只好把照片和移动剧团团体日记中他所记部分(摘抄)送给了他,然后约好再来。

第二天,我一人又去郭宅,他已经等在那里了,看上去精神还不错,而且好像比前一天健谈许多。他谈到自己在山西的家,谈到自己的婚姻,几乎有问必答。

他说:"我知道当时他们谁是共产党!"

"谁?"我追问。

"荣千祥!"他大声说。他恐怕永远都忘不了那个荣千祥(荣高棠原名),在有着很多人的照片里,能轻而易举地就把荣高棠指出来。之后,在我问到杨易辰、程光烈、陈荒煤时,他依次点头表示肯定,在问到张瑞芳、张昕、庄璧华时他立刻坚决地否定:她们不是共产党员!我特别提示张楠,他说不是;我又问一次,他还说不是。奇怪的是,尽管荒煤在移动剧团时没有和组织接上关系,他却肯定地说是。

"你当时是怎么知道的?何思源、钟志青知道吗?"这是我感兴趣的问题。

他抬头望向我,无声地笑了,声音很低但我听得很清楚:"这个你不懂。"

虽然说不了多少话他就累了,但我还是没有忘记向他提出我所关心的问题——同时更是张昕老师想要知道的事情:六十多年前的那个早晨,当移动剧团收拾行李装车转移时,他的突然失踪,当时他解释说是去修表了……,在我讲了这一番话后,他又一次露出了无声的笑,接着,他看着我说:

"——那是骗人的!"

这其实是意料中的回答,但我还是为他回答的从容冷静,甚至带有一丝残酷的幽默而感到吃惊。那一刻,我想问他,还有什么是骗人的?在那个充满硝烟和炮火的夏天,他们一方面共着生死,用青春和生命坚守在抗日的战场上,另一方面又各为其主,演绎着一场又一场明里暗里的较量……

我知道,他回答我的可能还是:这个你不懂——

没错,在时过境迁的今天,在人们怀着另外一种心境期盼和平和友好的日子里,谁又能更真实地想象那个血腥年代里的事情呢!

一年前,我曾经在电话里询问过他,当年参加移动剧团的目的,他哈哈地笑着,毫不犹豫地回答说:是为了抗日!也是为了演戏!喜欢和张瑞芳一起演戏,张瑞芳走到哪里我就跟到哪里——这也是骗人的吗?抑或还是真实的?!

我没有问。那天,我只是沉默了一下,说:"你想念他们吗?"

他说:"想,他们是好人!"

"想回去看看吗?"

他断然地摇着头,"不想,没有理由。"说这话时,他的眼睛望着别处,眼神显得有些朦胧。一年前在电话里我也问过这个问题,他当时回答:我不能回去,台北的共产党是我肃清的。接着又为自己辩解,抓间谍是政治问题,好汉做事好汉当!

"有什么要我告诉他们的吗?"

他把一根有些颤抖的手指头向上,对着自己的胸口慢慢地勾着,画着圈,用很细的声音说:"来吧、来吧……"并用手点点美信,"给他们……买机票、买机票……"一年前,在电话里,他大声地笑着说,让他们来吧!我什么都能管……现在,他只能这样用一根手指头慢慢地画着圈,表述着同样的意思。

他望着我,又是一个无声的笑。

他实在是太累了,美信和保姆把他推了进去,我注意到他的两只脚就那样绵软无力地拖在地上,一会儿,从关着门的屋里传来他一阵接一阵的唤声,美信说他是在叫照顾他的人。

那晚,雨在窗外淅淅沥沥地下,我和美信在灯下坐了好一会儿。美信三十二岁时就当了郭同震的家庭秘书,后来又作了养女,因为郭同震的脾气太大,两次结婚生的九个孩子都纷纷离开了他,只有美信一直陪伴着他。如今,美信已经是有孙女的人了,说起过去的那些日子禁不住眼泪涟涟。

她其实并不太清楚他所做的那些事情,有很多事他是不会让她知道的,但她却懂得他的不易。他几乎每时每刻都处在危险中,如履薄冰,因此养成了从不轻易喝别人的水,吃别人的东西,也不接包裹的习惯,甚至连妻子都要小心防备。她说,爸曾经总结这一生的经验,永远都不要做老大,那是要掉脑袋的,要做老二,学会低声下气,可实际他根本做不到。不仅如此,人到晚年,他觉得是该结算的时候了,竟一反平生谨慎小心的作风,屡屡在各种敏感场合"大鸣大放",抖出不少尘封黑幕,这个一生经历了许多危险的人,似乎并没有考虑到自己的安危……

我问她,在你的眼里养父是一个什么样的人?美信说:他是一个很凶的人,自己的女婿有了外遇,他竟然找上门去往屁股上捅了两刀,这哪里像是一个八十多岁的人干的事情!但他也是很可亲的人,他不爱钱,几乎没有什么积蓄,却喜欢帮助别人,没有钱借钱也要帮助人,拿到的奖金都分给属下们,支援他们的孩子上学了……她的语气中充满了毫不掩饰的感情。

临了,她还一再叮嘱我说,请转告张阿姨,我爸一直很怀念他年轻的日子!

那晚,在美信的目送下我走下昏暗的楼梯。

离开永康街75巷,我一个人沿着台北宽阔的马路走回去,雨停了,街上行人稀少,路边的花园里散发着雨后新鲜的味道。这雨从我来到台北就一直在下,清凉的雨丝,细润无声地飘洒在人的身上脸上,它们似乎总是下不大,却又总是停不下来。有时阳光灿烂,雨丝在明丽的光线照射下丝丝剔透,温暖中带有一点点凉意,一点点甜意;有时又像是雾,柔和地在四周弥漫……我想起有一首歌的名字是《冬季到台北来看雨》,我终于看到了这迷蒙的雨,闻到了这雨中特殊的味道,我想到,此刻的北京,在同一个时间里,那里也是冬季。

我走着,隔着茫茫的夜色,几十年前那些年轻的身影仿佛也悄悄地向我走来,他们曾经美丽的脸庞、矫健的体魄和如今衰老的身躯一一闪现……这一切,在台北雨后的街头想起来,让人觉着分外飘渺。

第二天,美信在电话里告诉我,昨夜,郭同震一直都在折腾,通宵没有睡觉。

我没有再去见他。

我知道不必再问了,有些谜终究是谜,但若能换一个角度看,或许也不再是谜了。

一个多月以后,当我从北京再次拨通台湾的电话时,美信告诉我,郭同震刚刚在医院里走完了他最后的路程,离开了这个世界。我打开电脑,看到互联网上贴满了消息:深受蒋介石重用遗臭万年的台湾老特务孤独死去、活阎王在孤寂中死去、曾主导暗杀周总理的台湾特务死了……

我把这个消息告诉张昕老师,她轻轻地叹了口气,什么都没有说。

此刻,不知她是否又想起了那个快乐的把绳子套在脖子上演戏的年轻人,或许,他早已消失在历史的尘埃中……

青春与战争的记录

2004年夏天,我在张昕老师家里第一次看到北平学生移动剧团六十年前的团体日记。

那是两个几乎散了架的旧本子,黑色半硬半软的封面上压着仿皮纹路,里面的纸张已经泛黄,但摸上去手感仍然细腻厚实,纸页抬头上的花纹仍然鲜艳醒目,给人一种高质量的感受。在那一页页有着黄色印迹的纸上,是日记主人们六十多年前的笔迹,它们或深或浅,或工整或潦草,或清晰或模糊得几乎难以辨认。那是十几个人用不同的字体写下来的,他们记录了从1938年2月到10月近一年的日子里,北平学生移动剧团的成员在战火纷飞年代的演剧生活,记述了他们所处的国民党第五战区的情况,以及陷于动乱之中百姓的颠沛流离。解放后,这两本日记一直由张昕保存着,"文革"中先是落入造反派手中,后又跟着荒煤进了监狱,直到十年后才重见天日。在经历了战争的岁月,经历了和平年代的被疏远和淡忘,又经历了"文革"的残酷洗劫后,它们最终能完整地保留下来,这几乎是一个奇迹。

翻开第一本日记的封面,"北平学生移动剧团·愿我永恒·中华民国二十七年二月二十三日始·璧华"几排竖行字豁然出现在面前。1938年初春,年轻的剧团成员庄璧华在这个本子的扉页上用黑色的墨笔写下了这些字体,还在这些字的右下端画了几个发光的小星星。在写下这些字迹的时候她是怀着怎样的心情?"愿我永恒"无疑是

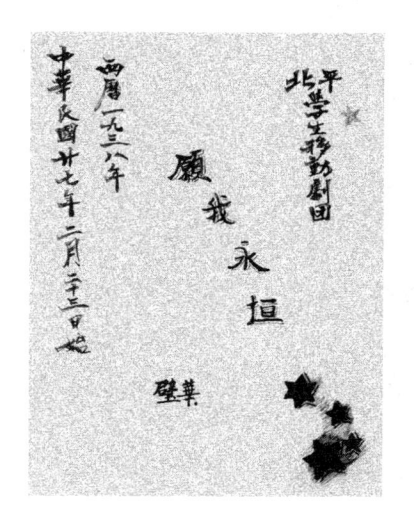

> 平津学生移动剧团
> 愿我永恒
> 西历一九三八年
> 中华民国廿七年二月二十三日也
> 璧华

庄璧华在扉页上写下这些字时,是多么渴望"永恒",多么相信"永恒"

她最想要表达的心声。从1937年8月离开北平,他们已经经历了半年多的战争漂泊。这些家境尚好的北平大学生,离开了书斋、家庭,在日本人飞机大炮的轰炸下奔波,危险、疲惫、不顾一切,连绵的流亡生活并没有熄灭他们心中燃烧着的热情,这位女团员用"永恒"这样的字句表述了自己和同伴们在艰苦生活中韧的精神和对前途满怀着的希望。

庄璧华是剧团女生中年龄最大的一个,大家因此称她庄大姐,她是在济南由平津同学会介绍加入剧团的,她的阅历似乎比其他女孩子们深,一双脚有着缠足又放足的痕迹,但她的热情却一点都不亚于比她小的同伴们。已经弄不清这本日记的最初动议是不是由她个人而起的,但从2月23日直到3月26日连续一个多月的时间里,一直是由她记录着团体的生活。她写得很认真,字体工整,描写生动。团体每天所做的工作、演出,会见的人,参加的活动、会议讲话内容等都基本记录在案,这使得即使是在很多年后,也让读者——当初他们并没有料到以后会有许多人读他们的日记——对当时的情况有了一种身临其境的感受。

除了认真,她还充满了热情。战争是残酷的,然而战争也激发了知识分子的勇敢无畏和热情。没有热情是无法在那样动荡艰苦的生活里，每天拖着疲倦的身体，在黯淡的烛灯下记录下所发生的一切。这热情还表现在她的日记不仅仅是一般性的事务记录，而是详细地描述出耳闻目睹的许多细节。新的生活裹挟着新的人物迎面而来，无论是第五战区的司令员李宗仁，或是宣传部长、国民政府军事委员会的特派员等高层人物，还是直接领导着剧团的山东省教育厅厅长何思源，抑或是台下的普通士兵、看戏的孩子、民众，只要印象深刻，她就写下来。这其中，她印象最深的还是那些在战争中搏杀着流着血的普通人。

在3月7日的日记中，她写下这样的场景：

一阵如雷鸣的掌声中，一位饱受战争的弟兄在幕前出现了，在淡淡的灯光下，刺人耳目的雪白的绷带，裹着民族的仇敌给与他的伤。然而，他并不因为受伤而没有气力，说话是那样的响亮有力，话虽简单，每个人都被感动了。

在5月14日的日记中她详细地描绘着大雨中从菏泽退下来的散军，他们三三两两在雨中踯躅着艰难行走，赶马车的车夫缩避在墙边哆嗦着身子，而车上躺着的受伤军人，因为无法行动，在雨中默默地淋着……

她不仅描述细节，也随时地写出自己的感受，这感受因为有着热情而变得独特，甚至于一些很琐碎艰苦的事情在她的记录中也带上了一种冲动和诗意。比如在天还是很冷的早晨上早操，"我们在淡淡的阳光下上着早操，身体感到了从未有的舒适，""地上的霜被太阳晒化了，我们却站在那里唱歌，对面河水在慢慢的动，从未有过这么美的时间……"又比如，这些不久前还过着优裕生活的女生们在冻手的河水里洗衣服，"微弱的阳光照着浅绿的水，东南风掀起来水面的皱纹，大的白的被单摇动着,红的手,有点冻得痛,但是坚强的心理支持着我们,始终和冷水挣扎着。"就连和上前方的同学们告别,那种不知能不能再见的心情在日记中也变成了一种豪情"互相的祝福,互相的敬礼,怎样来交流我们的感情呢。在温暖和(煦)的阳光下我们高歌,愿我们同志们好运。互相的加勉着,为着我们的祖国为着我们的青年的将来,努力吧!愿我们中华的青年都从歧途中找到平坦。"日记中没有什么黯淡和忧伤的情绪,有的是在热情的鼓舞下,努力工作的勇气和力量,字里行间都可以看到,在中华民族危难时刻,他们表现出来的忘我精神和激情,这或许就是被人们称作信仰的东西。

然而,信仰也还是有着个人的不同立场,面对何思源向他们提出的有关个人政治倾向的问题时,庄璧华这样讲述自己的观点:"不过我们自信着,我们既然来参加大时代,当然是为着促进大时代的历史有意义些,我们是不会偏向于一党或一个人的,我们永远的要做公平的批判家,不论任何事有缺点,任何人有缺点,我们要毫不客气的说……"她是这样写的,说得很真心,抗战的热情并不因为没有"偏向于一党或一个人"而有丝毫的减弱,这恰恰体现出她小资产阶级的自由思想。或许到底年轻,到底是处在国共合作时期,她渴望着做一个超出一切党派有着自己独立立场的自由人。不过,她的这些观点并不能代替她的伙伴们。在她写下这些话的时候,她的伙伴们有的已经是共产党的骨干,有的则早已在为国民党效力。而且,随着国共两党的分裂、政治权力争夺的日益激烈,这种想法也越来越不现实,个人独立的空间在政治斗争的残酷挤压下几乎消磨殆尽。事实是,后来庄璧华也跟着大家到了延安,但又离开了。后来,她转辗回到北平住在石驸马大街的房子里,在北平和平解放的前夕拒绝了剧团同伴郭同震要她一起去台湾的提议,一个人留了下来。

很多年以后,这个团体的人知道了她生活在一个小城市里,在一个说不上名字的小街道作坊里糊着纸盒。周围的人有谁能想到她曾经写过这样充满热情的日记?有谁能想到她曾经在日本人的轰炸中和同伴们毫不畏惧地奔走,不知疲倦地歌唱、讲演,每到一地就立即教士兵、老乡、孩子们唱歌。她自己还记得那些青春的岁月吗?记得在初春的车站上,在士兵出发的列车前,他们是怎样地用着青春的全部热情来呼喊着口号,决心把自己的一切献给民族的解放事业!还记得自己是怎样在那个有着黑色封面的本子上写下"愿我永恒",又是怎样地相信"永恒"的吗?后来她都经历了些什么,她的那些自由主义的梦想是否已经烟消云散,人生的航船又是在哪里驶向了歧途……那时候,她的同伴们有的已经是政府的高官,有的成为名声显赫的人物,她却在狭小的屋子里靠糊纸盒谋生……即便如此,谁也无法质疑这宝贵的团体日记是从她而起,日记中散发出的热情尽管经历了几十年岁月的消磨也不会散尽,而她留在那些泛黄的纸页上的笔迹依然是历史的见证。

1938年3月29日,在徐州云龙山的半山坡上,移动剧团的同仁们沐浴着阳光和清风围卧在一起,召开了团体的改组会议,除了讨论决定了许多关乎团体前途命运的大事以外,还决定了由全体团员每人一星期继续这部日记。从那时候起,这部日记才真正地成了团体日记。

这是一部真实的记录历史的日记。毋庸置疑,其中很多片段都为后人研究历史提供了宝贵的参考,比如:他们是如何利用戏剧鼓舞民众以及他们创作的主要剧目在抗战文艺中的地位;关于战时如何利用环境和条件进行宣传以及战时演剧形式;关于战时国民党动员委员会从上到下的机构、活动、作用;关于第五战区司令李宗仁和他的讲话;关于和白崇禧见面谈话,关于台儿庄胜利后的纪念活动,关于菏泽被日骑兵突破防线后的大撤离;关于非常时期的难民收容所的情况;关于让他们难忘的抗敌英雄张自忠……

在7月24日的日记中,张昕写下了这样的情形:

张（自忠）军长来和我们谈北平事变以后外界人对他的误会，他一再的说："砸开我张自忠的骨头，要是有一点不忠的话，算我对不起中华民国……在平津仍属于中央的时候，我们就受够了日本人的气，若是现在就更难受了，谁愿意作他们手下的官呢！"

张军长问我们："你们以为最后胜利是不是有把握呢？""我们每次打仗，总得牺牲三四千人，一次三四千，合起来就很多了，而且得不到代价，这次临沂的胜仗是因为长官报了这样的决心——合小仗儿为大仗，不再怕牺牲，这样还可以换回相当的代价——而胜的。"……

诸如这样的记载，在今天看来都是非常具有历史价值的。

然而，这些并不是这部日记最显著的特点，这是一部有关战争生活的真实日记，它记录了许多看似平常却是我们的正史中很少提到的事情，日记的主人们对战争的体验来自那些非常具体的事务，如战争中的吃、住、行，战争中人和人之间的关系，作为个人存在的国民党军官……描述自然、真实，读起来也就很有意思。

有关战争中的宴请就是一例。在日记中，移动剧团在第五战区受到的宴请竟然如此之多。上至司令员、特派员、部长、秘书们，下至县长、乡长、村长，宴会从大到小，层层都有，吃的东西也是中西合璧土洋结合各式各样……这真是战争中一道特殊的景色。

3月15日的日记中，庄璧华形象地记录了李宗仁在济南的一个大的宴请场景：

六点多钟门口就车马盈盈，在小食堂里李宗仁请各委员吃饭，人虽不成千上万，但都是要人，所以在寂静的草堂里，即刻换上严肃逼人的空气，灰色的昏夜里，戴着钢盔的弟兄们为他们的主人放着哨,电筒向着每个黑影射着,拷问着上哪里去,初春的夜气还有些逼人。

屋子里呢!电灯光比太阳还要刺眼,笑声从窗隙间传来,玻璃杯相撞的声音是那样响亮动人,筷箸在飞舞着。

车马盈盈,筷箸飞舞,笑声夹杂着玻璃杯的撞击声从窗棂间流溢出来,如果不是花园阴影里那些戴着钢盔持枪的"弟兄",谁能看得出这是在战争的间隙里。然而,即便是敌兵压境,上层人物也仍旧保持着优雅高档的生活方式,前方在流着血,离前方不远的地方仍旧推杯换盏笑语四溢,尽可能地享受着奢侈生活带给人的快乐。记日记的年轻人感到了苦闷,在那玻璃杯碰撞所发出的清脆的声音中,想到了成千上万的劳苦民众。

我们演的是《饥饿线上》,是为那些成千上万的失业的劳苦大众呼吁,这些不愿作汉奸的人们为生活在歧途上愁苦,我们愿意向长官们提出在抗战中最严重的问题——民生。

然而,他们还是不得不经常地出席那些来自上层的宴请,一些国民党的官员们把宴请北平大学生们作为一种快乐,同时也借机炫耀一番自己的战绩。青年们苦闷着,在3月14日的日记中庄璧华写着:

四点钟,李明扬专员请我们在金钟社吃饭……吃了饭,满足了嘴的要求,但是实际上用理智想想,我们是不应该在国难期间还有些无味的应酬,破费时间不算,耽误时间很可惜。

在3月17日的日记中,还是庄璧华写着:

铁路管理局的石主任请我们在徐州食堂吃西餐，时间消磨的太多了，等我们到中正堂时，人已经满了，观众超过了我们在徐州演戏的记录……

　　仅四天的时间就有三场应酬，是沉湎于享受还是对战争的残酷没有充分的认识？一方面是豪言壮语，另一方面也流露出对纸醉金迷生活的留恋，那些生灵涂炭的百姓其实离这些官员们很远。

　　4月27日这天的日记，记录了两次饭局：一次是上午洋河镇各界公宴移动剧团，一次是下午洋河小学职教员请吃便饭，连乡镇各界和小学也要宴请了，可见层层的官员、士绅谁都不放弃吃饭的机会，谁都想要抓住享受的尾巴，这是不是表现了一些人在战争中的一种心态呢。荣高棠在日记中写着，他们已经到了"一听到宴会无人不头痛"的地步了。很多年后张昕回忆说，她反抗的方式是拒绝参加宴会，而程光烈反抗的方式却是去，而且使劲地吃。无论是何种方式，他们的内心都是充满着苦痛。他们无法不头痛，因为他们放下酒杯奔赴的是士兵和民众的最底层，看到的是百姓的离散饥饿和士兵的流血。他们处在两极之中，那些大大小小的宴请除了能够满足肚子的需要外，带给他们更多的是精神上的苦闷，这和他们想象中的战争不同，和他们追求的精神上的崇高也存在着很大的差距，他们的热情似乎在官员们的餐桌上受到了嘲笑，他们的心情就在这中间变得越来越沉重起来。这些，在日记中是可以非常清楚地看到的。

　　应当说，这部日记在记录战争生活的细节上是非常逼真的。然而，真实在任何时候都是一定程度上的。由于各种因素的制约，这部日记的真实也只是部分的，或许正是因为这个原因，说话一向有些尖锐的三妹（张昕）在4月6日的日记中说，日记已"成了生活与工作上的渣滓"。那些十分宝贵的对生活和工作的描绘，在当日却被任性的三妹说成了"渣滓"，那么一定是有更多的更实质的事情没有记录在案。

是什么呢？其实,那正是他们当时心照不宣的事情,也正是今天我们在读日记时不能不感到遗憾的——由于政治条件所限,日记不可能把当时真正活跃和掌控着剧团的两股政治力量的活动写下来。

一股是以何思源为首,加上作为团长的钟志青所代表的国民党的力量。北平学生移动剧团改名为山东省教育厅战地移动剧团后,何思源就成了他们的领导。这个曾经积极参与新文化运动和"五四"运动,后留学美、欧接受过西方先进思想的山东省教育厅长,对自己属下的这支大学生剧团,既在政治上寄予一定的希望,又表现出了对青年人的些许宽容和关爱,日记中何思源的出现基本是个人化的。而钟志青,这个国民党中统特务,中校军官,由于多数人对他的反感,日记中只有一些事务性的记载。

另一股是共产党的力量,移动剧团从组建开始就由共产党暗中领导着,他们以荣高棠为首,党员有杨易辰、张楠、程光烈(姚时晓到达延安前接上了关系,而1932年就加入了共产党的荒煤直到分手也没有接上关系)。他们有组织,有行动,但出于安全的原因他们严格地保守着秘密,直到最终与何思源摊牌分手,把大多数人带到延安。这种种精心的安排筹划与上级组织的联系等等自然不能堂而皇之地记录在案。但日记中并不是没有流露,细细读,就可以从那些粗略地记录着他们行动的地方看出蛛丝马迹来。

如3月29日,张瑞芳在记录了那次具有历史意义的改组活动的日记中写道:"从汉口回来的北平同学武衡同志,报告全国各地救亡情形,并给我们团体改组问题许多可贵的建议……"事实上,武衡正是中共党组织派来联络工作的。当初张瑞芳未必清楚,日记上也不可能写明。她倒是在4月1日的日记中生动地记下了武衡这个富家子弟,如何在会后在自己的家里——万生园糖食公司招待剧团的同仁们大吃一顿,吃不完还可以拿着走,于是大家带走了许多饼干、青果、果脯等。又如6月26日的日记说:"大楠和小荣到汉口去办理一切。"其实,

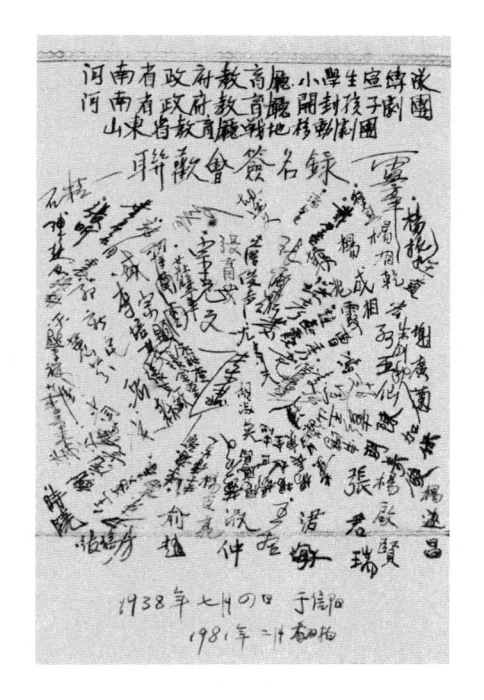

第二本日记的扉页上是三个剧团的联合签名

他们正是到汉口向党组织汇报工作去了，和他们接头的是任仲夷，那时他正负责平津流亡学生的组织工作。那次到汉口十分有趣，出身于将军家庭的大小姐张楠，由于整日在农村乡间土路上奔波，进了大城市竟然不会走路了，在繁华的汉口大街上她紧紧地抓着荣高棠的袖子不放，生怕被人流和车流冲散，可惜这些并没有被记录在案，但这种种缺憾，也给日记增添了神秘感。

很多年后，在"文革"的滔天巨浪中，这部日记因其中人物的重要身份引起了中央专案组的注意，电影界的造反派们更是把日记的每一页都细细地读过，几乎把两个本子翻得散了架。他们绞尽脑汁地揣测着日记背后的故事，不仅用红笔在他们认为可疑的很多地方（如上面的举例处）都画出了杠杠，甚至根据日记拟出了移动剧团的路线图，制作了几乎占据整面墙的大地图，高高地悬挂起来，夜以继日地对着地图苦苦求索。他们还派出了不少人沿着地图上的路线实地追踪，希望

129

能够一举破获一个国民党特务集团的大案。日记的主人公们,也几乎无一例外地被怀疑是国民党特务,连解放后他们时常在荣高棠家聚会,也被说成是"定期接头,交换情报"。

大案确实是有的,那就是很多年后谈起来都令剧团同仁惊诧不已的神秘人物郭同震(后改名谷正文),这个"民先"的杂牌队长,至今给他的同伴们留下的印象还是一个热情、直率、急躁的抗战热血青年,但其时,他已经是国民党军统特务了。

团体日记中,有郭同震接连三天的日记,这是郭同震留下的惟一的笔迹,三天里,剧团中每个人忙碌的事情尽收眼底。其中谈到外国人不愿给抗日团体租房时,气愤的心情溢于言表。日记中,还两次提到杨易辰外出情况不明。这段时间,正是剧团党支部急于和组织上取得联系的时候,郭同震点到此事不知是无意还是有所觉察,颇令人猜测。20日所记和"儒弟"程光烈吵嘴,22日所记国民党少将谢质如的再次拜访都很生动,言辞中表现出他脾气火爆,有点神经质又无所羁绊的性情。

可以说,这的确是一部隐藏着很多的秘密的日记,在日记的背后藏匿着不少曲折的故事。日记中代表了国民党力量的三个人物的命运又是这样的充满着戏剧性:何思源后来作为北平市长为北平和平解放立下了功劳,成为中共统战对象,身居高位;郭同震在北平解放的前夕带领军统组织的人马飞往台湾,成为在肃清台共运动中大显身手的功臣、台湾特务界呼风唤雨的人物,并在以后的日子里制造了一系列震惊政坛的大事件;运气最不济的当属钟志青了,他在解放后不久被共产党所处决,据说死前他说过:我当时就知道他们是共产党!他是怎么知道的呢?既然知道了为什么又在和荣高棠们分手时喝得酩酊大醉难过得嚎啕大哭呢?这也都是故事了。

许多有趣的事情,在今天看来惊天动地的事情和人物,在当时其实都是极其平凡的。但平凡的事情中又总是隐匿着许多的不平凡,这就是历史。这部解放后被人们甚至当事人淡忘了的日记究竟还藏着多少故事,真是太值得人们去琢磨了。

还值得一说的是这部日记的风格。因是团体日记,每人一周的写作便形成了风格上的浑然不同:庄壁华的日记充满了热情和幻想,用今天的语言形容很"小资";张楠的文笔就老练和大气得多;荣高棠的日记更有全局性,这和他对全局的掌握有关;程光烈的日记除了较详细还和他本人一样充满个性;张瑞芳的日记较温和、细腻;张昕的日记显示出她的任性,总是毫无顾忌地说出自己的想法,有时还有点尖刻(例如在4月8日日记中,写到行军时有人坐车,有人步行时说:走的直流汗,不走的,汗都由驴来出了);杨易辰、王拓、方深、姚时晓的日记虽然数量较少,但其写作却显示了三十年代大学生、文人的水准;胡述文的日记认真仔细;小管的日记和年龄一样有些幼稚还像个孩子;郭同震的日记却是简练、极富条理性、绝无废话……可惜的是,日记中没有出现荒煤和那个一直作为团长却时刻被大家提防着的钟志青的笔迹。日记中有人(女生)对女性写作较多,男性对这个工作是忽视的做出了批评,当然这或许和男性们承担了更多的工作,而且更多的是和写作有关的工作不无关系。还有爱情,年轻人的爱情就像山野里的花草一样在战争的艰苦环境中恣意地开放出来,开放得如此自然和浪漫,这纯真的感情无疑是他们克服艰难险阻的主要依靠,后来他们中间有四对人结成伴侣(荣高棠、管平;荒煤、张昕;张楠、王拓;方深、胡述文;)并在人生的道路上跨越重重障碍白头偕老。可奇怪的是,团体日记却根本没有涉及到这些。几十年后笔者曾经询问过接受采访的老人们,他们几乎众口一词地回答,你是说爱情吗,那是个人的事情啊,怎么能写进团体日记中!他们白发苍苍的面容和坚定不移的回答,都显示着在这些老革命心中有着一道怎样泾渭分明的个人和集体的界线,那界线一直延续到他们生命的永远。但无论如何,今天我们读起日记来,却不能不令人感到十分惋惜。

很多年后，在昔日的年轻人经历了无数艰难和波折进入老年后，他们也有了对那段历史的回忆文字，但在这些文字中很少有人提到这部日记。应当说他们的疏忽是有原因的。新中国成立后，他们中的大多数人都成为共产党的高级干部，历史将他们塑造得更加成熟和政治化，他们在叙述历史时习惯把个人的成分掩盖得越少越好，突出的是党的领导、集体成绩以及对国民党的谴责。而日记不但没有更多的记录党组织的活动，还很有些个人英雄主义和"小资"味，对何思源、钟志青之流也没有什么批判。可以说，当年日记的叙述主体是一批怀抱理想的小布尔乔亚，他们的叙述中心是"青春与抗敌"，而后，不但叙述的主体变了，叙述的主题也发生了很大的变化，日记并不符合这种政治需要，于是，便这样在政治化的生活中渐渐地被疏远了。

然而，没有人能够真正忘记青春的感受，真正让人们感动的也正是这种个人的充满个性化的真实感受。正如很多年后，九十多岁的老共产党人荣高棠提到那些日子，还会眼里闪动着泪花说："那是我们一生中最宝贵的时光啊！"而那个因策划了震惊世界的周恩来座机"克什米尔公主号"爆炸事件，被人们用惊愕的语气提起的郭同震，也同样远在台湾充满感慨地说：我怀念那些日子！

这部日记便把我们带回到那个历史的原点，让我们感受到那个真实的大时代，和那些人一路走过来的风尘足迹。

铭 记 爱 情

1937年夏天,太古轮迎着万顷波涛从天津驶向烟台,轮船上,美丽活泼的瑞芳给荒煤留下了很深的印象。

那天,经过一番拼搏,他们总算上了船。此时,不要说船舱里面,连甲板上也没有什么空隙了。荒煤还算幸运,在一个捆锚绳的小铁柱旁站住了脚,瑞芳就紧紧地靠着他站着,直到轮船载着几百名学生的梦想慢慢地驶入大海,荒煤觉得自己压抑已久的心胸才透过一口气来,浩瀚的大海终于让他重新感受到了自由的希望。

十九岁的瑞芳因为第一次接触大海,表现得异常兴奋。她时而凭栏远眺,时而在船上奔来跑去,挤在人群中听大学生们聊天或是和他们一起放声歌唱,折腾累了就回到荒煤身旁静静地听他说东谈西。那时候,一切又好像都变得很宁静,战争似乎离他们很远,在荒煤低声细语的述说中她沉沉睡去,坐在铁柱上的荒煤却久久不能入睡。

很多年后,荒煤不止一次地在文章中描述过当年轮船上的混乱情景,文章旨在回忆奔向延安的艰难,但定格于记忆瞬间的镜头,却无疑是感情的真实流露。

我在迷茫与沉思中,凝视着那个踡伏在我的脚下,偎依在我膝头睡着的瘦弱的女孩,想到这么年轻的女孩离开了生长的北平古城,离开了母亲,离开了自己原来热情学习的美术学校,却将要开始一个不知道向何处去流浪的生活,我不禁抚摸着她那柔软的一头黑发,感到心头有些颤抖了,眼前浮起了泪花……

事实上,第一次见到荒煤,他的与众不同就使瑞芳很难忘记。人生如白驹过隙,雪泥鸿爪,但青春的印迹却很难抹去。

荒煤当时穿着一件淡米色的衣衫,头发卷曲,满面严肃,当他向我灿然一笑时,好像换了一个人。
在我们一群能吵会闹的青年中,荒煤显得特别忧郁,只有在他灿然一笑的时候才符合他的年龄。
我万没有想到《黎明》的作者是一个满头鬈发忧郁寡言的年青人……

这是一篇题为《我们曾是年青的一群》的文章,写于九十年代荒煤去世后不久,很可惜,文章没有写完。
1938年初的中原小镇,清冷的月光在田野上闪烁,枪声和飞机的轰炸声暂时停止了,经过了一天紧张的行军,同伴们都进入了梦乡,在一条弯弯曲曲的土路上有两个人边走边小声地说话,夜风吹着他们的脸颊,透过他们身上那件被戏称"黑虫子"的棉袍让他们感到了彻骨的寒冷,他们紧紧地靠在一起,说话的声音很低,好像生怕吵醒了不远处熟睡的同伴们,但是一会儿,他们又似乎忘记了一切地笑了起来,笑声在寂静的夜里显得格外清脆动人……
这就是荒煤和瑞芳。
他们一个是导演,一个是台柱,最初俩人在一起讨论演技,渐渐地就无话不谈。经历过左翼文艺运动洗礼的荒煤,虽然和同伴们年龄相仿,但似乎老成很多,他喜欢说童年往事、说上海人物,那些带着传奇色彩的故事,让瑞芳在新奇中感受到一种从未体会过的伤感,继而在内心深处激起感情的波澜。有时候荒煤情绪不好沉默不语,轮到瑞芳了,她活泼开朗的话语,善解人意的抚慰使荒煤忘记了苦闷,感受到一种心灵的温暖和安宁。

荒煤和瑞芳陷入到感情的海洋中。爱情,就像原野上的花朵一样开放起来,绽放得那么自然和浪漫,使他们年轻的眼神显得格外明亮,青春的脸颊上常常洋溢着灿烂的笑容,但同时,又好像给他们增添了许多忧愁和烦恼。

这烦恼主要来自瑞芳,她并没有完全忘记自己懵懵懂懂的初恋,那个曾经带着大学生的帅气和魅力出现在女一中当导演的余克稷,是他领她走向舞台,给她开辟了一个新的艺术天地。1936年余克稷毕业后离开北平去了重庆,临行前他要解除婚约的决心,要自己等着他的嘱咐……她都记得。虽然自己对他并没有任何承诺,但心里似乎又有着一丝隐隐的牵挂,一种说不清的烦恼。这烦恼荒煤看出来了,但他不说什么,只是默默地一往情深地呵护和爱着瑞芳。

爱恋中的人们对周围的人自然有种疏远,他们也同样。很多年后,张昕说起来,还带着当初孩子气的不满:他们总是喜欢单独在一起,把大家搁在一边!对此,三妹是很排斥的。她本来就对荒煤有些看法,大姐总说钱要省着用,可荒煤常常夜里写作点着蜡烛,在张昕看来真是有些浪费。现在两人又总是喜欢待在一起,二姐有时还心事重重,这让张昕觉得更加别扭。她记得,在一次晚会上,程光烈突然来了兴致组织大家做游戏,硬要每个人在一张纸条上匿名画出自己喜欢、不喜欢、最不喜欢的人,她索性提笔在荒煤名下画了三个圈,属于最不喜欢的人。

夏天的时候,剧团停留在河南确山,荒煤借机到武汉看望母亲,竟意外地遇到了余克稷。

正在重庆电力公司当工程师的余克稷,"七七事变"后和朋友们组织了重庆第一个业余话剧团"怒吼剧社",并在很短的时间里推出了三幕话剧《保卫卢沟桥》。演出一炮打响,年轻人纷纷报名参加抗日宣传,剧社就把他们组成一支支"街村演剧队"到乡镇宣传演出。就这样,余克稷带领着其中的一支从重庆出发,一路宣传演出,一路四处打听瑞芳的消息。

或许没有余克稷的出现,一切都会不同。但是,1938年的那个夏天,面对一路风尘仆仆赶来的余克稷,荒煤没有多想,就把张瑞芳的行踪告诉了余克稷,并且把余克稷带到了确山,带到了正生着病的瑞芳面前。

余克稷的到来给张瑞芳出了一个大难题。他已经顺利地解除了婚约,不仅如此,和几年前一样,他再次为她描绘了一个新的蓝图:到重庆去,参加"怒吼剧社"的演出,那里的话剧运动正在轰轰烈烈地兴起,是她施展才艺的大好机会。同时,她还可以到已经迁往重庆的国立戏剧学校做选修生听课,余克稷正在那里担任客座教师,他认为,这也是小芳提高艺术水平的最好机会。

面对着千里迢迢不辞辛苦地寻来的余克稷,瑞芳不能不感动。然而,要下决心离开并不是一件容易的事。她矛盾着……那些日子里,荒煤几乎每一天都受着煎熬,他看出了小芳对新生活的希望,也看出了她的犹豫不决,尽管他那么不愿意她离开,但又不想出来阻拦。他希望由她自己来做决定,而且,他比任何人都更希望她能有一个好的环境发挥自己的艺术才能。荒煤的心被矛盾和痛苦撕扯着,变得更沉闷了,有时候一整天都不说话,只默默地做着自己的事情。

事情最终是由干事会决定的。在张楠的提议下,那个晚上的干事会开了很久。他们认真地讨论了关于他们的台柱子的去留问题,从剧团的工作出发,大家当然希望瑞芳能留下,但是考虑到一年以来她的身体越来越弱,在艺术上也很难再有新的提高,大家最终认为瑞芳还是应该去重庆。虽然他们每个人都清楚这里面的感情纠葛,但是和荒煤一样,谁也没有把它作为决定瑞芳去留的主要根据。

事情就这样决定了。余克稷在移动剧团坚守了半个多月,高高兴兴地离开了,说好,七月中旬在武汉和瑞芳碰头。荒煤没说什么,内心的痛苦是无法用语言来表述的,他大哭了一场,但还是决定要亲自把瑞芳送到武汉,然后自己也离开剧团。率真的三妹张昕看着荒煤的样子觉得又可气又可怜,气呼呼地在背后责骂:真笨!明明自己喜欢,干吗还把个余克稷带来!

他们离开剧团是在信阳,那天没有演出任务,中午张自忠军长邀请剧团的人聚餐,结果因为多数人病着只去了九个人。晚上,为送别瑞芳和荒煤团里准备了丰富的晚餐,还有酒。荒煤没吃饭,借口有事到孩子剧团帮忙去了。餐桌上瑞芳掩面而泣,张楠哭了,离开北平时娘曾经一再嘱咐,无论到哪里姐妹们应该在一起,现在,就这样分开了!荣高棠哭了,连杂牌和新来的老饶也都哭了。三妹正在病着,睡梦中还神志不清地嚷嚷着二姐和荒煤要走的事情。

八点多钟,荒煤回来了,他强忍着眼泪,拉着瑞芳在暮色之中匆匆地上了车。

一路劳顿,他终于把瑞芳送到了余克稷那里。分手的那天夜里,荒煤一个人通夜徘徊在长江边,脑海中不断地闪现着瑞芳的面孔,闪现着告别大家时的情景,久久不能平静。

很多年后,在回忆移动剧团的往事时,荒煤说,这是他"一生中经历最复杂、感情最激荡、生活最动荡的一年",这其中,当然包含了他的这场虽然不成功但却很难遗忘的恋爱。

1938年9月,荒煤从武汉经西安到达延安,在鲁艺教书,和张瑞芳分手的阴影还没有完全消散,时而会感到苦闷和孤独。就在这时,张昕也随移动剧团到达延安。她先是在陕北公学、初级党校、延安女子大学学习,后调入鲁艺艺术系实验剧团,并成功地扮演了大型苏联革命历史剧《带枪的人》中的重要角色。她经常到荒煤那里找书看,两人开始交往,彼此得到些感情上的慰藉。渐渐地,荒煤热情起来,张昕却

荒煤和张昕在延安结成伴侣

有些犹豫,担心自己会不会是"填补空白",这使荒煤再次产生了挫折感。1939年春,在荒煤的要求下,他带领一支鲁艺文艺工作团奔赴前线长达一年多时间,当他从前线回来再见到张昕时,彼此都感觉有了许多变化。张昕更成熟漂亮了。荒煤风尘仆仆,疲惫中充满着朝气和活力。他们都被重逢的喜悦感动和吸引着,终于恋爱了。周围的朋友们对此感到有些惊讶,一年前,在送荒煤上前线时,姚时晓还举着酒杯对荒煤说:希望你以后再也不要和弓长(张)家的人有来往。但看到他们终于决定把自己交付给对方,朋友们还是热情地表示了祝贺。此时,张昕的母亲已经历尽艰险从北平来到延安,她对荒煤很满意,并给了他们衷心的祝福。

　　1942年,在鲁艺的窑洞里,荒煤和张昕结婚了。虽然和瑞芳没有成功,荒煤却和三妹喜结良缘,并在以后的岁月中经历了种种波折仍旧白头偕老。

2005年冬天,当荣高棠老人和同伴们聚集在一起回想往事的时候,和他相伴五十年的管平已经离开这个世界近二十年了。那天,他谈得很多,思路清晰,语言风趣,记忆力惊人,不过,所谈并没有涉及到他和管平的感情。故人早已走远,荣老又建立了新的家庭,并且从言谈举止中都透露出老年人难得的安宁和幸福,还有必要为早已淹没在历史烟尘中的往事再打扰他平静的心境吗?我犹豫着,但终于还是忍不住向他提起已经翻过去的一页,荣老开始有些轻描淡写,但话题一经打开,许多东西就抑制不住地涌了出来,就好像他一直在那里等着我的提问似的。

年轻的荣高棠是在身后有枪顶着的情况下,从疾驰的火车上跳下去的。他忘不了,那一刻危险在瞬间逼近生命,他更没有想到的是,在他终于脱离了险情后还有幸福在等待着他。

那一天,在通往曹县的土路上,荣高棠幸运地和同伴们相遇了,大伙拥在一起,又叫又跳分外激动。就在荣高棠绘声绘色地向大家讲述自己被抢劫的经历时,他突然发现小管站在人群后面哭了。荣高棠意外地走过去,像往常一样逗乐地拍拍她的肩膀问道,怎么了?我不在时有谁欺负你了?谁知这一问,小管一把鼻涕一把泪地哭得更起劲了,大伙开始还奇怪地看着这个团里最小的女孩,慢慢地,这哭声让他们隐隐地感觉到了什么。聪明的荣高棠梗着脖子呵呵地笑了起来,他觉着有种异样的感觉在心中浮动,使他的心跳都加快了。

事后荣高棠才知道,自己不能按时归队小管有多么焦急,那些天,她坐立不安,吃不下睡不香,做事情常常走神。当大家终于放弃了希望,觉得与其等下去不如到徐州去找荣高棠时,她更慌了神,不知到底如何是好。她不想走,想劝大家再等等,万一荣高棠正在赶来的路上呢,他和剧团走岔了怎么办?他单枪匹马的一个人遇到什么不测怎么办?可是她又不能肯定自己的想法是正确的,或许,他正在什么地方等待着大家前去支援也说不定,再说日本军队马上就要到了,这样等下去也确实不是个办法……

队伍不得不出发了,管平真想一个人留下来等荣高棠,她跟着大家一起默默地把行李搬上了马车,然后有意坐在最后面,车动了,每向前走一步她的心都似乎更紧一点,柳河慢慢地落在身后,她的眼里不知不觉地浸满了泪水,但她还是倔强地睁大眼睛死盯着那些渐渐远去的村舍。在那一刻,她明白了荣高棠在自己心中的分量。

"我是大难不死,还收获了爱情啊!"

这是近七十年后,荣老说起生命中那个不寻常时刻的感叹,他笑得很柔和,眼里隐隐地闪现出点点泪光,那泪光透露出这位睿智老人内心深处的情感波澜。

荣高棠认识小管是在济南。那时,剧团刚刚取得合法身份正在组建队伍,管平从北平千辛万苦地找来了。管平原是北平女二中的学生,因参加"一二·九"运动被学校开除,后转学到光华女中。她是民先总队的交通员,每天骑着自行车向各区队、学校传递总队的消息,递送报纸,别看她只有十七岁,已经是预备党员了。剧团在北平初建时,她是第一批参加的成员。

第一次见到小管荣高棠心里却直犯嘀咕,他打量着她小小的个子红扑扑的脸蛋有些怀疑地问:你在这个剧团想干什么呢?

管平一听就急了,瞪着两眼说:"你可别瞧不起人啊!我可以教唱歌,也可以演戏,演男孩子!只要是抗日宣传,我干什么都行!"

荣高棠仰起脖子哈哈地笑了,觉得这女孩还真有志气,和郝龙商量后,决定录取了她。

管平果然像她自己说的,是个工作上积极肯干的人,她不怕吃苦,干起活来有股子不服输的"拧劲",很快就让剧团的"大人们"不得不刮目相看。

在《饥饿线上》,小管扮演一个男孩,她脸上涂得脏兮兮的,穿着一身破烂的衣衫,声音清脆,又有些颤抖,活脱脱一个小难民,任何人看了都不由得心生怜悯和同情。一次,戏刚刚演完,就有一个提着半篮馒头的老太太挤进后台,一边擦着眼泪一边拉住小管说:"孩子,吃吧!看你饿成什么样子了!"还有一次,闭幕后,一个身材魁梧的汉子跑到后台,非要带小管去洗澡,换身干净衣服。幸亏杨易辰及时上前阻拦,才解了围。

但是,男孩子的角色毕竟不多,大家也还是喜欢把她当个小孩看待,荒煤就喜欢逗她,两人经常面对面地玩顶鼻子的游戏,到排戏的时候却往往又把她忽略了,这也使生性倔犟自尊心很强的她每每感到不太痛快。

荣高荣看在眼里,决定让管平跟自己学唱西河大鼓《花子拾炸弹》。其实,在团里,荣高棠的戏也不多,荒煤老是觉得他不适合演话剧,很少给他分配角色,一次好不容易给了个角色还是个哑巴,一句台词都没有,让大家好笑了一阵。西河大鼓、相声之类的节目都是荣高棠发挥自己的特长自编自导自演的。他毫无保留地把自己的节目教给小管,小管却不怎么领情也不服管,有时候还冲着师傅大喊大叫地发脾气,荣高棠总觉得她是个"小弟弟",不管她怎样捣乱,都不计较,还总能想法子把她逗笑。

渐渐地,小管更多地认识了荣高棠。这个剧团总务真不容易,别看他整天乐呵呵地跑来跑去,管事最多的是他,受累受气最多的也是他,除了里里外外地应付,每场不拉地登台献艺,有时候还要受年龄小的团员的数落和挖苦,张瑞芳就爱说他没有艺术细胞,"你这人缺乏诗意,月亮在你看来就是个烧饼!"张昕好嘲笑他的长脸是"老尺加一",他全不在乎,只要工作顺利,只要大家快乐,他怎样都行。有时候小管真为他感到委屈,还出来为他辩解几句。

自打那次荣高棠遇险之后,小管变了,变得稳重了,细心了,文静了。她再也不那么孩子气地冲着他大喊大叫了,遇到荣高棠忙不过来时,她会主动帮他一把。而荣高棠除了像过去一样关心呵护小管以外,他看管平的眼神里多了几分柔情。剧团里的人们很快就发觉他们恋爱了,大伙逗乐说,这俩人是拾炸弹拾到一起去了!

他们是在延安结婚的,当爱情在风风雨雨中接受了考验,结婚就成了自然。他们组成了幸福的家庭,后来一起跟随周恩来在重庆红岩村工作,他们的儿子继承了荣高棠的性格,爱笑,人见人爱,住在对门的邓颖超就为他起名叫乐天,邓颖超总爱抱着乐天一起逗乐,有一张照片就是这样拍下来的,周恩来还为照片做打油诗一首:

大乐天抱小乐天
嘻嘻哈哈乐一天,
一天不见小乐天,
一天想煞大乐天。
　　题双乐天图　　赛乐天书

在重庆,他们又有了一个女儿,邓颖超为孩子起名叫乐妹,这个快乐的家庭为当时重庆红岩村紧张的空气增添了不少的乐趣。

移动剧团中最早的一对热恋情人是张楠和王拓。还在北平读书的时候,王拓就爱上了张楠。风华正茂的王拓长着宽阔的额头,笔直的鼻梁,浓眉下一双眼睛炯炯有神,几十年后,北京电影制片厂厂长汪洋曾经对着他当年的照片扯着嗓门大叫:这可是一张明星的脸啊!那时,王拓已经担任了新中国外交部礼宾司司长,他那出众的外表和气质给许多人留下深刻的印象。

就在北平那些风雨飘摇的日子里,王拓经常出现在张家门前,不进门,也不拉门铃,只是往信箱里投下信件就走了,那些充满着炙热话语的信常常会上午一封下午一封地出现在张家信箱里。那时候,喜欢张楠的人不止一个,有的还是具有很深革命资历的北平地下党领导

荣高棠和管平是红岩村里快乐的一对

人,但张楠的心却只为王拓所感动。王拓不是党员,也不很清楚剧团的真实背景,当张楠决定要离开北平时,他毫不犹豫地随张楠一起踏上了艰难的"移动"之路。

张楠和王拓的性格也大相径庭,张楠胆大、稳重、果断,在剧团中配合荣高棠处理许多事务,有股女中豪杰的味道;王拓聪明精干,有幽默感,记忆力特别好,有过目不忘的本领,闲时讲起《三国》、《聊斋》来绘声绘色能吸引一群人。有趣的是,这个英俊帅气长着一张明星脸的小伙子,并不擅长演戏。他在剧团负责编写宣传快报,一次一个重要角色空缺,导演让他顶替,谁料他上台后只要一张口就想笑,笑得自己都无法控制,后来,导演只好派给他一些不说话的群众角色走走过场。

尽管有着许多不同,他们在感情上却是稳定的一对,没有荒煤、瑞芳的那些诗意和苦闷,也没有荣高棠、小管的出人意料,他们有的是自始至终的相互依恋和支持。他们的感情流露得也很自然坦率,在行军途中,累了的时候,他们会并肩地躺在一个地方,身上盖件"黑虫子",两双长脚伸出在黑大衣外面,或蒙着头说几句悄悄话,或就那样静静地仰望着蓝天休息一会儿,那种默契和亲密让同伴们看了羡慕不已。

最让人记忆深刻的是,剧团脱离了山东省教育厅的管辖到达西安的时候。一天,忽然不见了王拓的踪影,大家正在着急,有人回来报告消息,说王拓在街上遇到抓壮丁的和很多人一起被捉走了,正关在一

携手走过半个多世纪的张楠和王拓

个地方。张楠听了二话不说就赶了过去,进门便拍桌子大骂国民党兵不识相,抓人抓到大小姐头上来了,她搬出了父亲的名字和官位,又搬出了山东省教育厅和一些国民党官员的名字,那些人吓坏了,很快就放人,张楠得意地领着王拓回来了,进了门,才觉得有些后怕。

他们一起到达延安。王拓在剧团到延安前被发展入党,张楠是"七七事变"前的党员,她本可以到为成熟党员建立的马列学院进行深造,但她却选择和王拓一起进了初级党校(组训班)。在延安男女比例极其悬殊的情况下,以张楠的条件,她在婚姻上可以有很多选择,那时候,组织上正忙着为老革命们组建家庭,那些带着耀眼的荣誉出现在知识分子面前的共产党高官们对女性有着不小的吸引力,但张楠始终忠实于自己的感情,她和王拓在以后漫长的岁月中彼此扶持,相濡以沫。

移动剧团的另一对恋人是方深和胡述文。

方深是移动剧团的主力演员,他被公认有着天生的演剧才能,演什么像什么。到延安后,他曾饰演《日出》中的李石清,被大家评价为绝对一流。遗憾的是后来他没有从事表演,这位国立北平大学工学院的大学生经历了战争的考验后,终于重拾自己的专业,回到新中国建设岗位上,担任了水利电力部司长。

新中国成立后,胡述文终于又重新考上大学,她和方深都工作在电力系统的岗位上

　　胡述文出身于一个破落官僚家庭,在中国大学读书时和张楠是同学,北平陷落的时候,她正在河北家中,她要走,母亲拦不住,说:你要抗日就走吧!就这样,她毅然地离开了家,通过平津流亡同学会,找到了张楠他们。胡述文和方深在移动剧团相识,方深也是河北人,他们彼此存有好感,但终因先后离开剧团没有机会表白,巧的是当他们从不同的地方分别到达西安后,竟天赐良缘地遇到了一起。他们结伴而行,并充分地发挥了演剧才能,上演了一出主仆二人赶路的好戏。

　　1938年夏天,在西安通往延安的黄土路上,一匹载着人的小毛驴"嘚嘚"地走着,骑在毛驴上的,是装扮成国民党官太太的胡述文,手拿鞭子牵着毛驴的是方深。西北的太阳照着他们,黄土在他们身后泛起阵阵烟尘,他们时而中规中矩俨然一副主仆模样,时而有说有笑亲密无间,过了国民党的哨卡之后,他们便改为步行,十天的时间走了八百多里路,当他们终于和移动剧团的伙伴们在宝塔山下相遇的时候,他们彼此的心也真正地连接在一起了。

　　……写下这些故事,已经是七十年后了,初夏,阳光明媚的大街上,满眼是相携相拥自由自在的青年伴侣,然而,那遥远岁月里的身影却在我内心最柔软的地方留下一抹难以消退的印记。

　　六十多年前的那场战争磨炼着年轻的大学生们,却没有改变少男少女们纯洁纤细的内心和对美好感情的追逐。在清晨的大明湖畔,他们奔跑嬉戏,把战争抛向脑后;在一望无际的麦田中,他们张开双臂忘情地呼喊;风雨之夜,他们黯然神伤地怀念着遥远的家乡;饥饿和病痛中他们为同伴奔走、流泪……就在这同甘共苦生死与共的朝夕相处中,移动剧团最初的十五人,有四对人结成伴侣……穿过悠悠岁月,我为战火纷飞年代的爱情而感动,为青春的如愿以偿而庆幸。可是后来呢,在和平的年代里,当平凡替代了精彩,苍老掩盖了美丽,琐碎的生活一点点地挤走了昔日的浪漫以后,爱情是否还会保持不变?他们又是怎样度过那些寻常的日日夜夜,使婚姻维持长久的?

对于爱情,艰难往往是一种催生剂,平淡却是一种消磨,一种无情的摧残!——这是否也适用于他们?

张昕老师在聊天中说,世界上的事情永远不会十全十美,婚姻也是同样。在移动剧团的四对人中,后来也出现过插曲,但是都没有影响到他们的婚姻,影响到他们对家庭的责任。

她甚至非常直率地说,其实自己和荒煤就是性格绝对不同的两种人,婚姻并没有使我们改变什么,一个依然心直口快有点任性,一个仍旧内向有些忧郁。打个比方吧,我们在一起也经常发生矛盾,但想要痛痛快快地吵一架都不可能,那实在是一个闷人啊!张昕老师开玩笑地形容:我的行为有时候对荒煤来说简直就是一种性格的重新塑造!

我感叹张昕老师的坦然,这塑造有多难只有他们自己知道。听张昕老师说他们甚至探讨过另外一种可能,但是,他们都做不到,荒煤说,看到张昕,他有时候会想起当年在移动剧团她坐在炕上哭的样子,两条腿从炕沿上搭拉下来还不能着地呢……又说,就是分手了,我还是要去找张楠他们啊……

他们就这样一起走过那些看似平常的日子,张昕眼见着荒煤肩上的担子越来越重,额顶上的头发越来越稀少,人也纠缠在政治与艺术的漩涡中越来越扯不清。1964年文化部整风,她跟着被贬下放的丈夫离开北京,直到"文革"开始,《人民日报》点名批判荒煤的文章赫然出现在面前,她才知道自己必须面对过去想都没有想到的严重局面。她平静地送荒煤离开那个已经充满了声讨和批判的山城,走时,荒煤只穿着一双凉鞋拎着个小包,北京说是去集中学习,似乎一两个星期就能回来,等到他全身浮肿、面目全非地被人押着出现在张昕和孩子面前的时候,岁月飘忽已经过去了九年,这是音信全无生死两茫茫的九年,但张昕从来没有放弃过希望……或许,正是他们生命中曾经有过的那一段生死相连的经历,让他们一生都不能彼此放弃。

和平年代的生活并非风平浪静,移动剧团的四个家庭在一波又一波的政治斗争中都经历了严峻的考验。1959年,方深在反右运动中被定为右倾机会主义分子,撤销党内外一切职务,胡述文在沉默中挺过了艰难的日子。"文革"中,张楠和王拓都经历了残酷的批斗,但他们一如既往地彼此支持,相互安慰……荣高棠在"文革"中再次面临生命中的危急时刻,先是一次次抄家,一次次地在北京大大小小的体育馆批斗,接着是身陷囹圄长达八年。他们的那个在红岩村给了大家许多快乐的儿子乐天,也终于身心俱损过早地耗尽了青春和生命。为了让荣高棠和病危的儿子见上最后一面,身患严重心脏病的管平不顾一切地四处奔走,直到惊动周恩来和邓颖超,当荣高棠被解放军战士押着出现在医院和儿子诀别的时候,急病交加的管平再也支持不住地昏死了过去……那天,荣高棠是在背后一片哭声中被带走的,儿子死时大睁着双眼,在生命的最后时刻,依然顽强地表达了自己的善良和对父母的感情,这让他更加心如刀绞……荣高棠不知道自己是否还能见到管平,不知道她能否挺过这透彻心腑的丧子之痛,他泪流满面,踟蹰着脚步,在心里一次次地呼喊着妻子和儿子的名字……几年之后,他终于走出了监狱,让他心存感激的是,管平,这个和自己生活了几十年的女人,以欣慰的笑容迎接了他,她不仅顶住了疾病的威胁,也顶住了政治斗争的惊涛骇浪,无论造反派怎么批,无论"中央文革"怎样定性,无论有什么样的大道消息小道谣言,她都不动摇,就像四十年前的那个假小子一样的"拧"。

抑或,这还是因为战争年代那段生死相依至深至爱的感情吧,它铸就了他们共同的生活道路,使他们成为一辈子都彼此相信、彼此依靠的人,此生纵然有多少沟沟壑壑,他们都将从容面对。

这就是当年移动剧团四对恋人的故事,事情到此并没有结束,在几十年后的寻访中,我又知道了关于第五对的故事,这是一个让人伤感的故事。

剧团中,除了小管,就数张昕年龄最小,她演戏、刻蜡纸、油印宣传品,程光烈也负责这方面的工作,他们待在一起的时间较多,程光烈很快就喜欢上了这个有点任性的小姑娘,但程光烈是一个对自己有着很高要求的人,他不想把自己的感情过早地流露出来,一方面有些不自信,另一方面也觉得大敌当前更重要的是抗日,不能让个人的事情妨碍了革命工作,但这感情却一直跟随着他,给他带来了很多苦闷。

张昕对程光烈的感情几乎没有什么察觉,她更愿意和杨易辰待在一起。九郎不仅工作积极,还是团里最大的乐天派,他性情豪爽说话直率,很少有发愁的时候,他喜欢作打油诗,喜欢唱歌,每当团体中有人想家或是遇到困难心情沮丧的时候,他就会用沙哑的嗓子唱起来:

> 不要皱着眉头,
> 大众的歌手!
> 要知道路途是多荆棘的,
> 铲除它呀,只要我们还有双手。
> 提防着陷阱呢,
> 跌倒爬起来,挺着胸膛走!
> ……

歌声是沙哑的,但充满着热情和力量,每当他一唱,大家就跟着唱了起来,开始是哼哼,后来歌声就越来越响亮,好像真的就忘记了忧愁。

三妹喜欢九郎的乐观热情,这很对她的口味,九郎也很喜欢三妹的性格,闲下来的时候总要找三妹一起玩,两个人在一起兴高采烈情投意合。

一年多的"移动",张昕和九郎成了快乐的一对。然而,张昕还像个没有长大的孩子,她不喜欢瑞芳和荒煤总待在一起,也没有意识到自己和九郎之间的感情意味着什么,当他们到达延安后,当需要做出决定的时候,三妹却犹豫了。她记起离开北平时娘对自己的殷殷嘱咐,娘生怕最小的女儿在感情问题上有什么差错,希望她一定要等到自己认可后再做决定。而此刻,娘远在千里之外,对娘的思念和信任使她做出了一个让人吃惊的决定,她提出要和九郎停止交往。

九郎受到了很大的打击,他很痛苦,并且完全不得其解,他知道三妹年纪还小,她还不清楚这样的一个决定会给他们的将来带来什么样的后果。一次张昕和几个人一起在延安城里逛街,敌军飞机来了,扔下一串串炸弹,他们奔跑着躲在一堵墙后面,逃过了一场劫难。事后,九郎告诉三妹,听闻此事,他心里虽然害怕却突然闪过一个念头:我希望你被炸掉一条腿也好,那样你就永远也不会离开我了,我会永远照顾你!

尽管如此,单纯的九郎还是尊重三妹做出的决定,从此不再去找三妹。

张昕忘不了年轻的杨易辰说过的话,他说话时的眼神和话语中充满着的不顾一切的对爱情的渴求。然而,昔日感情的蓓蕾最终没有结果,只能深埋在心里,变成一道伤痕、一个遗憾和一份值得怀念的美丽。很多年后,张昕曾通过朋友向杨易辰转达了自己当年草率决定的歉疚，杨易辰平静地接受了，他知道，荒煤是一个好人，一个好兄弟，他希望他们永远幸福。

或许这就是上天的安排，是战争造成的遗憾，是一种未到的缘分，也是为了别人而牺牲自己……有些感情经历过很深的创痛，酿出的苦涩足够终生品尝，他们默默地承受了，把它封存起来，一旦触及，竟一样的如歌如泣……

诀别与分道

1938年8月28日,张楠在移动剧团团体日记中写道:

时候到了,一切都成熟,我们不得不明确表示我们的意向了。

写下这些文字的时候,距他们离开北平整整过了一年。7月15日,他们在河南确山张楼迎来了剧团成立一周年,那是一个漆黑的落着小雨的夜晚,在一个一贫如洗的村庄,他们和孩子剧团的团员们一起,蹲在较为干一点的场院上,为自己举行了一个纪念仪式。小孩子们跳起了稚气的舞蹈;杂牌有些夸张地唱着山西梆子;依然是荣高棠指挥,庄璧华起头,大家一起唱了流亡三部曲:《离家》《流亡》《上战场》……歌声在纷纷飘洒着的雨中显得格外苍凉。

一年了,在战争的惊涛骇浪里,移动剧团就像是一叶小舟,船上的人们齐心合力,迎着风浪努力前行。然而,一切并不像他们当初想象的那样顺利,战争遥遥无期,漂泊的路望不到尽头,小船终究要驶向哪里?是他们每个人不得不考虑的问题。

短短的一年,他们似乎走过了漫长的路,也发生了很多的变化。

郝龙最先离开了剧团。

性情豪爽的郝龙是张瑞芳北平国立艺术专科学校的同学,民先积极分子,也是剧团最早的发起人。"七七事变"前,他受民先总部委托,组织起剧团的前身——农村服务旅行团,并担任团长。在移动剧团取得了合法的地位,隶属于山东省教育厅后,由于张道藩坚持要派钟志青担任团长,郝龙就成了副团长,荣高棠成了剧团总务。

在团里,郝龙饰演老汉、连长等角色,表演幕表戏(一种根据形势随时创作的幕间短剧)。谁也没有想到,他还给剧团带来了意外的影响。随着演出的成功,剧团在河南一带名气越来越大,不断有人来找剧团。一次演戏结束,来了两个教员模样的人,说是要找"贺龙"参加队伍,剧团的人说这里没有"贺龙",来人硬是不信,说大伙都听说了,剧团的团长就是贺龙。他这么一说,大家才明白他们是把郝龙当成贺龙了,经过耐心解释好不容易才把来人劝走。虽然完全是误会,郝龙还不免有几分得意,荣高棠却有几分担心,怕目标太大了弄出什么麻烦来。

3月,庆祝台儿庄大捷之后,胜利的消息频频传来,年轻人的心充满着躁动和不安,郝龙待不住了,他总觉得宣传工作不过瘾,想亲自上前线杀日本鬼子。剧团到徐州后,他毅然决定离开。这是剧团成立以来第一次有人离开,而且还是主要人物,这一天的团体日记中庄璧华写着:

> 几个月来,我们是十六个伙伴,但是今天老郝却要离开我们了,为了工作。我们是应该让他去的。在感情方面不免有些留恋。在大同饭店,我们为他饯行,每个人都感到了怎样的感觉呢?
> 漆黑的昏夜里,我们默默地把他送走了。

郝龙是最先到达延安的,在那个山上山下都洋溢着年轻人歌声的地方,他投入了学习,张昕到延安后还收到过他的信,信中写道:说来滑稽,我结婚了……"看看,他说的什么话,谁和他结婚不是要倒霉了

充满热情和书生气的郝龙

吗……"几十年后,张昕提起往事还哭笑不得地数落这个书生。这个不安分的人婚后不久就上了前线,他当了团长,仍然书生气十足,一次擦枪,不慎走火把警卫员的腿给打伤了,正是因为安排警卫员住院,在邢台竟意外地遇到了张昕。这已经是抗战胜利后了,几年不见他们都非常兴奋和感慨,郝龙讲述了分手后的经历,还告诉张昕,最让人想不到的事情,是郭同震在北平带着军统特务把他的家给抄了。

那是最初听到郭同震的情况,张昕很吃惊。是郝龙介绍郭同震到剧团来的,他们曾经一起演戏,同住一个屋檐下,在一个锅里吃饭,她还记得两人同台演幕表戏的情景。一次,郭同震扮演从前线回来的伤兵连长,郝龙演记者,一向脾气暴躁的郭同震正因为什么事情不高兴,上台后便不想接台词。郝龙问:前线的时局怎么样啊?郭同震说:你去看报纸啊!郝龙说:报纸上怎么说?郭同震说:你看了就知道了!急得郝龙直瞪眼,没办法只能自圆其说。从台上下来,郝龙要找郭算账,郭同震自己却乐了,还一个劲逗郝龙……那天,在邢台听说郭同震的事情,张昕愤愤然,谁能想到,朝夕相处了一年多的人,竟成了军统特务,还干出这么狠毒的事情来!郝龙说起抄家来,倒显得很平静,像是在说一个和自己无关的笑话,经历了战场生死的人,把许多东西都看得很平常了。

后来,郝龙牺牲在和国民党厮杀的战场上,死时只有三十岁。这个充满豪情的青年,国难当头甘洒热血甘抛头颅,日本人的炮火没有把他打倒,却终于死在自己同胞的枪口下。老人们保存着他的一张照片,照片上那个年轻人身着棉布军装,威武英俊,他站得笔直,目光沉静而坚定,好像随时准备迎接任何艰难和危险的考验。很难想象,这就是那个充满了书生气、浪漫气的艺术专科学校的学生……

郝龙走后不久,方深也离开了剧团。和郝龙一样他也是受到战争胜利的鼓舞离开的,他去了第五战区的一个机构,希望自己离前方更近些。虽然大家都很舍不得这个台柱子的离去,还是按捺住依依不舍的心情把他送走了。

春天过后,战局变得愈发复杂。5月,形势急转直下,日本侵略者沿津浦线南下,占领徐州,国民党节节败退,整个华北沦入敌手,剧团在奔波中也越来越显出劳顿。

陆续有人生病了,先是管平,后来一连几个人倒下,连一向很少生病的荒煤也病了,有位老中医为他们诊治,并为所有的人把脉,说他们都是因为劳累过度了。到了夏天,信阳地区开始流行疟疾,年轻的一伙人中又不断有人病倒,他们坚持着,彼此照顾,尽可能不影响工作,一年前见过他们的人都说,他们已经不像过去那样活蹦乱跳了。

没有想到的事情还在后面。

他们中间最结实的一个病了。王松山是在漯河参加剧团的,负责放映电影。他曾经在上海电影院当工人,因为家境贫寒没有上过学,全靠着勤奋一点点地琢磨,慢慢地干起来,"八一三"后,他毅然放弃每月七八十元的薪水离开上海加入了抗日的行列。他人很老实,看上去有些木讷,话不多,但很执着,责任心很强。剧团转移的时候,他总是扛着笨重的电影机跑前跑后,从不肯让别人帮忙,大家戏称他"电影机"。在这个由大学生组成的团体里,他显得与众不同。

"电影机"病了,开始大家都没有注意到,他也默不作声,后来一连几天都不见好,他还说不要紧,可是没过几天,黑黑壮壮的他就起不来了。

一天,天色渐黑,"电影机"突然从床上坐起来,闹着要到院子里去散步。张楠扶着他,发觉他的腿已经僵直,根本无法跨过门槛。好不容易帮他把腿搬到门外,他就一下子跌坐在地上失去了知觉。张楠急忙大喊来人,大伙往起抬时才觉出他竟像石头一样沉重。抬进屋里,好一会,他才挣扎着喘过一口气来,整个脸憋得发紫,喉咙里还不断地发出咯咯的声音。

一时,大家都慌了手脚。荣高棠、荒煤、姚时晓去了汉口还没回来,满屋子的人都病着,几个能动的人忙着找大夫,请来的老中医看了,连连摇头,不肯开方子。生着病的钟志青,挣扎着爬起来半夜里叫开城门去请军部的军医处长,结果人没请到,回城的时候,自己疟疾发作,躺倒在城门洞里。

整个信阳城找不到一个医生,心急火燎的同伴们只能眼睁睁地看着"电影机"在死亡边缘挣扎,新参加剧团的卢方平试着给他扎了几针,毫无反应。同院住着防疫大队的人跑来看了,说他可能是伤寒,要隔离以防传染,大家毛骨悚然地站在院子里,听着他一阵接一阵的呻吟,心里都感到了从来没有过的难受和恐惧。

第二天清早,军医处长终于来了,诊断为伤寒初期,说昏迷是因为大便不通,灌肠后会醒过来的。大家听了都松了一口气,没想到寻遍城里的医院、药房都找不到灌肠器,此时,虚弱透顶的"电影机"已经不再需要灌肠器了,他自己排泄在床上,仍旧昏迷不醒。军医没了法子,打了一针强心针走了。

有人想到了天主堂医院。抱着最后的希望,大家急忙把命若游丝的"电影机"抬到那里,洋医生们表现出了比中国医生更多的热情和耐心,但结果也只是打了一针强心针又抬了回来。夜里,大家顾不上传染不传染,两人一组轮流守护着他,所有的人都在心中默默地祈祷着,希望他能够凭借自己顽强的生命力闯过这一关。

在焦虑和疲惫中度过了一夜,荣高棠、荒煤等人终于回来了。商量后,决定再次把不见转机的"电影机"抬到天主堂医院。医生们还是束手无策,又打了一针抬回来,在路上"电影机"已经气息奄奄,大家知道这次恐怕是真的没有希望了,就把他安放在后面的空房子里,到了中午,"电影机"便无声无息地走了。

张瑞芳在8月11日这天的团体日记中写道:

> 我们都不愿去看他,怕留下一个难以忘怀的悲痛的影子。把他停在那空屋里,路过第六寝室的时候,都不由的向着那深掩着的门投以深深的一瞥。

"电影机"就这样离开了。那一天,所有人的心情都非常沉重,虽然死亡在他们眼里已经屡见不鲜,当它突然降临在自己同伴身上的时候,他们还是感到了震惊和压抑。这是他们第一次诀别自己朝夕相处的伙伴,战争的残酷和生命的脆弱都赤裸裸地展现在面前。晚上,生着病的同伴们聚在昏暗的灯光下,听姚时晓报告"电影机"的生平,闷热的空气中只有姚时晓一个人的声音在屋子里回荡,大家默默地听着,默默地为战友哀悼,已经弄不清脸上流着的是泪水还是汗水……几十年后,张瑞芳、张昕回忆起那个夜晚仍然非常伤感。她们感叹王松山的早逝,感叹自己对王松山了解得太少,她们发现,这个淳朴敦厚任劳任怨、平日看上去一点都不起眼的人,其实大家很难把他忘记。

同伴们把王松山葬在信阳山坡上一个小小的土包里,当他挣扎在死亡线上的时候,正是荣高棠竭尽全力和组织上取得联系,最终决定大家去向的时候。仅仅半个月后,张楠就在日记中写道,是"明确表示我们的意向"的时候了。可惜,王松山没有挺过这个关口,这个在上海时就曾经领导过几十个工人罢工的年轻人,虽然并不清楚荣高棠们的身份,但他的勇敢、一心向往平等的愿望决定了他一定会跟随大家一起踏上西去的路途,延安宝塔山下一定会出现他留着分头、黑黑壮壮的身影。

告别王松山那灰色的墓碑,悲伤笼罩着剧团的年轻人们,疾病仍然纠缠着他们,连身体最棒的荣高棠也病倒了。正值"八一三"的纪念日,他们到南门外的沙滩去开会,回来的时候,杨易辰和叶君石(也是后来参加剧团的)两个二十岁出头的小伙子都挂着棍子,一里多的路程,中途要休息好几次,大家看了心里都很难受。

就在这个时候,荒煤和瑞芳也走了。

一段时间以来,荒煤一直承受着精神上的苦闷,他不像荣高棠那样老是梗着脖子呵呵地笑,也不像杨易辰那样爱在别人难受的时候唱歌,他的忧郁并不那么容易排解。战争根本看不到希望,第五战区的形势也一度越来越糟。很多年后,他还这样忧伤地写道:

> 整整一年时间里,就是不断地唱着救亡歌曲,一面呼呼"战斗",一面不断哀叹"流浪"——又总是看着部队不断地撤退、撤退;《松花江上》那首歌曲中"流浪、流浪,哪年哪月才能够回到我那可爱的故乡——"凄凉的音调,总是不绝地萦绕在心头……

剧团停留信阳时,荒煤回了武汉,在一片唏嘘声中见到了分别多年的母亲、大姨母和弟弟妹妹们。他还遇到了在国民党军事委员会政治部第三厅工作的张光年,叙谈后光年悄悄地告诉荒煤,曾经看到钟志青的一个报告,说荒煤和姚时晓可能是左翼的人,张光年提醒荒煤小心提防,荒煤说自己心中有数,知道钟志青是干什么的。话虽然这样说,心中却禁不住生出感叹,一年的时间里自己始终和组织接不上关系,却已经被钟志青盯上了,他知道或许应该离开了。

也正是那次在武汉,荒煤见到了阳翰笙、田汉、洪深、盛家伦等人,并和宋之的、舒群、罗烽共同创作了多幕话剧《总动员》,那时,武汉正危在旦夕,到处是一片"保卫大武汉"的呼声。他们很希望能够通过上演此戏鼓舞社会各界的斗志。同在武汉的钟志青很快把情况报告给张道藩,张道藩召见了他们,荒煤向他介绍了《总动员》,并提出让移动剧团到武汉来排练上演。谁知,张道藩听了很不高兴,冷冰冰地说:"什么总动员,怎么动员?日本飞机来了一轰炸,大家都得跑!"他坚持不让剧团到武汉排演《总动员》,荒煤很失望,只好把剧本寄到上海杂志出版公司出版了……

时局的无望,无法和组织接关系,不能从事创作,加上爱情上的挫折,终于使他下决心离开剧团。

到哪里去?目标似乎只有一个——延安。在北平时,他就曾经参加西北访问团想到延安去看看,结果,"七七事变"的爆发使他没有走成,现在这个想法更加强烈地吸引着他,牵扯着他。他读过斯诺的《西行漫记》,有了不少感性的收获,延安——总是让他联想起童年时代记忆深刻的那场大革命,红旗飘飘的广场,响彻云霄的歌声,到处涌动着充满激情和自由的呼声……想到这些,他内心堆积着的那些忧郁似乎就要被冲散,取而代之的是一种追求新生活的冲动……

送走瑞芳后,荒煤又一次回到武汉,赴延安决心已定。他一个人找到了汉口八路军办事处,没有介绍信,也没有熟人。在办事处里他提出要见周恩来先生。恰巧,周恩来不在,他正在懊丧中,却看见吴奚如走出门来。吴奚如很高兴又有些惊奇,听说他要见周恩来,问他是否认识周恩来,荒煤说:"当然不认识,他是办事处负责人,我不找他找谁?"吴奚如笑了,荒煤这才知道吴奚如就是周恩来的秘书。他们畅谈了一阵,吴奚如把一封给西安办事处的介绍信交给了荒煤。后来,阳翰笙又资助了他二十元钱,就这样他做好了去延安的准备。

8月的一个平常日子里,荒煤给家里留下了二十元钱,尽量装作没事的样子,说过几天就回来,心里却在默默地和母亲、伯伯、弟妹们告别。一走出家门,便禁不住热泪迸流。

荒煤再次踏上了漂泊的路途。回想移动剧团的日日夜夜,回想一年来彼此用热情感染着支持着的同伴们,心中不禁浮动着难以排遣的愧疚,他觉得自己不该在剧团最困难的时候离开大家,但他知道如果不走自己或许会被忧郁所压垮,他必须离开,必须去追求新的东西,他不知道前面还有什么样的困难,但就像他在多年之后所说的"心灵中永远燃烧着希望之火",只要这火不灭,就永远有希望。

与荒煤、瑞芳同期离开的,还有胡述文。

至此,剧团已经有五个人离开。虽然也陆续补充了几个人,但走的都是骨干,很伤元气。眼睁睁地看着患难与共的战友们一个个先后离开,这不能不使荣高棠受到刺激,他发着高烧,逢人就说剧团一年多来的历史……一时间,大家的情绪都很不稳定,觉得这个宣传工作已经没有什么前途了。

剧团急需休整,下一步怎么办,必须尽快做出决定。为此,荣高棠和张楠两次赴武汉,终于找到了蒋南翔,并通过他秘密地与驻武汉的中共长江局取得了联系,汇报后,董必武建议剧团全体成员去延安休整,并亲自为他们写了一封去延安的介绍信。

八十年代,张楠在那篇题为《从北平到延安》的回忆中这样说:

> 我们那时和武汉的平津流亡学生会有联系,蒋南翔在那里,荣高棠和我从河南信阳到武汉,找到了同学会,也找到了江凌。我们的要求反映到了长江局,组织批准我们的要求,同意我们到

延安去,给八路军西安办事处的介绍信是董老写的。

(注:剧团在济南时,是黄敬派北京大学的江凌秘密地送来了组织关系。)

这无疑是一个重要的历史性的决定,它不仅决定了荣高棠们的命运,也决定了那六个新参加剧团的年轻人的命运,听荣老说,董必武给剧团写的介绍信一直存在他的档案里。然而,"文革"中,剧团为什么去延安,怎样去延安,都成了专案组和造反派们重点关注的问题,在他们看来,一个已经投靠"国民党",可以肯定就是"特务集团"的组织,到延安去一定有着不可告人的政治目的,到达后也一定有着见不得人的阴谋活动。那封存在荣高棠档案中、由董老亲笔写的介绍信已经不足以减轻对他们的怀疑。

专案组拍着桌子要荣高棠如实交待,荣高棠却在心里一遍遍地对自己说:一定要实事求是,一定要对历史负责,即使打死我,也不能编造假材料出卖战友……

历史,其实远比造反派们的想象更加复杂。

1938年的那个夏天,在离开北平一年之后,他们终于确定了新的目标,这个目标并不是一开始就制定的,但却是这个团体一路走来的必然结果。

目标明确后,荣高棠的心情明朗起来,他甚至有种如释重负的感觉……但没过几天,他的感觉又重新沉重起来。一年以来,荣高棠一直在与何思源、钟志青作着周旋。在这个小小的剧团中,国共两方面的力量始终在明里暗里进行着较量,现在要摊牌,当然不是一件简单的事情,带着这么多人到延安也将会困难重重。首先必须和大家沟通情况,尤其是对那些新来的人,既不能透露底细,又要争取把他们带走;其次必须向何思源摊牌;重要的是,既要脱离山东省教育厅,又要尽可能地不引起国民党方面的注意,不给前往延安带来麻烦,这所有的一切做起来必须慎之又慎……

荣高棠们做出决定时，剧团正在信阳，何思源从郑州接连几次来电报催促剧团到郑州与他会面。他原打算让剧团去南阳，济南失守后不少剧团都撤到南阳。后来，何思源又改变了计划，希望剧团北渡黄河到山东去。

北渡黄河，就意味着要拿起武器打游击。团里一部分年轻人本来已经厌倦了宣传工作，听到这个决定一时都跃跃欲试，希望休整后能渡过黄河去打仗。而此时，荣高棠已经得到了董必武的指示，要把剧团带到延安去。

怎么办呢？几个核心人物商量后，决定先支开钟志青，让他去郑州，表面上的理由是在离开信阳前应当向何思源要一封亲笔信感谢张自忠将军。实际上是为了在钟志青离开的时候，详细地研究行动计划，和大家进行沟通。

钟志青很快就从郑州带回了何思源的信，并兴高采烈地告诉大家，何思源正急切地等待剧团到郑州和他会合，渡河的一切准备工作都已就绪，何思源决定给每人发一支枪，每位男同志还有一辆自行车，笨重的东西可以先存在信阳。

那天，召开了全体团员大会，在会上张楠提出她和三妹不能再继续留在剧团了，学业荒废了一年，家里的意见要她们去西南联大读书。王拓、姚时晓、庄璧华等也相继提出要离开剧团，说了各自的理由。原本兴高采烈的钟志青没有思想准备，一时间蒙了。他一向得意于剧团的成员是清一色的北平大学生，演剧水平也很高，现在这么多人都要离开，无疑是个打击。一直没有说话的荣高棠、杨易辰急忙出来打圆场，劝大家冷静地考虑考虑，到郑州后再作最后决定。就这样，他们开始上演一出自然分手的好戏。

离开信阳，最使他们不舍的是张自忠将军。在59军将近一个多月，将军给了他们许多关心和支持。那天，剧团集体列队到张将军处辞行。遗憾的是，整整等了半天都没有见到。张楠在日记中生气地写道，没见到，是因为一个让他们讨厌的官员从中作梗的缘故。更让他们没有想到的是，这就是和张将军的最后诀别，一年多后，张自忠将军在襄樊会战中亲自率领部队截击敌人，激战九天九夜，身中数弹仍高呼"杀敌报国"，终于壮烈牺牲，实现了他战死沙场的誓言。将军的身影、将军的铿锵话语像抹不掉的印迹永远镶嵌在大学生们的生命里……很多年后，进入耄耋之年的他们谈起将军都敬佩不已。

告别了前来送行的青年军团信阳分团、开封青年工作团，他们终于登上了从信阳到郑州的火车。

两天后，在濛濛细雨中，他们到达郑州。站台上死静死静的，只有他们一行人和卖粥的小车夫。进到城里，到处是废墟，因为是交通枢纽，敌机每天要来轰炸几次，郑州差不多成了一座死寂的城市，一种悲凉深深地震撼着他们的心，张楠在日记中哀伤地写道：

  一年了，我们到过多少荒芜的都市！那些病了的都市又都不再是我们的……

他们都想到了北平，那离开了一年的古老皇城，鸽子在蓝天盘旋着，孩子们在长长的胡同中奔跑玩耍，四合院里散发着香气的槐花、梨树，刷着石灰的矮墙延绵不断地伸延……那里，还会有"妖气支持着的繁华"吗？！

到达时，何思源不在郑州，钟志青又回到信阳买枪去了，他们一行人住进了一家银行。临街的铺面早已歇业，他们发现了一个地道，地道的另一头连接着一个接一个银行内眷们住的小院，院子里有很大的防空洞，很隐蔽也很安全。他们一间间地走进去，挨个寻看着被战争遗弃的房屋，揣测着那些曾经美丽的家庭。灰尘覆盖着的家具，阴暗的光线下到处散乱着杂什衣物，都好像在无声地述说着一个个逃亡的故事……感叹过后,他们开始在废墟里寻找可以"移动"的东西,首先是书,见到好书总要想办法带走,荒煤在时最热心做这件事,留下的人也继续着这件重要的事情。其次,是对他们有用的生活物品,即使破旧,也要赶紧收起来。张昕站在一堆乱七八糟的东西里尖叫着,她惊喜地发现了一个大洋娃娃,高兴地把它拎出来抱在怀里,说是要带着它去西安,大家都觉得好笑,想想又有些释然,本来嘛,如果不是战争,她还是个快乐的孩子呢!

大家很快安顿好住处,郭同震幸运地找到了灯泡,给各屋安上,当昏黄的灯光亮起时,引起大家一片欢呼声。

几天后,何思源、钟志青都回来了。会上,多数人都提出要脱离山东省教育厅,到西安去。只有在信阳一直没表态的郭同震突然宣布要随钟志青渡河到山东去。何思源听着,瘦瘦的脸上没有什么表情,他的反应没有那么震惊,但是,他也没有立即表态。

整整一天,何思源都沉默着,大家表面上各自做着自己的事情,心里却忐忑不安地猜测着结果会是怎么样。最紧张的还是荣高棠了,他不能不做种种设想,最坏的是万一何思源不同意,采取扣押行动,那该怎么办……那天,空气显得异常沉闷,大家笼罩在这气氛中,窒息得都快透不过气来,新同志饶洁在日记中写着,冲、冲,我们要冲出这压抑的氛围!

经过一天的考虑,何思源终于同意了。

一直以来,他都很希望这些年轻人能真的成为他们队伍中的成员。然而现在,何思源知道他的希望落空了,在那一刻,他的心情极其复杂……

第二天晚上,钟志青作为团长宣布,虽然只有三四个人过河,但山东省教育厅移动剧团仍然存在,谁愿意离开都可以,9月份的经费照发,张自忠军长送的两百元和电影票的钱仍归剧团所有。

问题解决得还算顺利,分割物资时也没有出现什么让人"尴尬"的局面。经过了一年多的时间,荣高棠们又重新恢复了原来的名字——北平学生移动剧团,剧团中的老成员只有郭同震一个人离开了。

何思源再次表现出了他的大度,慷慨地送给剧团四百元钱,作为他们到西安的路费。

准备西去的人们召开了大会,制定了新的预算,决定要节省每一分钱,以防备失去经济来源后出现的麻烦。并决定坚持排练剧目,到西安后进行演出。还要出好最后一期移动小报,总标题是"从信阳到郑州"。

分手的日子就在眼前,离开的前一天,他们找了一家小饭馆,聚在一起吃"最后的晚餐"。

几乎所有的人都忘记了一切地大吃、痛饮!

已经到了初秋的时刻,天气变得凉爽起来,挤在那个小餐馆里,他们尽其所能地嚼着,结果人人汗流浃背满面红光。

何思源醉了,钟志青醉得失去知觉似的乱说一气,结果被两个人架了回去,倒在床上痛哭流涕,他这一哭,惹得旁边的人也各思心事纷纷地流起眼泪来,一时间,大家都哭得挺热闹……

他们为什么哭?哭什么呢!为了一年多的漂泊流浪,为了青春的生死与共?为了此生可能再难相见,或者也为了今天的同志在明天可能就是敌手?一伙分道扬镳的人们在分手之际却有着如此多的说不出的感受……

很多年后,在改换了门庭的北京,作为高级统战对象的何思源见到了中共高级干部荣高棠,两人很自然地谈起了那次分手,何思源对荣高棠说:怎么样,我当时对你们还是不错的吧!他说,其实,他知道他们的真正目的不是西安,而是延安。不过,他没有向荣高棠解释自己当时的心情,更没有细说在那沉默的一天里,他都想到了些什么。

很多年后,在共产党的监狱中钟志青也为自己辩解,说当时他就知道荣高棠他们是共产党,却没有对他们怎么样……说这些话的时候,他是什么心情?他想到过那次分手,和在那最后一次晚餐时的嚎啕大哭吗……他的话没有起到什么作用,他还是被处决了。

同样,还是很多年后,移动剧团的老人们谈起那次分手,那次大哭,有的人认为,钟和何的大哭是因为失去这么好的剧团,也就失去了为自己邀功的机会。这是一种可能,不过,这种说法又总是让人有点隐隐的疑惑,在经历了多年国共两党间惨烈的政治斗争之后,他们的记忆也发生了一些改变。比如,他们常常提起当年程光烈的壮举,在面临着日本军队追上来的关键时刻,为了使大家尽快撤离,他不顾危险毅然坚持留在火车上看守道具和行李,给大家留下了终生难忘的印象。可是,他们没有提到或是忘记了,当时,钟志青也留在了火车上看守器材……还有何思源的种种:他的慷慨激昂,他的充满"善意"的对年轻人的关心,他和大家一起唱歌,因为记不住歌词而忍不住笑弯了腰……所有这些在日记中都有记载,现在说起来他们却好像已经不能相信了。历史改变着人,也悄悄地改变着人们的记忆,在国共两党愈演愈烈的生死斗争中,有些记忆被强化了,有些记忆淡漠了,失去了,回避了。

然而,几十年前,新来的团员石精一在第一时间里,在日记中记下离别痛哭的这一幕时,充满在字里行间的却是人与人的真实感情:

……这是会餐,又可谓别离之酒,所以我们应皆痛饮!朋友,同志!我们皆饮吧!别时容易见面难,我们更加尽量的饮吧!

结果,何厅长、钟先生都醉了。钟先生痛哭流涕,有恋恋不舍之感,同志!勇敢一点!"再会吧,在前线上。"

即使明日是敌手,今日也还是同志,即使身为两个不同阵营,此刻也有难舍之情……我愿意相信,除了政治信仰不同,他们之间或许还有着真情和人性,有着哪怕很短暂的共同的青春记忆。就像一次,荣老在接受采访时随口说出的:我们关系不错,有感情!

这是实话。

这也是处在"文革"时代的人根本难以想象的复杂历史。

9月13日,脱离了山东省教育厅的一伙年轻人挤在污浊肮脏的三等车厢里前往西安。火车像一头老牛在茫茫的大地上蹒跚而行,他们的心却早已飞向远处:到延安去,目标已定他们有种解放了的感觉;到延安去,那里寄托着他们对新生活的全部希望……

火车走走停停,好不容易一站一站地数着,快到潼关时,又索性停下不走了,"风陵渡又开始炮战了……"车厢里人们议论纷纷。一直等到天黑,火车才又慢慢地开始前行。夜过潼关,探头向窗外眺望,暮色里,面前是一片黄滔滔的河水,对面高岸耸立,潼关与风陵渡隔黄河相望,日军占领风陵渡后,经常向潼关发射炮弹,列车每次通过都有被炸的危险。一时,车上的人都安静下来,倾听着车轮在轨道上发出嘎嘎的呻吟,慢慢地,火车一连穿过几个山洞,终于过了潼关站,车厢内重又嘈杂起来,所有的人都松了一口气。

经过了两天一夜的劳顿,他们在夜里十二点抵达西安。

西安在濛濛的雨中迎接了这一伙年轻人。对新生活的期望很快就被种种不顺所困扰。找房子、联络关系都困难重重,往北去的交通更成问题。连日的大雨,使西安到三原途中有许多泥泞过膝的地方,什么车子都过不去,一时间,他们竟无法离开此地。

他们只能耐下心来等待,并抓紧时间排练,准备在西安进行最后的演出。

正值"九一八"纪念日,他们和其他团体一起参加了纪念大会,并到广播电台演唱了抗日救国歌曲。第一次播音,当电台的小姐把开关打开时,他们竟有些紧张,庄璧华起头时调门低了,大家发挥不了,出来好不懊丧。后来的几次就顺当多了,庄璧华起头好,大家都拿出了自己的最高水平，唱得高昂充满激情，当他们听到自己唱的《长城谣》、《抗日救国进行曲》、《最后的胜利是我们的》从电台传向一家家的收音匣子的时候，高兴的心情真是难以言表。

演戏之余，他们抓紧时间休整看病，王拓在此地遇到了在惠东药房做事的表哥，表哥给了他一些钱。拿到钱，王拓立即请大家到明星剧院看根据果戈理《钦差大臣》改编的《狂欢之夜》，那晚，金山、顾而已、胡萍等明星汇集，让他们一饱眼福。

等待，是一件最令人烦恼的事情。他们怀着兴奋和不安的心情等待着，一部分人从离开北平的时候就期待着这一天；一部分人是在一年的漂泊磨难中渐渐地明确了目标；还有的人至今仍在期待中怀着迷茫和踟蹰，或许，解放区一开始就不是他们理想的归宿。在西安的那些日子，当庄璧华从播音室出来的时候还是那么兴高采烈，那么充满憧憬，她脸色红润，眼睛里闪动着希冀的光泽，脚步也是那样匆匆忙忙……找房子、播音、到小学校教唱歌，她一如既往的干劲冲天给大家留下了很深的印象。但是，谁也没有料到，在到达延安后不久，她的热情很快就冷却了下来，以至于终于离开延安，离开同伴们，走上了另一条生活道路。几十年后，当剧团的人们知道了她的困窘，试图帮助她时，一向骄傲的她恐怕是很难接受了。

庄璧华出生在一个富裕的家庭里，在民族危难的时刻，义无反顾地和大家走到了一起。然而，究竟是什么原因，使她在克服了重重困难到达延安后又选择了离开？有人说是因为骄傲，觉得延安学不到什么东西；有人说是因为她的一双缠足又放足的脚跟不上队伍；还有人说是因为感情问题……到底为何，他们之中没有人能够说得清楚。曾经有不少知识分子初到延安遭遇了不同程度的不适和困惑，但他们挺过来了，为了一个更大的目标，宁愿牺牲个人的种种。也许，只需要再坚持一下，再坚持一下……但庄璧华没有，她孤独地走开了。

最终，庄璧华没有加入共产党，也没有追随国民党，用郭同震的话说"她两边都不是"。两边都不是的人,也就失去了两边的精彩。她既没有荣高棠们的荣耀,也不可能有郭同震的骇人听闻,只是默默地在街道家庭妇女的队伍中度过余生。她是有过很多机会的,无论是在延安,还是郭同震动员她随同前往台湾,她都放弃了。移动剧团刚成立的时候,她曾经渴望做一个超出一切党派有着独立立场的自由人。她这样做了,或许正是随着这种幻想的破灭,她青春的热情也一点点地消失殆尽在历史的激流中?

1938年的夏秋之交,和很多人一样,移动剧团的年轻人来到西安,下决心克服重重困难奔赴延安。

通往解放区的路有很多关口,需要护照,这并没有难倒大学生们,经过王拓的一番努力,总算把马占山挺进军师部的护照弄到了手,但还是找不到适合的交通工具。一次次的联络总让人大失所望。有人告诉他们到延安去要注意的事情:路上说话要小心;进延安城时红军检查甚严;陕北偷风颇盛,揩油还是小事……他们都一一记在心上。

天气时好时坏,汽车、马车都弄不到,一连二十多天都走不成,大家的心情从焦虑变得烦躁起来,一天,程光烈因事和同伴起了争执,发了脾气,荣高棠也控制不住地想要辞去总务的工作,但很快他们又开会统一看法,安顿了大家的情绪。

10月6日,又是一个雨天,总算有好消息传来,八路军办事处有车出发,但只能先走两个人,荣高棠、姚时晓两个开路先锋,急忙捆行李赶去上车。

又过了几天,其他人终于分别坐着马车、毛驴车离开西安,开始了向延安的进发。在泥泞颠簸的路上,国统区渐渐地留在身后,再往北走,除了病号,多数人开始步行。尽管他们把大部分东西都留在了西安王拓表哥处,但身上依然背着沉重的行李。雨渐渐地停了,西北的

终于到达延安了,在照相馆里留下最后的合影。一排右起:荣高棠、卢肃、杨易辰、石敬野、叶宝琛。二排右起:管平、饶洁、张昕、庄璧华、江友森。三排右起:王拓、张楠、姚时晓、戴厚基、程光烈、李景春

太阳火辣辣地照耀着他们,路上开始扬起黄土,他们风尘仆仆日夜兼程。急速的行进中,程光烈的脚又肿得迈不开步子,张昕病了,躺倒在毛驴车里,怀中仍旧紧紧地抱着那个大个的洋娃娃。

经过了十来天的翻山越岭长途跋涉,他们终于到达了延安。当那个传说中的宝塔山远远地出现在蔚蓝的天空下时,灰头土脸的他们再也抑制不住发出了欢笑,杨易辰带头喊起来:"到家了!我们终于到家了!"大家一起放开喉咙喊着,每个人的眼睛都湿润了。

剧团住进了西北旅社,前期到达已经在鲁艺当了教员的荒煤闻讯赶来看望他们,又过了二十天,剧团在进行了最后的一场演出后,被分散到各个学校和组织中去:

荣高棠、杨易辰去了马列学院;姚时晓、方深、庄璧华、胡述文去了鲁艺;张楠、管平、王拓去了组织部训练班;张昕去了陕公高级班;几个新来的年轻人去了抗大……

清晨,年轻的人们打起背包,依依告别,纷纷离去。

还在等待分配的程光烈在日记中写道:

"将来大家怎样散呢?"在济南时候,因为大家彼此间感情太融洽,对将来可能的解散,有了这样那样顾虑,现在就是这样散了。

我们原不必对过去有什么过多的留念,也不必有什么伤感。事物总是有开头就有结尾的。然而人们往往在开头时不愿想到结尾,因而对结尾缺乏思想准备,临时不免感慨眷之吧。这也是人类生活上的一点小矛盾或者是思想上的小悲剧吧!
　　庄大姐病了。病中呓语"谁不爱护移动剧团?……"

程光烈写着,眼泪竟不觉充满了这个倔强的男子汉的眼眶。

结束了,一年多的生死波折,一年多的奔波磨砺,一年多的青春浪漫!他们原本希望能够保留住剧团,能够继续待在一起,但那是根本不可能的。延安以博大的襟怀欢迎了他们,也向他们昭示着以往一切的结束。

他们在快乐和惆怅中清醒地意识到:前面是新的考验。

北平学生移动剧团团体日记

说明：北平学生移动剧团团体日记自1938年2月23日至10月6日。原文错字作了更正；原文中有括号的地方有些取消，多数改为——；整理者对原文个别地方的补充、修正和实在无法弄清的疑问均用（ ）；原文多处没有标点，整理者予以增补；每天日记注明某某记，以及月份均为整理者所注。

二 月

二月二十三日　星期三　　庄璧华①记

我们在商丘车站等东来的车等了二十四小时之多，今天早上十点钟来到第五战区——徐州，平津同学会已经代我们找妥了住处——徐州中学内第二院。

虽然几天的路途跋涉，大家的精神都很兴奋，忙着安排好了行李后洗澡理发整理自己。

第一天到此地没有工作，动员委员会②和其他的朋友们来访。

没想到敌人企图迂回的重心还这样的安宁，街面上还繁荣，使我

---

① 也称庄大姐，团体日记由她记起。
② 国民党在各地建立"民众抗日动员委员会"动员组织民众参加抗日。

们的精神为此一振。

二月二十四日　星期四　　庄璧华记

上午九时在同学会开座谈会,对半年来抗战的局势作了一次总的清算,对国际形势的分析,抗战的前途与第五战区工作的状况。

下午三点动员委员会召开茶话会,一方面表示欢迎我们,另一方面彼此作工作报告交换意见,到会的有动员委员会的宣传大队、妇女委员会,情绪很热烈,而且约我们参加二十五六日慰劳伤兵的演艺大会。

会散后,我们的各股①开始和当地的已成立救亡团体联络找工作关系。

晚上开常委会②。

二月二十五日　星期五　　庄璧华记

上午开全体大会,决定恢复工作日程,开始加强政治生活充实内部,推动已成立的救亡团体,组织未成立的团体。

各组计划在徐州对内对外的工作。

上午十一时五十九军张自忠军长请我们吃饭,并约我们给他们工作几日。

下午七时在金城大戏院演戏,演出的是《冲上前线去》、《打鬼子去》,观众约千余人。

二月二十六日　星期六　　庄璧华记

这两天的工作还紧张,大家的情绪也很好。

---

① 移动剧团成立的各个小组。
② 移动剧团的领导机构,后改称干事会。

早上九点半在徐州操场开联欢大会,参加的有平津同学会、临汾同学会、鲁东游击队和我们。

开会后我们整队围场唱两个歌,由平津同学会担任主席,致开幕词,国际形势的分析,抗战的新局面,"一二·九"以来平津同学斗争的概况,又有各团体工作的报告,最后还有余兴。

下午三点参加妇女动员委员会会议。

七点在益智社演戏,我们的项目有《林中口哨》等,到会一千五百余人。

我们决定在徐州与第五战区宣传队、妇女宣传队合排几个戏:《反正》、《八百壮士》、《重逢》举行汇演。

二月二十七日　星期日　　庄璧华记

原定上午九时青年救国团召开座谈会,当我们正要出席时,又通知我们改到晚上七点半。

我们找到了空间,大家就分头去工作。壁报组忙着写壁报,通讯组低着头写通讯,联络组到外面去联络,没有分到工作的在图书馆看书,大家都很安静的工作着,每人都显示着喜悦。

十二点约定到五十九军去演出,很不巧,他们要开到前线去了,遗憾,没有把这部分工作完成。

一点钟左右,三十一军宣传队来访,并给我们一个新的双簧词,他们明天也要到山上去了。

晚上七点半,我们整队到动员委员会的礼堂去参加座谈会,临汾同学与鲁东南游击区的同学还有些其他的人都先到了,因为等夏秘书①还没有开会。

在人声杂乱中,歌声冲了出来,是临汾同学唱的,他们曾在八路军那里受过训,他们的举动确也代表了八路军的活泼,他们自己唱完后,还

---

① 第五战区司令部秘书。

采用了拉拉队的方式请求别的团体唱歌,于是会场的空气也就活跃起来。

夏秘书与晁宣传部长在会场中出现,立刻一切都变为肃静,主席宣布开会,致开会词,说明今天开会的意义,然后长官训话。

夏秘书在如雷鸣的掌声中走到了台上,谈了关于青年的四个问题。1.统一还境(?),抗战到底。2.青年运动应推及到广大的民众运动。3.年后青年运动团体力求合法与公开。

夏秘书是矮矮的胖子,说话很恳挚而稳健,可是声音低小一点,不容易引起人的注意。

晁部长不愧为宣传部长,说话很响亮。讲词依照着夏秘书的讲话,青年的行动言论要统一。

接着是鲁东南游击区的代表报告两三个月来工作的状况和组织游击队的意义。

临汾同学的报告:1.晋北的战局。2.陕西总动员的现象。3.团体的工作。4.民众集体化与工作抗战化。

我们是由小荣①来报告的,因为我们的历史较长些,所以内容比较充实,而且小荣也很卖力气。

最后,由上海国民救亡协会代表报告,他们团体组织的形成,工作的情况与到第五战区的请求:1.派更多的工作人员到苏北。2.青年究竟应先受训还是工作?3.各游击队缺乏联系而减少力量。4.文化食粮的恐慌问题。5.农民的生活问题。6.粮食缺乏问题。

大家都怀着一腔热血,坦白地提出了自己的要求。切望着能在第五战区李宗仁司令的领导之下保卫军事中心的徐州。

时间已经到十一点,灯火通罩着大礼堂,每个人都舒了一舒胸,最后合唱了《救亡进行曲》,作为大会的结束。

我们买了点梨和纸烟要慰劳刚从前线负伤归来的战士。

---

① 荣千祥,后改名荣高棠,新中国建立后曾任国家体委副主任、中顾委秘书长。

二月二十八日　星期一　　庄璧华记

早上起来还没有洗脸,大家就忙着去慰劳,拿着我们可怜的一点慰劳品,分头到各病房去,这里住了一百八九十位负伤的同志,为了我们祖国他们受到了敌人炮火的摧残。我们不仅对他们致以民族解放的最高敬礼,还要继承烈士的遗志把敌人赶出去。

今天,我们唱的歌是一位临汾同学——他们从陕北学来的小调——教我们唱的,确实适合时代,很大众化的。

因为没有对外演戏,内部的生活很安宁,壁报组的工作最为活跃,图书馆里也颇不乏人。荒煤①很用功,改好了两三个剧本。儒弟②和三妹③忙着写钢板,只有歌咏与漫画到徐州后没有一点工作的表现,通讯组大约是因为写稿者不踊跃颇感悲观。最近我们要想造成几个外交人才,所以小芳④今天跟小荣一同去动员委员会找夏秘书。

下午我们到病房里去慰问,并代伤兵写书信。四点老郭⑤荒煤出去排戏。

晚上管小姐来和我们开了一次看护讲习班。

晚七点,李宗仁司令召集各团体代表谈话,常委会决定小荣参加。

三　月

三月一日　星期二　　庄璧华记

上早操时小荣报告赴李司令谈话会的经过,李宗仁非常的恳切,

---

① 荒煤,此时笔名梅白,左翼作家。新中国建立后曾任文化部副部长。
② 程光烈,绰号"儒弟",新中国建立后曾任长春市副市长。
③ 张瑞珊,后改名张昕,新中国建立后从事电影表演教学工作。
④ 张瑞芳,著名电影演员。
⑤ 郭同震,绰号"杂牌",国民党军统特务,后改名谷正文,台湾特务头子。

对青年也非常爱护。

各团体代表向李司令的请求如下：

1.青年运动须有统一的组织。2.战区长官与各省关系须密切。3.青年须有七分的政治教育。4.改善人民生活。5.军队的政治教育。6.武装民众。7.对于外来的青年有固定办法。8.扶助青救。9.积极调整各县与动员会。10.民众团体给民众。

李司令的答复也使各团体代表很满意。

唱了半节歌的时候，一个消息传来，受伤的弟兄们来的很多，要我们搬家。大家只得回来整顿行李。搬家在我们团体中是最麻烦的事，也是最耽误时间的事，一上午忙着收拾零碎东西，整理得差不多时，又不要搬了，白费了好几个钟头。

我们开始两人一组和受伤的弟兄谈话，替他们写信。这样我们工作的类别又加添了一样，文书股可忙坏了，一天坐着要写好几十封信。

下午两点，我们整队向云龙山出发参加座谈会。山上风景很美，还有一口古井——饥鹤泉。在放鹤亭中第五战区游击司令部的秘书招待了我们。

这次座谈会很使我们满意，内容还算充实，大致谈到民众宣传组织，民众武装组织，运动战等问题。

七点钟我们才谈完，下山已万点灯火。

因为家里还有不少事，小芳留在家里替伤兵写信。

老郭、老姚、荒煤在家筹备联合公演的事。

近两天来大家的工作都很忙，只有钟先生①整天不知忙些什么？

今天小管②去看病，医生说是肠胃炎。

---

① 钟志青——国民党给剧团派来的团长。
② 管振堃，后改名管平，新中国建立后在国家体委工作。

晚上平秘书①请我们吃饭——奎光阁。

——云龙山座谈会给我们两个批评：1.很骄傲。2.演戏要采取东战场的事实。

三月二日　星期三　　　庄璧华记

我们教临汾同学唱《上战场》。

上午，大家忙着写通讯，写壁报，代受伤弟兄们写信。

昨天我们不在家时，有职工代表、矿工代表来见我们，要求我们援助他们，他们有一万多人失业，因生活的困苦恐流于汉奸行为。小荣、老姚②和他们作具体的商讨。

下午，出席全联代表大会。晚上小荣、老郭见谢质如——国民政府军事委员会的特派员。老杨③忙着我们工作的报告。

三月三日　星期四　　　庄璧华记

早操后报告昨日各方接见的结果。

出席全联代表者王文彬，他代表青救平津同学会和我们提案如下：

一、全面抗战后中国青年运动的动向

1.广泛的青年组织是根据公开、合法、民主的政策建立起来的。

2.在政府领导抗日政策下加强青年的团结，争取不抗日的分子参加抗日阵线，扩大抗日阵线。

3.青年运动的区域：前方以战区为单位，后方以省份为单位。

4.青运的作风——上中下各层的活动。

5.号召青年注意新的国防军队的建设。

---

① 平祖仁，第五战区司令部秘书，后做情报工作，被日本人杀害。
② 姚时晓，著名戏剧家。
③ 杨振玖，后改名杨易辰，新中国建立后曾任黑龙江省省委书记，全国最高人民检察院检察长。

6.反对青年到西北去受训到后方去逃难。

7.号召各战区青年回乡。

二、中国青年在国际青年反侵略运动中的任务

1.由全联派代表参加世界青年和平大会推动国际青年反侵略运动。

2.由全联组织海外宣传举行全世界反日运动。

3.号召海外侨胞组织青年团体参加反侵略运动。

三、青年在全民动员中的任务

1.国防军的建立。

2.农民自卫队的发展。

3.各种青年团体的建立。

四、抗战教育

1.中心都市的青年部训练学校。

2.农村工厂等普遍实施抗战的民众教育。

出席职工抗日联合筹备会。希望他们将中心转移为要求抗日。

见谢质如向他提出意见：

1.改善人民生活

2.军队的政治工作

3.中央集中全国青年平均分配到各地工作

4.组织全国工人

下雨歌咏停唱。排戏的人并未因下雨而停工。其余的人在家看书写稿。

下午六点在益智社演戏——二号晚十二点钟来此，非请我们参加四十一军慰劳伤兵的特约演出。歌咏唱的乱七八糟，《警号》也演的泄气。观众有二百人左右。

谢质如请吃饭，小芳与荒煤去的。

三月四日　星期五　　庄璧华记

院里的伤兵都走了,操场上因下雨拒绝了我们的拜访。我们在楼上唱歌。上午十点钟左右陇海路职工宣传队来要剧本。

老姚写剧改剧很努力,下晚排了《游击队》。

晚上又在益智演戏,《地道》是第一次演出,成绩还不错。我们预料着不会有多少观众,但剧院都满了,大约有五六百人,其中有三十一军的两位先生唱双簧,很滑稽,材料也很多,颇能适合观众的心理。

连着下了好几天的雨,这就是南方的特征。

三月五日　星期六　　庄璧华记

内务部长晚上看了戏,早晨起不来,再加上天阴,亮得晚,于是大家起床的时间也晚了半点钟。

早上排《窗外黑影》。

还是一些内部生活。因为忙着外面的联合演出,自己没有演出的机会——近两天正好给我们一些时间充实自己。

老郭和荒煤忙得连饭都不和我们一块吃。

十一点多钟,有一位宿迁县县长黄晋珩先生来找我们,希望我们离开徐州时能先到他们那里去工作,不过我们的路线已经决定了。

下午排了一次《窗外黑影》,对了一次《游击队》的词。

生活很平静,每个人在努力前进。

祝福我们的团员们健康,期望大家更努力。

三月六日　星期日　　庄璧华记

近两天我们的生活不很好,总要九点钟才能完全起床。

下了几天雨,我们每个人都添了一双胶皮鞋。

晚饭在动员委员会吃的。

天上的鹅毛雪飞着,路上的黄泥有一寸多厚,我们的伙伴们,风雪

烂泥中,向着动员委员会进发。雪花落在我们的衣服上,更黑白分明了,地上很滑,大家喊着:

"同志们当心摔跤。""前面有水,走旁边!""摔一个不错,煤球①变泥球。"大家兴高采烈的到了动员会宣传队,妇女动员会的同志们在吃饭,看见我们站起来举起手来表示欢迎。

不到十分钟,我们就吃完了饭。坐了汽车向中正堂前进。汽车很好,皮椅子坐着很舒适,可是苦了高个子站不起来。汽油味很足,好在不多会儿就到了,不然免不了会有人吐。

一座很壮丽的房屋呈现在我们的面前了。真不辜负为中正堂。一进门就有蒋委员长的尊容。我们开始演戏以来,还没有遇到这样好的舞台。那灯光的设置、漏气窗、舞台的装设,无一不表现着艺术,就是厕所也很讲究。总之,在里面呆着就忘记了这是陈旧的徐州府了。

今天的公演是招待市民。时间已经不早了,定好了六点半开演,但偌大的会场上只有稀疏的几个人。是的,虽然不要票价,但谁愿意花车钱呢?在每个人心里都想着,今天不会满场的。

因为是三个团体——移动剧团、妇女宣传队、第五战区宣传队联合演出,大家都很高兴,所以并没有因为人少而减少了忙碌,消沉了工作的情绪。

平秘书和江秘书②很有意思,凡是我们的演出他们每次都不放过,大风雨路远,并不能阻止他们前来。

到了开演的时间了,开幕典礼是第五战区的歌咏。第一个节目《三江好》他们演的不错,不过有的动作是太做作了,不能代表三江好的足智多谋。第二个节目是我们的《打鬼子去》熟练是可以说的,但情绪不如前几次的衔接,也许和演员病有关系。第三个节目三个团体合

---

① 团员们穿的是黑棉布大衣,故戏称"煤球"或"黑虫子"。
② 江雄风,第五战区司令部秘书。

演的《重逢》,老郭从未打扮得这样漂亮过,今天的杉本出色的很,白芝的动作有些呆板,脸部没有表情,这个剧本可以说比一些救亡剧本戏剧性要浓厚些。

约十点钟节目宣告结束。

出人意料,会场的人都满了,不过没有多少市民,大多数都是机关的办事员。

三月七日　星期一　　庄璧华记

好几天没有见到太阳了,阳光虽然很淡薄,但也很愉快,这淡薄的日光好像给了我们一个确信,不久强烈辉煌的太阳会展现在我们面前的。

楼下又来了一百多位兄弟们,从临沂下来的,重伤的很多,今天早上还抬出去一口棺材。我们要替他们报仇。

我们怕惊动弟兄们,所以唱歌是在同学会的操场上举行的。刚下过雪,晴天化雪,天气格外的冷,脚有点站不住,大家也有些不耐烦。好几天没有上早操了,一切的工作是各干各的。唱完歌,常委会作了一次报告,并决定在这里作一次市民公演。

感谢朋友们对我们的关心,医院的周先生听到我们伙伴们都咳嗽,请了一位军医来给我们看病,医生很客气和真诚。

太阳确比早上好得多了,天空没有一点云彩,伙伴们都怕放过了可爱的阳光,拿着各种的工作在温暖的阳光中宁静的低着头各自努力。

周先生让我们去和受伤的弟兄们唱歌,这是义不容辞的,我们应当尽我们力量来慰劳这些为国出力的弟兄们。不过事情做完了,我们感到很不自然,跑到各屋的门前喊了几声,给他们些什么印象呢,他们是否得到些安慰?

下午六时半还是联合公演,在中正堂。

一个从未有的场面。

幕开了，一切都和以往一样。妇女会的歌咏，照例的一阵掌声，把歌手送下了台。主席报告有一位二十三医院的受伤的同志作前方报告。

一阵如雷鸣的掌声中，一位饱受战争的弟兄在幕前出现了，在淡淡的灯光下，刺人耳目的雪白的绷带，裹着民族的仇敌给与他的伤。然而，他并不因为受伤而没有气力，说话是那样的响亮有力，话虽简单，每个人都被感动了。

《反正》演得好，剧本本身就很热情，荒煤不像军人，但动作很好。台下的观众都受到了莫大的刺激，狂热的情绪振动着每个人的心弦，一张张紫红的脸热血在沸腾。

《反正》演完后，在会场上开始了一个组织——徐州各业职工抗日联合会。这一场热闹的场面是徐州从未有的场面，虽然不像我们理想的那样，但在中国也许是空前，从这一次后，也许中国的工人运动会有新的局面。

《逃亡》是陇海路职工学校宣传队演的，虽然谈不上是戏，他们的努力和真诚值得我们学习。

《重逢》很带戏剧性，不过这位白芝小姐因为登台经验少，未能把原著的个性表达出来。杉本是老郭的，他活像希特勒，姿态很美，风韵很足。

观众很多，约有一千四百余人，一半都没有座位。

三月八日　星期二　　　庄璧华记

今天是"三八妇女节"，晚上我们要参加第五战区的妇女动员会的"三八"纪念大会。

排戏很紧张，上晚对《游击队》词，下晚排演。

晚上在中正堂演《林中口哨》成绩很好，观众约七八百人。

会场的秩序不太好,小孩的哭声,老太太的说话声混成一片,不过当戏演到紧张时台下的情绪很好。

李宗仁司令来看戏,戏完后,他亲自到后台慰问。李司令并不很高。

三月九日　　星期三　　　　庄璧华记

又是阴天。

怕惊动着楼下的受伤兄弟们,一切的举动都得加以注意。好几天没有上早操了,因为忙着十一号的募捐公演,歌咏也停止了,吃完点心就忙着排戏,《游击队》、《饥饿线上》。

不排戏的人,看书写通讯。

三月十日　　星期四　　　　庄璧华记

早上起来就忙着搬家,听说有一千多伤兵要来,自从我们采用运动战后,在战况上我们确得了莫大的转机,虽然有些受伤的弟兄归来,但他们却真和敌人见了面,像这样的牺牲是有代价的,日本人的损失并不弱于我们。

小荣出去找房子,我们忙着收拾东西。

下午两点多钟,我们到了新家中正堂的旁边,民教馆的农场上,呵!真美的一个住宅。

远处有山,右边有碧绿的一片田野,左边有一条不很清澈的水,立在房门口的台阶上,就可以看到水的波纹在荡漾,满目都是含苞待放的树。

我们这一群被解放了,不再怕惊动楼下的伤兵了,得到了自由是最高兴的。

一切东西还没有安排好呢,就开始排戏。导演不用发愁没有地方排戏了,徐州最美的中正堂,可以让我们随便排戏,很自得。

晚上没有电灯，腊（蜡）还没有买回来，月亮很好，我们在地上翻（筋）斗，唱歌。

在这里还住着一部分鲁南游击队——大部分是青岛山大的同学，他们也要组织话剧团向曹县进发，他们让我们教他们些歌，唱了一个多钟头学会了两个歌。

我们今晚始，按规定的时间熄灯。

三月十一日　星期五　　庄璧华记

住在这里真美，不像在乡间那样的偏僻不便，但却能欣赏自然之美。浅黄色的太阳，从青山里探出了头来，浅蓝色略带灰的云彩衬托着金黄色的太阳，绿色的田野加上了一层薄薄的霜，不很明朗的景色更是动人。

我们在淡淡的阳光下上着早操，身体感到了从未有的舒适，今天感到了早操的时间特别短促。

游击队同学，他们都在河里洗脸。

地上的霜被太阳晒化了，我们却站在那里唱歌，对面河水在慢慢的动，从未有过这么美的时间，好几天没有唱歌了，再加上地方（开）阔一点，声音一点都不能和谐，也许因为是被解放了，所以十六个人十六个声音。

忙着排戏，原定今天作募捐公演的，因为十二号是总理——孙中山逝世纪念，停止娱乐，所以向后移了两天。

下午三点，崔阎君先生请我们在徐州小食堂茶话。

又是一个离开北平天津从未见过的幽雅静清的美的所在。一进门触目惊心的一幅卧薪尝胆的漫画给了我们些什么印象？什么回忆呢？

崔先生是双沟人，我们的路线也是向双沟一带地方去，他希望我们能在他们那里工作几天，并且告诉我们些双沟的情形。

那里现在的救亡团体有动员委员会分会,那里的人民乡土观念很深,而对于宣传的方式最好是采取逃难到那里的样子,以保身保家为中心,多演街头剧,剧的内容要通俗,经过宣传后,立即行个组织,设法经常的寻求指导机关,供给他们材料。

接到何厅长①的电报,让钟先生到曹县去商议日后的工作,真的,到徐州来,我们没有好好的作一次报告,这一次,所长一定不很痛快,钟先生决定十五号和老杨一块去,到那里也许得怪两句。

晚上我们的新制服送来了。每人都高兴的戴上了帽子,穿上了衣服。作了一个登台讲演的姿势,学着名流讲演,其余的人笑着、喊着,没有拘束,像三岁的孩子。

在银色的月光下,黄色的草地上作着晚操,一切的工作规程又在我们间实行起来。

三月十二日　　星期六　　　　庄璧华记

总理逝世十三周年纪念日,各处都行纪念仪式。是的,先总理革命的精神是值得我们纪念的,更要紧的,还是要继承先生的遗志,当着生死存亡的时期,我们要挽救现状,我们必须自己更努力,但是现在的现实告诉我们,照目前这样干下去,未必能把握住最后的胜利。

次殖民地的国家要和强国斗争,就只有坚固的团结和刻苦的精神,不怕牺牲头颅和热血,胜利是会属于弱国的。可是弱国要尽着全国的努力的,我们应当本着总理的精神,自己苦干加勉别人苦干,唤醒四万五千万人苦干,当然无可疑义的胜利是我们的。

虽然一切工作日程是恢复了,但我们的工作并不紧张。

忙着明天的公演似乎把全团的精力集中在排演上了,真的,我们的工作完全是属于一时的,今天作今天而没有计划明天。不!计划似

---

① 何思源,时任山东省教育厅长。

有,但未能很好的去实行。现在我们团员应当由此着眼,怎样的积极的来推动大家,不仅是将精神灌注于一件事。

搬到草场后,生活不如在徐州中学,就是最活跃的壁报也在停滞状态。是的!事实上,谁也没有闲着。

三月十三日　星期日　　庄璧华记

为了布景、设置灯光,同志们到两点才睡觉,第二天早晨又是八点才起床,没有上早操,没有唱歌,吃了一点点心,就排戏去了。没有排戏的女伴们,发起了洗衣服运动,微弱的阳光照着浅绿的水,东南风掀起来水面的皱纹,大的白的被单摇动着,红的手,有点冻得痛,但是坚强的心理支持着我们,始终和冷水挣扎着。

衣服终于洗完了,雪白的晒在日光下,心里得了无限的喜悦,太阳很好,吃完饭就干了,我们把它当成小褥子。

今天有两次警报,但没有见到飞机。

没有吃晚饭,就去演戏了。筹备了几天的募捐公演,今天和人们见面了。我们演的《小白龙》、《饥饿线上》、《游击队》,后面的两个戏是第一次演出,结果是《饥饿线上》情节好,但内容并不充实,《游击队》的后面太乱了,《小白龙》好像不如上次好。预备的七百张票都卖完了,人也不少,有七百人之多,台下观众的情绪很好,李宗仁司令也来啦。

宣传队加上了一个《毒药》,差不多十二点才完事。

三月十四日　星期一　　庄璧华记

我们的生活可以说很舒服。晚上晚睡,早上可以晚起。

风很大,起身后大家忙着去洗澡,小芳看病,大楠①和小珊没有去,

---

① 张楠,新中国成立后在《红旗》杂志社工作。

洗完了澡预备在城里吃饭。对了！我们现在成了乡下小姑娘进城,买这个买那个的,看着街上五颜六色什么都好。

回到了从前住二中常吃饭的地方,又去吃饺子。

得到了消息,何思源厅长到了此地,而且下午还要来看我们。

今天屋子比较清洁些,为了等厅长,大家都没有离开。四点钟了,我们预备要走的时候,厅长来了——钟先生心里也许很耽心——每个人都出来见了他,他很高兴,谈了些他来徐的任务和我们的工作情形,今后的路线。我们把预先计划好的路线给他看,厅长只是说了几句赞助的话,并希望我们到三月底的时候,把半年来的工作,做一个结束,出一册东西,把所出的特刊也能出成小册子。

又谈了些许昌学生受训的情形,黄河沿岸人民困苦的情形,他知道李专员请我们吃饭,虽然说着走,站了起来,嘴里还是滔滔不绝的讲,第五战区的大本营潢川——训练干部学生是不满意着那样受训,一切仍和战前一样,讲书还仍然机械化,我的传授,讲游击战术还是像念四书五经似的。

四点钟,李明扬专员请我们在金钟社吃饭,厅长和我们谈得很高兴,几次三番的站了起来而还讲得不肯走,后来和我们一块去的。

平秘书、江参谋还有一些游击队司令部的干部人员,几分钟后李专员来了。矮矮的个,看不出他是苦干过的人,很爽直,由他手下的言谈,也可以看出他们之间没有一点阶级,很活泼,大约感情都很融洽。

吃了饭,满足了嘴的要求,但是实际上用理智想想,我们是不应该在国难期间还有些无味的应酬,破费时间不算,耽误时间很可惜。

晚上还在中正堂招待游击队干部,演《地道》、《游击队》,歌咏今天是最泄气的一天,歌也没有唱好,戏也差劲,观众虽然坐满了,但没有多少市民,还是那些看过戏的老爷。

三月十五日　星期二　　庄璧华记

这天的日记是补的。

一点事情没有做,还忙得没有一点功(工)夫。

厅长说我们的唱歌被李司令称赞着,我们唱歌时总没有好好练习过,真惭愧,好从哪一点说起呢。

晚上七点钟还是在中正堂公演,招待各委员。

六点多钟门口就车马盈盈,在小食堂里李宗仁请各委员吃饭,人虽不成千上万,但都是要人,所以在寂静的草堂里,即刻换上严肃逼人的空气,灰色的昏夜里,戴着钢盔的弟兄们为他们的主人放着哨,电筒向着每个黑影射着,拷问着上哪里去,初春的夜气还有些逼人。

屋子里呢!电灯光比太阳还要刺眼,笑声从窗隙间传来,玻璃杯相撞的声音是那样响亮动人,筷箸在飞舞着。

中正堂里还有一些人来回的徘徊着,等待这些委员们。向他们显示着自己的成绩自己的希望。

八点多钟才把晚饭吃完。

我们演的是《饥饿线上》,是为那些成千上万的失业的劳苦大众呼吁,这些不愿作汉奸的人们为生活在歧途上愁苦,我们愿意向长官们提出在抗战中最严重的问题——民生。

各战区的人民当然的不能生产,然在战区附近的城市乡村也是不能生产!但每个人不能不吃,不能不穿!越在没有粮食的时候大家吃得还越多,要没有好的办法来处置真是不得了的问题,这还不是局部的问题。

戏的成绩不坏,哭的人不少。委员来得并不多,市民不少,会场是满的。

三月十六日　星期三　　庄璧华记

起得太晚了,早操好几天没有上,唱歌呢!因为要表演,不得不公式化的练习一下,音是那样的不和谐,没有一点的音乐美。

十点钟,何厅长和我们聚餐,我们像过年似的大家把新制服都穿上了,刚要出发,警报那凄楚单调讨人厌的声音禁止了我们的外出。

排戏的去排戏,看书的仍然看书,不过大家期望着警报快点解除。

和我们住在一起的鲁东南的学生,今天要到曹县去了。住在一处好几天,怪亲热的,我们要送他们,但我们又不得不出发,怕我们回来见不到他们,预先来一次告别。互相的祝福,互相的敬礼,怎样来交流我们的感情呢。在温暖和煦的阳光下我们高歌,愿我们同志们好运。互相的加勉着,为着我们的祖国为着我们的青年的将来,努力吧!愿我们中华的青年都从歧途中找到平坦。

大家举了举手各奔前程去了。

路旁的绿柏树配着我们的新衣,春意完全在我们的面前展开了,走过石桥时,噼噼啪啪的棒槌声,波浪向前面推进着,微风闪动着树枝,伙伴们的皮鞋踏着石路发出了共鸣,每人都在怀疑着,今天怎么会走得那样整齐,没有一个人说话,让整齐的步伐声永久留在我们的心上。

十几个人穿着很整齐的走,换来了不少注视的目光,有人说我们是学生,本来我们是学生,我们愿永远的不脱学生气。

何厅长已在尊重社等我们了,我们早预料的两个问题确是谈了,他对我们是善意的,像个父亲对他的孩子。

不过我们自信着,我们既然来参加大时代,当然是为着促进大时代的历史有意义些,我们是不会偏向于一党或一个人的,我们永远的要作公平的批判家,不论任何事有缺点,任何人有缺点,我们要毫不客气的说,这样的说绝不是为仇恨一件事或仇恨一个人,我们是为了民族的生存,要做一个健全的人和独立自由的国家,哪怕一点点小事也应当改正的,既然死心塌地为工作为工作,那末无论什么事我们都会很注意的。

三月十七日　　星期四　　　庄璧华记

铁路管理局的石主任请我们在徐州食堂吃西餐,时间消磨的太多了,等我们到中正堂时,人已经满了,观众超过了我们在徐州演戏的记录,周围都站满了人,有些还是看过不少次戏的老主顾。

我们演的是"九一八"以来多时不见面的《警号》和《游击队》,情形还不错,预定明天离开徐州。小荣、老郝、钟先生到车站去送何厅长,我们大家都拆幕,收拾东西,回到草堂的时候,月亮是那样好,一片的银白色世界。

教鲁东南游击队的同学指挥唱歌,天知道自己懂得多少,还教他们,下午四点钟,离开了徐州,我们挥着帽唱着歌,送他们走,心里有点难过,几天来我们的生活很接近。

三月十八日　　星期五　　　庄璧华记

老郝①离去。

休息一天,不演戏想做些民众工作,我们好像很对不起徐州的老百姓,到此地后,除了募捐公演以外,就是招待各界,和真正的民众接近的机会简直没有。我们的宣传工作这样做下去,将会有怎样的前途?

古礼宾斯基先生(音译)——一位俄国记者——到我们这里来,没有桌子,我们预备了茶点,很薄的茶点,用席子铺在地上,围成了圈,他很活泼,代表了他们国家的作风,没有一点拘束,没有一点虚伪的客套,他不大会说中国话,可以说他一点不会我们的话,假如没有邱铁生来翻译,那该多有意思?

我们请他在那普罗的小饭店吃饭,他没有吃多少东西。吃得高兴

---

① 郝龙,离开剧团参加游击队,后牺牲在解放战争中。

的时候,警报来了,他放了饭碗去看飞机。这次放了五个弹,这样饭虽吃完却不能回家,于是借此机会我们谈了些问题。

当俄国十月革命的时候,那里的民气如何?

俄国的情形和中国不一样,在革命前,一般的民众都受了很大的苦,所以在战争爆发以来,大家就怀着很深的信念坚决的抗争。虽然有少数人认识还不清楚,但多数人还是为了民族解放奋斗。

在十月革命时期,俄国粮食是怎么样的?

当时国家有规定,一天不管什么人只发一斤面包,这个样子度过艰难,等地里的(粮食)成熟。

他也到过我们的乡村,所见到普遍的饥荒,当然,比先进的俄国,我们的生活就不是生活了。

几个月来,我们是十六个伙伴,但是今天老郝却要离开我们了,为了工作。我们是应该让他去的。在感情方面不免有些留恋。在大同饭店,我们为他饯行,每个人都感到了怎样的感觉呢?

漆黑的昏夜里,我们默默地把他送走了。

两点钟到高射炮连教唱歌,四十人,学了《义勇军进行曲》、《牺牲已到最关头》……

一天来了三次警报,轰炸了两次,第二次很危险,离我们并不很远,看着炸弹落地后,房子上的火焰从烟里透出来。但是他们投弹的准确力太小了,目标是火车站,可是车站没有受到一点损伤。我们的损失并不大。

晚上都到中正堂去看戏,我很早的睡了。

三月二十一日　星期一　　　庄璧华记

天阴沉沉的,像要剥削人间的生气,却不知道在二十世纪的新青年是有着强有力的反抗精神的。

昨天决定好了今晨九时举行庆祝前方胜利会,扩大宣传。将徐州分为九区,我们担任的民众市场、黄河滩等地,每个团体担任一百条的标语,并将胜利的情形报告给民众。

听到和民众接近,想到在徐州工作的缺陷,有这样的机会我们愿尽力来补充以前的不足。

大家都忙的格外的有精神,壁报、标语、战况形势图,红绿色的纸条在桌子上飞扬。说一声时间到,大家都拿着分派的东西出发。老郭和大楠打着大旗,触目惊心的大字——庆祝前方胜利——长于大楠两倍的(旗)杆子,在大风里,大楠的力气有点支持不住,我们都替她担忧,她却很坚决,不胆怯的和风对抗。

小程化妆的日本人却轰动了徐州市,老老少少男男女女的跟在我们的后面:

"二姐,快看看那个日本人!"

"真是日本人,我们咬他一口!"各种各样的单纯有意思的话传到我们的耳朵里来。

一二千人挤在一个小的戏院里,大家见到了这伪装的日本人情绪是这样的激昂,愤慨,如果没有三枝手枪来保护,不用说是挨揍。

午后一点多钟,小芳、小管和我留在动员会做慰劳,他们都先回去预备晚上的演戏。

慰劳队是这样的庞大包含着徐州市的各界,在出发前大家唱了一会慰劳歌,我对于这歌很不熟悉,指挥得一塌糊涂,两点多钟,五六十人,带着几车慰劳品——毛巾、棉背心到各医院去。

伤兵很多,我们除了唱歌外还谈了些话,伤兵见到小弟弟小妹妹们都前来慰劳,一方面被感动,一方面想到自己的家,两种伤感的情绪在他们的心头交织着,结果他们落泪了。还有些人放声哭的。不过他们的情绪很好,都很诚恳地说,伤好后再赴前方杀敌。

在二十三医院里还有几个游击队(员)受伤,其中还有两个女同胞,一位姓杜,一位姓常,真的! 见到他们或她们那苍白的脸,敷着药的伤处,心里是感到了说不出的滋味。

晚上七点钟,我们在中山纪念堂演《守住我们的乡土》——为了针对着今天庆祝前方胜利大会而修改过——和《打鬼子去》,小芳去送她几个月不见面的哥哥,到车站去了,离她的戏演出的时间还有十多分钟,我们大家在捏着一把汗。

戏的场子不小,差不多有五千多人。

妇宣队和宣传队在中正堂演《反正》、《毒药》等,据说成绩很好,到的人有一千多。

忙了一天街头宣传,开庆祝大会,没有教歌。

三月二十二日　星期二　　庄璧华记

得到了李司令要我们到韩庄去的消息,很早的起来,收拾好行李等着动员会的通知,等待出发最能耽误时间,不能做一点正经事,大家的心里不能安定下来。

邱铁生和我们一同到前线去,他想视察一番。

下午四时我们集合在车站上——妇宣队、宣传队、移动剧团——刚到车站,接着就来了两次警报,不过没有见到一架飞机,听到一阵飞机的声音,而且最可笑的,到站的兵车并没有开出站台。

各处的电灯都来了,夜色笼罩着徐州车站,有一列车满装着武装的弟兄,要开到前线去——27师19旅26路孙连仲军长的队伍,我们整起了三个团体集合的队伍来欢送他们,我们向着一个个的车厢唱歌,致敬,喊口号,他们是那样热烈的回答着我们。

我们喊着收复失地,他们却喊着打到东京去!不打倒日本人不回徐州!领导人的喉哑了,在苍茫的夜色里,所听到的似万马奔腾的欢欣,他们和我们的声音都嘶哑了,但是好像我们的仇敌就在我们的眼前,没有一个人愿意放掉他们,拼命的比赛着英勇,直到车蜿蜒如长蛇般的开出站台,一切的热烈壮观随着列车远去。

第五战区虽然把我们这五六十个人带了来,把重大的使命寄托给了我们,但我们对于这地方是很生疏,柳泉这地方是那样的小,吃住都成了问题,要不是萧先生跟我们一块,也许我们就要在站台上睡一宿。

三月二十三日　　星期三　　　庄璧华记

首开了我们这些青年学生生活的一页,两节火车做了我们的宿舍,妇宣队和宣传队他们在一列车上,我们在一列车上,大家都没有盖被子,晚上有点冷。

早晨八点钟,我们三个团体分了三队向四乡出发,每个团体还留下了一个人到前线去——王拓。

我们十二个人向着我们的目的地进发——象山,农村我们已经不像第一次那样的生疏,普遍的饥荒贫穷,村民朴实、诚恳都在我们脑中留下了不可磨灭的印象。

十二里路走了半个钟头,到了前象山周乡长的家里,这里有一百多户的人家,因为去年田里闹了灾荒收成不好,人民的生活很困苦,不像以前我们所到过的乡村。他们知道日本,知道大家联合起来,可是他们的自私并不能因为他们的一点了解而消除。

据乡长谈前几天他村上听到了炮声,他们感到日本人将要到自己的家里来了,大家自动的报名,组织自卫队,但现在战局转好,他们又不愿受训。是的,无论是怎样的团体,开始时困难是免不掉的。

村妇、村夫、村童,几百张可爱的脸围着我们,我们先唱了几个歌,讲了些话,是老杨和小荣讲的。演了《放下你的鞭子》以后我们做了个别的谈话。因为我们还到后象山去,不敢耽误时间,乡长请我们吃了一顿乡间最丰富的饭,四碟菜、面条、煎饼,吃完饭,小胡写壁报,不多久,我们又到了后象山,老百姓和我们很好,我们还到了靠近后象山的东葵村,教给孩子们唱歌。我们要走,他们还拼命的挽留我们,要我们再和他们讲讲,他们的态度是那样的诚恳,情绪是那样的热烈,使我们感动了,而且他们还一碗碗的茶拿来给我们喝,看他们的样子,也许他们自己没有喝过茶。

当我们向他们告辞的时候,他们热烈的欢送着我们,孩子们跟在我们的后面,在麦地里打滚,送出我们约一里多路,几次三反(番)的我们回过头去,请他们回去,却看见他们还是远远地目视着我们,这情节(景)给了工作者无限的安慰。

晚上在柳泉车站上的货楼里演戏,妇女会演的《警号》,我们演的《毒药》,宣传队演的《无名小卒》,观众有五百多人,大多数都是工人,不过我们今天演的太坏了。

三月二十四日　星期四　　庄璧华记

从我们下乡始,天气是很好的,今天的太阳格外的温暖,路旁的杨柳树都绿了,田野里一片片的麦子,映在眼里,是那样的清凉。

时光还早就有一师的军队要开到前线去,我们急急忙忙的脸都没有洗,就忙着去献旗,师长是黄樵松。

军队那样的整齐,我们这杂牌军相比之下,更是凌乱,很严肃的一个场面,大家的脸上都布满了阴沉和坚决,我们唱了一个《大刀进行曲》,大家一齐喊了几个口号。

送我们到家里的小火车已经等了我们好些时候了,大家忙忙的整理完毕,上了火车,移动剧团是活跃队,处处都表现了我们的活跃,歌声和火车的行走声合成了交响曲,一点钟的光景,我们到了贾汪,在华东煤矿休息,又是分了三队到四乡工作。

那里的区公所派给我们向导,新泉、大泉乡长和我们一同到大泉去,这里有一百多户人家,是属于山东地带,民气不能算坏,不过据调查,从清朝起这村子里就窝藏过土匪。天气很热,我们在路上都脱了衣服,到了乡长的家里,他们待我们很好,从箱子里拿的力士香皂和花露水给我们洗脸。在这个村子里,我们教孩子们唱打倒日本的歌,孩子们很聪明。

下午一点,我们到矿井去参观。这矿是民国二十三年开采的,每天有两千吨的出产,据那位德国工程师说,还有两百尺的煤层长达柳泉。不知为什么现在却挂着德国的国旗,看这位胖德国人待我们的工人一定很苛刻,他的脸面上十足的代表了侵略的法西斯,这矿有一万多矿工,但从卢沟桥事变后,他们就开始失业。

下晚七点在华东矿场演戏,妇宣队的《毒药》、宣传队的《无名小卒》、贾汪的青救参加了三个节目《九一八以来》、双簧、《枪决汉奸》,我们演的《警号》。

三月二十五日　星期五　　庄璧华记

今天是最后一天留在柳泉,决定下午回徐州,上午呢,因为赣泉、林泉附近的村上有无数逃难的,各方面希望我们能去劝说他们回家,当然这也是我们必要的工作。但是三两天来,工作的人员没有能吃惯苦,以致睡眠和吃饭不适,筋疲力尽,有些人实在不能支持,所以每团派六人,先决定混合工作,结果呢,妇宣队的人去得很多,她们要求到最远的地方去,还是分了三路,宣传队最近,我们较远,妇宣最远。

我们到的地方是林泉,此地有三营兵,有两百多户人家,村上的自卫队较比其他各处健全,他们能捉拿汉奸,自动地协助军队,黑夜白天放哨,不仅是民气甚旺,情绪热烈,而且他们了解得很多。他们知道怎样和军队避免冲突,怎样训练民众,怎样和其他村庄取得联系!不过,这里也与其他的村庄一样,闹着饥荒。

我们和他们谈了些游击战术,军民合作问题和老百姓的力量问题等,还教了他们一个小调,一个救国军歌,他们的情绪足够高涨的。

蒋同志在这里做得很好,老百姓们都很欢迎她。真的,她倒是一位脚踏实地的时代英雄,是值得我们效仿的,而且她还很能吃苦,可以说以身作则方面她是比我们做得好。

将近黄昏的时候，妇宣会还没有回柳泉，大家很挂念，尤其挂念小胡。

在黑暗平静的夜里，我们又回到了别了三日的徐州。

从今天开始，庄大姐把这记日记的责任交给我了，我一定要尽我的力量，努力作下去。

瑞芳一九三八年三月二十六日

三月二十六日　星期六　　张瑞芳记

阴天，一个适宜轰炸的天气。以往的积劳，加上三天来车中的不得好睡，身体疲乏的很，谁知不得人心的警报在早晨七点的时候就把我们倦极了的身体赶下床来。大家都认为这次定要大轰炸，他们前方失利会到后方来报复的。

第一次警报刚刚解除，大家聚合起来，对这次的工作开了一个检讨会。对动员委员会的检讨，一句话可以包括，"无计划"：对于我们此去的工作丝毫没有事先估计一下，能够做到什么程度一概没有打听明白。所派去接洽关系的蒙副官连火车都很少下，他的使命算是半点都没有作到。以致此行的目的原是前方劳军而结果不得已作了点农村宣传工作。

对于我们自己也有几点：一、和两个团体同在一起作工作，没能和他们的生活感情打成一片。当然，这不是单方面的事，不过我们须负相当的责任。二、对于自己所作的工作也没有事先计划。以致在宣传上没有统一的内容。也没有切合前线民众的需要。三、凭着我们较多的工作经验，我们原可居于前锋地位的，而我们却没有作到。四、在工作方式上我们应当发起混合制，以便互相模仿观摩，而我们却各自为政。五、在召集民众的方式上，我们欠机警。六、忽略了春耕问题。

九点，第二次警报，动员会晁部长、徐秘书在徐州食堂和我们商量点事,留在家里的只有荒煤和我们六个女同志,我们有了一顿精美的早餐。他们出去(吃)早点,顺便洗澡被警报劫(截)在外边了。

晁说白崇禧先生现在徐州,向李宗仁先生夸赞潢川演的戏胜过广西,李愿把"更好的"让白看看,让我们今晚表演一次,和晁、徐商量的结果,演《饥饿线上》与《打鬼子去》。郝、曹①不在有许多戏是不能演的。

进城洗发洗澡又遇警报两次,理发馆的人看过我们的戏,对我们很表好感,把我们的头发给烫干足费两个钟头。在澡堂里又和洗澡的客人进行宣传工作。

晚上的节目除我们的戏外,宣传队有个《无名小卒》,妇女会临时参加《毒药》,结果《饥饿线上》演过,《毒药》一完场,李、白就走了,《打鬼子》在差不多一半的熟观众面前演出,《无名小卒》停演,夏秘书与晁部长到后台来对我们致歉。

三月二十七日　星期日　张瑞芳记

八点开全体大会。先进行检讨,整个工作检讨、生活检讨、个人检讨。大家还相当的坦白诚恳,不过还没有到了理想的程度。每个人说的话都不少,也很能相当不客气的相互批评。检讨直继续到两点。中途小江②买了点剩烧饼酸牛肉来暂时充填肚子。

大家精神很疲乏了,会议的后半,关于改组问题,增加团员问题留在下次再谈。郝走了,常委只剩了两人,团体需要切实整理革新,改组是必要的。

荣在会上报告:在徐的许多救亡团体愿见白崇禧一次。报告徐州的救亡情形,并作各种建议,使转达李宗仁。因李过于宽厚,以致许多

---

① 曹述铎,后改名方深,离开剧团到军队工作,新中国建立后曾任电力部局长。
② 江友森,做饭的小鬼,后随剧团到延安。

工作没能切实做起,如动员委员会只成了空架子,毫无工作表现。两个宣传队工作并不紧张。

谒白的团体为我们、青救、平津同学会、东北救亡总会、苏北抗日同盟、山东各救、山东文抗、第五战区职工联会筹备会。我们的代表是荣和芳。后又得着通知白日内离徐,晚在中山纪念堂演讲,很忙,愿呈建议书给他。

七点到中山堂,不大的礼堂里挤满了各团体各色的人。白八点到场。很魁梧的个子,声音很响亮,戴着一副白框的眼镜,说话很幽默。

白的题目:《从军事抗战到政治抗战》,拉杂的谈到第一期的纯军事抗战的收效小牺牲大,以致许多人甚至许多文化人对最后胜利缺乏信念。及至第二期抗战开始,实行运动战,发动广大的民众,由纯军事抗战扩大为全民抗战。现在于敌人占据的省份都派了主席,不断扰乱敌人后方,敌人只能占据线及点而面总是我们的。所以从第二期抗战开始以来,最后胜利的信念在每个人的心中坚固起来。并顺便的谈到七年来广西的训练情形,上至白发苍苍的厅长委员,下至所有的老百姓通通受训,所以抗战以来广西很容易的征来四十八万抗日军。白并断言第二第三个四十八万可源源不断征来。演讲足有两点钟。在那老地方饺子铺吃罢饭,十点多走回家。

有三个北平的老同学,任、闻、谢在我们这里借宿。

三月二十八日　星期一　　张瑞芳记

今天的警报可真有些怕人,一个上午来了三次,五架飞机毫不客气的掷下许多炸弹,西站和城里都被炸了,动员委员会门前炸死十几人。我们躲在明壕里,眼见着飞机往下投弹。真担心会扔在自己头上。我们的地方也太危险了,在高射炮阵地与两车站中间,轰炸这三个目标若扔偏了就照顾上我们。

九点，庄、郭、杨、王①到动员会出席宣传队妇女会三团体联合的工作检讨会，检讨这次到前方去的工作。会场里我们发言最多。并约好明天十二时个(各)团体交一个工作报告。

庄大姐近来对于工作越发努力，工作热情更是全体的榜样。出席检讨会后又教了两处唱歌——路警及青年救国团——晚饭都没功(工)夫吃。

下午七时，在各团体里工作的平津同学，在平津同学会有个座谈会，计有四十一军及十三军政训处的同学，有山东旅陕同乡会的平津学生，再加上我们共有二十五人，互相报告工作情形，并为抗战以来英勇牺牲的平津同学静默三分钟。议决此后尽可能不断通信联系，若有单独不能解决的事，提出由整个平津同学集体解决。

三月二十九日　星期二　　张瑞芳记

每个上午都让警报闹得不胜其烦，决定到云龙山去安安静静的开次全体大会，继续二十七日未谈完的问题，关于团体改组及一些内部问题。很高兴新从武汉回来的北平同学武衡同志报告了全国各地救亡情形，并给我们团体改组问题许多可贵的建议。从上午十时到下午二时改组问题解决。

我们的新组织是把常委会改为干事会，有总务、宣传、训练、组织三干事与团长组成，各部门工作干事可任意聘请人协助。现在的剧务部成了独立的，关于剧务的事可以全权办理，有委员三人组成，宣传干事为当然委员。

大家围卧在半山岗上把新干事推出，愿他们能切实的担负起他们艰苦的工作。

在山脚下吃罢午餐，上山重说对团体此后的希望。团体的错误在

---

① 王拓，新中国建立后曾任外交部司长。

二十七日的检讨会上已经说的很清楚。现在一切以前的都不再提。就像是个新组成的团体一样。个人针对着以前的错误,说出对团体的希望。大家很诚恳的说出了二十八条,关于生活的,关于工作的,关于感情的都有,主要是守纪律,工作分配平均,互相鼓励,要有学习及创作精神等等。并议决这日记由全体团员每人担任一星期。太阳下山了,我们爬下山来,经过绿油油的麦地,顺着河边走回家里,心中充满着清新的意味,大家像变成了新人。

全体大会:

干事会:总务干事　荣千祥

　　　　宣传干事　郭同震

　　　　组织干事　杨振玖

　　　　训练干事　程光烈

剧务部:陈梅白、姚时晓、郭同震

谨向诸干事致民族解放的敬礼,愿健康努力。

三月三十日　星期三　　　张瑞芳记

高射炮连告诉我们,昨天飞机在车站与高射炮阵地一带侦查过三次,昨天没有投弹,说不定今天会大轰炸的,让我们最好出去躲一躲。大家怪严重又怪不高兴的步行到云龙山去,半途在饭铺里遇警报。

太阳晒的厉害浑身软的厉害,带去的书都没法看,还在昨日逗留了一天的坟头旁坐下,有人睡着了,又一次警报,大家都躲到阴凉里去,感觉着怪无聊的,跑到这里来什么都干不成,休息也不能休息,不如回家去作点事情。

四点,平祖仁秘书、江雄风秘书到我们那里照相,可惜在家的人不多,不能照全。

原预定明天离开徐州,平秘书负责把我们留下了,今天有几个外国记者:德人、奥人、美人,还有几个好莱坞的摄影师到了徐州,希望知道中国抗战以来各方的情形,长官部与秘书处愿让我们留下,招待一次民众,并下乡宣传一次,让外人看看并拍摄电影,我们不能拒绝,况且这国际的宣传也是必要的。但听说宣传队和妇宣队都离开徐州了,让我们单独作这工作似乎有些缺陷。我们的行期又延长了。

三月三十一日　星期四　　张瑞芳记

郝、曹离开了团体,人显得少多了。戏又一直没有补起来。关于团员补充问题并不是很简单的事情。所以我们听到今晚将在中山纪念堂招待国际记者,开一个民众大会的时候,不禁非常恐慌了。商讨的结果把角色换一换,郭替曹,荣替郭,管替荣,日本兵现找一个人,对了几遍词,排了几遍准备上场。

事情太让人伤心了,直到现在大家还不能抛开相互的成见以工作为前提。我们一路从草堂到中山纪念堂去,连一个给民众的通告都没见着。时间已距开会一点钟了,场子上连一个观众都没有。据说今天的事是由长官部和秘书处决定的,所以宣传部大可不必卖力气,可怜的是我们在中间可倒了霉,开演的时间挪后了两个钟头,临开演前五分钟剧中所需要的枪都没有借来。

四个生手,在过于狭小的台上演的较以往成绩差点,因为排的次数太少,动作都不联系。糊里糊涂的演完,几位洋记者们到会,多笑话。接着《林中口哨》的是十三军战地工作团的《张家店》,今天一天排成的,演出相当的生硬。会开到十一点多,卸完幕十二点,路上都戒了严。

十三军战地服务团,有许多北平同学,说我们是他们从广东到武汉的路上所见到剧团中表演最佳的,天知道。

江今晚约好明早到云龙山照像(相),十一点请我们午餐。

明天下乡"宣传表演"我们拒绝了。因为我们许多人都在病着。我们的要求很容易的获得了允许,好在有十三军与四十一军战地工作团在此,他们会比我们作的更好。

四 月

四月一日 星期五　　张瑞芳记

九点先到专员公署找平祖仁,他孩子气的翻箱倒柜把他屋子里所有的东西都拿给我们看,把能送人的都想送给我们,结果给我们两封稿纸,两卷卫生纸。我们缠着他要枪。

微阴天,风很大。毫不选择的照像(相),一会工夫照完了两卷。警报了,在后山上席地而坐,江雄风讲了二十分钟中日战争的军事情形,谈到有几点最令人高兴的:一、抗战以来在消费上日军每兵每日的消耗为24元,中国兵士则仅4元,战争如再延长两年,日本将破产到不可收拾。二、政府将直接从英国银行提出历年来各军阀财阀的存款,借用为军费,据估计可作两年军费,假如此事可办到抗战军费不成问题。三、中国军队现经常保持二百个师,现已作到轮流作战的地步,一百个师在前方作战一二月由另一百个师接防,前百师退至后方补充军队等待接前(后)百师防。这样川流不息,日军现在已经就窘态毕露了,现在已开始拉夫,以关外人及占领地域的人充兵役——当然这对他们不会有多少好处。

在奎光阁午餐,三点散席。

庄大姐、老郭、荒煤、我四人到同学会去,连辞行——明天走,带休息,等到六点多钟的时候去见晁部长。

在动员委员会及长官司令部都没找着而路上碰见了。和他回到长官部在晁部长、徐罗马秘书、林素园参议的屋里谈了许久:辞行。希望能允在宣传队妇女队里选人参加到我们团体来协助工作,互相取长补短,等我们离开第五战区时,他们再归队。事实上他们有几个人愿加入我们剧团倒不如这样双方都好些。问题谈的很诚恳透彻,他们不会对我们有所误解的。晁又说到曹,对我们很抱歉,说是不应当不征求团体的意见就把曹收留在宣传部工作。我们极力向他解释这没有关系,在哪里工作都是一样。当然曹走对我们是一个损失,不过他的志趣在我们这里不能充分发挥,我们挽留不住,只有希望他尽快的找着工作发挥特长。况且都在第五战区,离开不离开都是一样的。

晚八点武衡在他家——万生园糖食公司——等着我们到他家大吃,吃不完还拿着走,许多饼干、果脯、青果、糖。

徐州第一次飞机夜袭。

一人一周于是轮到了我。

昕 1938

四月二日　星期六　　　张昕记

早上,天阴沉。

整理行李,准备出发。九点半,大汽车停在了路旁。

行李上了车,遍寻杂牌①不得,小荣骑车去找,拉长着脸无结果而归。我们都着急。

下雨了。中午杂牌回来,他在表铺等候那只倒霉的表,结果还是没修好。一个可恶的表!

人齐,出发。车不动,推;小丘、老杨、儒弟②和另外的几位"志愿兵"推着推着直到汽车开始啵啵的叫。于是——

再见,徐州!

晁、徐、平来送,平带了两支只能做道具的手枪给我们。

下午两点半,微雨中到了双沟,一个不小的镇市,属于三个县份:

---

①　"杂牌",郭同震绰号。
②　"儒弟",程光烈绰号。

江苏的铜山、睢宁和安徽的灵璧。住在小学里,屋子很大,屋外屯集了大人和孩子,以看西洋景的态度来看我们,一个最热心的观众在窗外站了两点钟。

刚安放好行李,夙(素)来热心的庄大姐就去找孩子来唱歌,但因学者的不诚心气得鼓着嘴回来。

小管和儒弟印剧本。

小荣和老杨出去交际,调查当地情况。

晚上,干事会开会,决定明天的工作。

四月三日　星期日　　张昕记

六点,闹钟闹。

八点到十点,和当地青年知识分子开茶话会,由预备军团长高召集,除了一部分留下,其余都去开会。

留下的人有小胡[①]、小管、王拓、张昕、荒煤,工作是写壁报,印早上写完的七个有连续性的传单,这七个是:

1. 目前战事的情况——拓
2. 日本为什么要同咱们打仗,占了咱们多少地方?——拓
3. 日本鬼子怎样杀我们——震
4. 我们应该怎样——玖
5. 打倒汉奸——晓
6. 我们打得过日本鬼子吗?——烈
7. 我们怎样才能有饭吃——楠

十点以后,开始街头宣传,会同当地青年一共分四组。

街上人很多,因为今天是蟠桃会。

宣传的情形很好,至少不比平常坏。

---

① 胡述文,新中国成立后在电力系统工作。

下午一点半在火神庙戏台上演《军民联合打日本》（《守住我们的家乡》改编），像赛马一样，一句比一句快。以下是演说、《花子拾炸弹》。

戏台太高，台下人乱，节目不紧张，因此效果不太好。

演完戏，那些女学生们到我们这里来，庄教她们唱《大刀进行曲》，但是她们都很不好意思，像仲夏夜之蚊。

高团长请我们吃饼，他告诉我们有一部刘桂堂的五六十人窜到离这儿十八里的地方，已经派人去包围。

四月四日　星期一　　张昕记

改组后第一次早操教练仍是杂牌。

十点半往东西南三门外作宣传工作，当地男女青年参加。

开始了家庭访问。

下午庄、楠、芳同马参加女青年的会，就算是座谈。开双沟妇女救国会筹备会。对工作有热情，有能力，有决心，只少些魄力。

排《九一八以来》，杂牌饰老邻居，儒弟饰老爸爸。

被访问或未被访问的家庭妇女们携儿带女的来找我们谈，热闹之至。

晚上开全体大会——详情请看记录。

四月五日　星期二　　张昕记

八点出发至七里高与火神庙宣传，两个地方离双沟都是七八里。有许多孩子、救国会的妇女们来参加，情形很好，只是农忙期间，群众不多。

两点半，从郊外归来。

整天孩子们满院满屋跑，声音塞满了耳朵，他们都很肯学习，但是，说实话，对于需要安静的工作的确有妨碍。从昨天起，庄开始教歌讲故事,和孩子们一同环坐在操场上,每到下午,附近妇女都聚集在女上尉①的屋里热闹之至。

四月六日　星期三　　　张昕记

依然是好天。

分两组到附近乡村作宣传工作。

磨盘王:村民都到双沟去赶集,所以人很少。这组遇到很多可恨又可笑的事,老杨教一个孩子唱歌,却碰着了一位白痴,小芳正在对几个女人宣传,从旁边站出个糟老头子:"中国哪能不亡,男不男女不女的披头散发。……火车通,灭大清,洋学堂满,要造反。应该打日本,因为以前他们年年来贡,现在竟敢如此……清朝时,每逢歉收都放赈,而今无论如何也得缴税……"

老陈和两个人谈得很好。一个是退伍十年的兵,一个是老头,他们都很明白。

东高庄:为了相同的原因,人少。小胡为同人接近,特地去帮一个小童养媳捶棉花子,但结果那孩子莫明其妙地大哭。小管讲故事,听者是位老太太,以不耐烦的客气来应付。

总之,今天的情形很坏。

路经可怜庄,梨花夹路。

高团长要求在双沟经常出壁报。

庄去拜访一个家庭,因此赶不上宣传的队伍,只好留在双沟,站在墙下讲壁报,效果很好。

组织干事组织了青年救国团。

一天过去了,给我们的教训是:

每逢集日,不要到集市附近的村里去,也许不致完全没有效果,但

---

① 钟志青要大家填写袖标,女的都可写上尉,大家就开玩笑互称女上尉、男上尉。

将力量用在适宜的地方,其作用会更大。壮年们去赶集了,只留下老得发霉的人,说罢、喊罢,除了费力以外没别的。

在乡村,特别注意行动与服装,不过这很难办到。

老杨作教授,给游击队讲游击战术。

为这日记,庄大姐骂我太潦草,我承认并且愿意改善,在这里,我向诸位致歉意——多少宝贵的、有价值的工作被忽略了,以致这本日记成了生活与工作上的渣滓。

干事会决定,每周担任工作日记人员,得列席干事会,以明了每日团体中各项工作,以避免团体的日记变成个人的。

像采访员一样,设法去知道每个部门、每个团员的全日工作。

房村来信要我们去演戏,房村在双沟西二十里。

四月七日　星期四　　张昕记

早上,写通告:本日下午七时,移动剧团在南戏台表演抗敌话剧,欢迎前往观剧,四月七日。

开政治座谈会:国内外政治动向,本团中心任务。

加强统一阵线,加紧民众工作,在抗战期间建立新文化——中心任务。

下午,本镇妇女救国会开成立会,女同学除大楠外全体参加,外加杨振玖与王拓。

晚七点,在南门里戏台上演剧,《九一八以来》、《毒药》、《林中口哨》,妇女会、青救的儿童参加歌咏,观众一千余,男东女西,秩序很好、安静。

庄大姐在开会前教歌。

归来,十一点已过,干事会因而未开。

四月八日　星期五　　张昕记

七点起床。

房村派大车来接，天气很好，有的坐车有的步行，走的直流汗，不走的，汗都由驴来出了。

到房村，一排武装弟兄和当地动员委员会的委员们，工作团的同志们，一共有七八个人，打旗来迎，并呼口号，欢迎抗日的有力团体——移动剧团，把我们一群人弄得倨促不安，天知道是怎样的刑罚。

有的去布置台，并在台下作宣传工作，演讲、讲壁报、漫画。

其余的留在动员委员会和工作团的人谈到当地以及双沟的复杂情形，谈到高团长——

据说，台儿庄紧急时，参谋长曾到房村，计划失陷后的汉奸组织，并且说，他和矶谷①曾有一面之缘。不幸，这些话传至工作团。以后，前线战局好转，计划未能实现。

演戏的情形。台由六个四轮大车与四块门块搭成，再插上几根柱子，围上草席，于是告成。观众四五百，节目：《九一八以来》、《花子拾炸弹》、《林中口哨》，台太小，又遇风，演出成绩不甚好。

《九一八以来》里的日本人，由杂牌来演，风吹幕动，绊了一跤，仍哈哈大笑不止。

归途，起黄风。

关于今天的工作：和当地联系不够，不能充分了解房村情形，在工作上，也没有和他们配合起来。

听到流言，有人说庄操纵双沟妇女会，关于这，明天庄将向她们解释。

游击队高团长打算把持青救，参加过去十八个人，重新开成立大会。

到睢宁去的车，小荣打了许多次电话给睢宁，都无结果。

---

① 日本人。

四月九日　星期六　　　张昕记

收复台儿庄、白马山、禹城。

双沟镇开祝捷会,游行、开会、放鞭炮。

游行队伍包括:游击队、小学生、妇女会、青救、移动剧团、商民,最前面打着我们在徐州制的"庆祝前方胜利"旗子,有军号前导,游击队员的枪上插着写了标语的纸旗,绕双沟一周,沿途放鞭、唱歌、喊口号,队伍停在南关外围成圈子,讲演。

没有排戏。

庄参加妇女会全体会,解释所以如此热心的理由。

新工作方式开始一周,今晚该过星期六①了。

八点半——十点半,星期六。

一周来的生活、工作的收获与错误,都在这集会上报告出。

虽然,我们团体内现在还存在着很多弱点与矛盾,但我们很乐观的承认,在工作方式、生活态度以及个人精神方面,都有显然的进步。

四月十日　星期日　　　张楠记

天晴朗。

车不一定来不来,把零星东西都收拾好。

只剩十三人——离十八人还远。戏不能排。……一切工作都感到人太少。徐州的几位答应来的人,迟迟不来。今早,荣和昕骑车往房村去找李光瑾——北平同学,在工作团,本地人。——希望他能来到我们这里。但是工作不允许他离开,虽然他自己愿意来。总是这样,有的人自愿参加,不合适。我们认为可以,他又总有放不开的工作。现在决定往汉口、西安、新安几处找人。——这是我们两周来的

---

① 周末总结会戏称过"星期六"。

中心工作之一。

午后：杨、郭参加动员委员会的检阅。

和青救接头。

教游击队温习救国军歌。

干事会没有分配工作，都在自己作自己的工作：写钢板、印刷、写通讯、看书、写壁报。没有排戏。

和妇女会的人谈关于工作应注意的事。她们都极热情。

庄病了。晚间，她的床被许多人围着慰问，还有几家熬粥、送米、送锅、送炭。这是做家庭访问的结果。

今晨收复济南，维持会长马良被捕。大家都想着不久可以回北平。

平秘书电话：江苏省政府车送我们往睢宁，明天可到。

四月十一日　星期一　　张楠记

起来就把行李打好，等候着车。又一批人忙着缝茶叶梗的枕头。——一直枕棉衣、绒衣耳朵和头会有毛病。

十点多，荣骑车去接车，车已经停在南门外，急着装好几辆小手（推）车。我们被妇女会的同学、高团长和几位家庭妇女拥着出城。有一位高太太哭了，她又想起她那在外的孩子了。

汽车驶在柳树下。小荣在车上教《打杀汉奸》。

车停在县政府门前，把行李堆在门旁，每个都热得发昏，焦急地等着交涉住地的人回来。

好容易找到了县长，经过几次往下传递的命令，一位警长才把我们安置到一座古祠里——周忠武公祠。在冷落的院里，在长了叶的洋槐下，在乱堆着的行李上坐卧了五点多钟。地湿又有马粪，需要的草和床可总等不来。

县长是个胖子，一个不很清楚的人。他的部下可以说都混×。他们以为这里现在不需要"宣传"和"组织"的工作,因为都有了,"训练"也不太需要。其实完全是空话,他们什么都没有。动委会……一切都是空架子。他们以重力压迫老百姓,他们怕老百姓明白,怕老百姓反抗他们,于是实行愚民政策。

这里有:城中小学、私立徐东林业学校、真光小学、女子小学、民教馆、壮丁常备队、人民抗日义勇队第一大队第三中队。

我们准备从别方面知道这里的详细情形。

四月十二日　星期二　　张楠记

到城外去上早操。

热情的救亡同志来找我们了。从他们我们知道:当地的情形远不如其他的地方。一群争夺饭碗的土劣们。民众被压得像绵羊一样。但是一部分绵羊崛起了,像猛虎一样的反抗了,拒税、拒抽壮丁。现在战地工作团的朋友正在两者之间——县方与猴子会会方——调解。这不过是一点头绪,一个轮廓。我们要再仔细从各方面调查不可。环境不好,我们更好好地干一下不可,至少要停留一星期。

发出双沟通讯,长一万二千字。

工作团工作了两月,和我们的情形一样,无法开展工作。

我们看见:四五警察到每一商家,强索慰劳前方将士募捐,并不说明"来意"。不肯就作威作福,得意的说:"还给登报呐!哪里买去!"在街上,我们常常看见警察像老虎一样。

这里有国民党党员五百多人,有些在大革命时代努过力,但是以后落伍了。现在为饭碗斗争而按地区分东党、西党……每次选举、竞选花样极多,甚至有绑票事,等选举过后,再放出。

这里的各种现象,一年前,我们极熟悉,但是想不到,现在还有这现象,说不上,有许多地方也和这地方一样,只是表层装的好看。

四月十三日　星期三　　张楠记

午后在县党部演戏。县政府也出了布告,却是庆祝收复东台游艺大会。他们六点开会,我们七点,但是,他们七点才有一人哼哼唧唧地说了一段话完事。

观众很多,院里都挤满了。小孩子多,台又高,所以底下吵的厉害。《九一八以来》关了一次幕、《游击队》关了一次幕。因为时间太晚,又因为总是不静,《打鬼子去》不演了。

由汽灯可以看出那帮人的盛气凌人。从打酒,说是县党部的,存两毛钱而不敢,竟给送回来。——"神威"可知!

猴子会集合了几十万人,——三县人民——已经和县方开了火。所以我们借枪演戏都借不着,都拿去和猴子会干了。已经捉住了八个猴子会的人。冲突的主要原因是县方压迫太甚,又有地主利用。这里有四百多顷的大地主,有田五亩至十亩的——小亩,占百分之八十。

四月十四日　星期四　　张楠记

晚,医院有两位女同志和其他的人来访,热情之至!

工作不能开展,每人都闷闷。

好几人病了,我们需要种痘。

四月十五日　星期五　　张楠记

午前分访各学校。

工作团谈:此地青年都离去。乡间的组织还好。

下午开生活问题检讨会,从一点到三点半才完,完后接着赴医院的约会。请吃面,又各自谈了过去——抗战以来的历史。

壁报进步很快,——形式和内容。

前天寄出两篇通讯。

夜里宿迁县长打电话来,切望我们去。我们刚到徐州,就找过我们一次，不久又一次。我们答应上月十五六日往宿迁，一直到现在仍停在这里。十九号那里壮丁训练班行毕业典礼，希望我们到。他极愿把那里的工作开展的很好，只是主持动员委员会的人作梗。他愿我们能去好好地推动一下。

产生了几个旧曲新词的小调。

四月十六日　星期六　　　张楠记

几天都有风。上午，在风里去南关外分两组作宣传工作。成绩好坏不均。

这里的"青救"成立，团员六七人。

猴子会事件，算是解决了。据说他们发觉了被地主利用，又转向反抗地主，但是仍和县方对立。民众是不会忘掉他们的敌人的。

午后排《无名小卒》，四点，赴邮局之约，又吃了一顿面。

晚上过"星期六"。

从热心寻找组织的现象，我们知道，一般青年都是多么渴望团结，又渴望着工作。明天的青救和妇女会会有很多的人参加。

李司令长官很注意猴子会的事。

四月十七日　星期日　　　胡述文记

组织部有两件大事：当地的青年救国团和妇女救国会都在今天开成立大会。这确是两件值得称许的工作，因为这里的情形是那样的复杂，而且这里的街上，似乎从未出现过知识青年的影子，上层又是那样的多方冷淡我们。

因为明天就要离开这里，而当地的民众们很乐意再看我们演一次戏；这样，我们决定今晚七时，再在县党部那个高台上作一次临别的公演。为了上次的孩子太多，以致会场秩序不好，这次是印了票。票数一千五百，除了我们自己留下一部分，赠送给当地新识的朋友，剩下的都交到县政府,由它再分配到各机关。晚上演出时,观众是挤满了一场,但是因为县政府没有把票分配均匀,有些热心的,但是非长衫阶级的人是向了隅。

今晚我们的节目很有意思,《打鬼子去》、《林中口哨》、《花子拾炸弹》,都是我们天才的同志们自己编写的,可谓自吹自唱。

演戏时,租汽灯的铺子来和我们要上次出演时,四盏汽灯的租钱。告诉他,我们已将应付的钱交给党部里的夫役,他表示惊愕,因为夫役回答他上面还没发下钱(好像这笔钱是由党部拿)。由这一点小事,可看出当地的政治机构腐败到什么程度,居然还有索诈民款的事。

今天,除了上午有一部分人出去做组织工作,晚上,全体为公演出动。一切工作,如通讯、壁报、练习歌咏,都和往常一样进行无阻。

还有,今天下午发生了一件小事,这件小事在难得找到洗澡处所的六位女同志们,是非常的喜讯,当地的县立医院请她们洗澡。

是个风天,古槐的枝叶静静的拂动了一整天。

四月十八日　星期一　　胡述文记

来到这里已工作了好几天,不必有什么隐讳,我们在这里的成绩确是不佳。这固然应归咎于我们的工作能力低,但当地客观条件限住了我们,也占着一部分的理由。

刚到这里,就听说这里的环境不怎么好,当时我们曾有尽量多留的打算。但是事实告诉我们,想把这里的工作做得十分满意是不可能,我们不应因这耽误了别处的工作。还有,这里有新组成的两个团体,他们可能做得很好。所以,我们决定在今天离开。

九点,在县党部大礼堂请当地各机关的负责人聚会一下,说是藉这茶话会,一来表示感激来到此地所得到的爱护与帮助(当然这是假话);二来希望他们对我们在睢工作这一段以切实的批评,并给我们一些意见,关于今后的工作。还有一个附带的意义,也可以说是主要的,我们希望我们在这短短的几天内，所看见的不甚正确的几种现象说给他们，希望他们注意。

会上，这些老爷们，从谈话里，更加明显的暴露了他们的腐败、顽固与不求上进。当我们很谦诚的说出意见和希望时，老爷们便站起来逐条的反驳。他们又提到对我们没有把当地训练民众的工作做好，我们当然不能承认这是我们的错误，这是他们的责任，说起我们，宣传之外，还附带组织，已经超过一个移动宣传队应尽之责。他们又说我们的戏太高级，一般民众不能了解，应力求通俗。虽然我们并不能满意我们演出的效果，但对这一点我们不能认错，因为，经常卖给我们饭的铺子的伙计和我们谈起剧情来是那样的兴高采烈。

下午，宿迁县政府派车，还派了一位委员来接我们。行李早已收拾好了，很快的就动身了。来送行的有邮局和县立医院的同志们，光景也够热烈的。

从睢宁到宿迁的行程只七十里，路也很好，但是车太坏了，走了几乎两个钟头。道旁的景物，已渐有南方气息，热，刮风，伙伴们好几个不舒服。

被安插在电话交换所以后，被邀到县政府晚餐，主人是县长。席中，这位年青的县长和我们谈了很多，关于当地的情形。

当地的动员民众工作，开始了仅一个月，但表现的成绩却很可观。

本县共分成八个动员区，每区的乡村自卫队均已组好。每区最多有自卫队十七中队，枪约二千支，少者亦有九中队，枪千余支。全境共有枪约两万支。前些日子全部调回城里检阅。谈到这里，县长很谦虚的说，他们做得虽不见得够，但大致情形还好，这工作总算完成三分之二。

城内有总工会，已组成，第一期训练一中队，已满期，现在他们有担架队和救护队。

文化教育界有抗敌后援会，成立未久，一般看来，工作效率尚差。

妇女界有妇女救国会,有会员五十余人,强半为家庭妇女,因受封建思想束缚,工作不甚活泼。现该会从事募捐慰劳工作。目前该会之中心工作为协同难民救济委员会为难民捐募粮食。

县动委会下有巡回宣传队,做个别谈话、街头话剧等工作方式下乡巡回公演。县南各乡村大致已走过,到处召集乡镇保甲长作扩大宣传会。县北曾到新安镇,不久将赶回。

当地已有歌咏团,一部为儿童,一部为成人。此外,救亡团体尚有抗敌画社、文艺社,以初组成,当无成绩可言。文艺社拟在当地两小型报纸轮流出文艺副刊,已开始征稿。

已召集店主店员谈过话,商界不久亦可动员起来。

会上,我们犯了一个共同的毛病,就是谈起自己的历史来嫌太夸张,说睢宁地方情形时,太直率了。固然我们是非常坦白诚恳的,听者不免要误会我们太浅薄,太骄傲。

四月十九日　星期二　　　胡述文记

妇女救国会派来三位同志拜访我们。

除了一部分人去借东西、布置台,预备今天下午的演出,一切工作都照旧进行。

下午,我们去新明大舞台参加抗日游艺会,参加的两个节目,是歌咏和《林中口哨》,人很多,情绪还好。

五点,县党部的刘委员请我们聚餐,餐后全体向县立医院出发,这些日子,伙伴们的身体都不大好,但是因为时间太晚,这个愿望未能达到。

四月二十日　星期三　　　胡述文记

下午,全体去县党部,出席座谈会,参加这个会的,连上我们,共是三十五个团体。

会上谈到三个问题,一个关于宣传的,一个关于组织团体,一个关于歌咏队的,颇有阐发,惟发言人甚少。

会后,庄大姐留在这儿,和妇女会的人谈。

晚餐,文界联合起来请我们的。

拿这里和在睢宁时一比,真有天上人间之感。

四月二十一日　星期四　　胡述文记

下午,开了个全体大会,讨论这次的路线,决定到埠子、到洋河、到大兴集,回到宿迁城。因为邳县很紧,山东省主席沈鸿烈又希望我们快一点回去。所以,谈不上,回到宿迁就去徐州,淮阴之行作罢。

晚上,在新明大舞台作一次公演,节目是《警号》、《游击队》、《花子拾炸弹》。

四月二十二日　星期五　　胡述文记

上午,黄县长领我们去参观非常时期难民救济会第一难民收容所和项王故里。

冒着濛濛的细雨,我们整队在土城上走。麦田和人行道旁的树,给感观一种无名的舒服。"这样的雨,下到身上不感觉湿,好像下到心里似的,很痛快。"忘记这句是谁说的,我很欣赏这句话。

第一难民收容所的地址是南大寺,这地方,原来是一个大庙,庙内久已无住持,空着作驻兵之所,南京失陷后,各处的难民多往这里跑,难民救济会只好把他们暂安插在这儿。经费没有来源,纯靠募化,只初成立时,当地的民众组织委员会拨过来三百块钱。

所里的难民共分十三组,共有六十余人,多为老年人和小孩。据说难民的流动性很大,这里收容过的难民已达二千人以上。难民受到的待遇相当好,每天两顿玉米稀饭,尽量吃,离去时,所里还每人发两毛钱路费。所里一位负责人和我谈,原有给他们工作的计划,但是妇孺老人不能作工,能做工的又多是码头工人,又加上他们的流动性太大,所以这个计划只得作罢。难民很希望知道战争的消息,这里的人时时给他们讲一些。

项王故里离难民收容所很近,院内有古槐、古梧桐、古锤,木香花盛开,颇饶世外意。遇到一位鬓发俱苍的老人,他吟出他自作的诗好多首给我们听,平仄和韵都不甚差误,但他并不会写字,真是个怪杰。

回到电话交换所,雨已停,还不到十二点。

中央国术研究会宿迁分会,请我们给他们表演一个戏,在今天夜晚。原定给他们演《放下你的鞭子》,但是我们顾及明天一早就要向埠子镇出发,临时决定不演,只唱了几个歌。他们对歌咏很有兴趣,因此,庄大姐留下,教了他们一个很久的时间。

平秘书去淮阴有要公,今晚改宿宿迁,愿意见一见我们全体,去县政府,他很高兴的和我们谈,大大小小的事,说了很多。我们刚回来,他又跑来找我们,兴高采烈的一直谈到过半夜。

四月二十三日　星期六　　胡述文记

清晨,向埠子出发。埠子属四区,离县城三十里,是一个很大的镇。县长骑马,小荣小程骑车,我们坐黄包车。每人只带一床被,几本读物,此外便是办公的东西。留江友森看家。

十点多钟到埠子。

县长检阅过本区的乡村自卫队后,我们就开始演戏,节目是《九一八以来》、《警号》和歌咏,台高台面窄,底下的孩子太多,效果不好。当我们演完,本区的青救分团加演了一个戏,名《枪毙汉奸》,他们很努力。

因为每人都很疲乏,"星期六"暂停。

四月二十四日　星期日　　荣千祥记

本周的日记由我来写,伙食由老姚管。

清早阴雨,六点钟起床没有上早操,歌咏时间是温习《最后胜利是属于我们的》又学《光明赞》。

八点钟,排《无名小卒》,排了两遍,每人都笑得太多了。小芳改做了一件服装,给睢宁的女同志们写了一封信,庄大姐也写了。

所有的人们都还是无精打采的做着一切零碎的事情,十一点钟千祥与振玖到区公所参加区镇动员分会的谈话会,他们的工作在任何方面都无何表现,乡里一般农民的惰性十足,由这几位委员们代表出来。

谈话中间,县长突然进来,他是清早就到归仁集去检阅的,可是到了半路一个镇上接到县里的电话说北战场的战事不好,临沂被截断,敌人离邳县只数十里了。他在下午一点的时候带着人回县去了。我们决定明日按照原定计划到洋河。

下午妇女救国会第四区分会开筹备会,到有会员七人。县妇女会的陈先生着急要回县城,结果下午三点半她自己回去了。

下午工作团两同志来谈。讨论了一些工作问题。

王拓今日与老杨他们计划写一篇大的稿子,大概是关于第五战区的整个情形与徐州的第二次大会战。

小管与老陈的病加重了,请了一位苏老先生来诊病,振玺、梅白、述文、璧华都依次诊视了。据先生说我们每人都是劳神过度,顶需要的就是休养,可是我们最困难的就是不能有一个充分时间的休息。这是一件毫无办法的事情。整个的下午都在看病,把先生看的都疲乏了才回去。

晚七点补过昨日未过的"星期六",今天是二号警察①庄璧华主席,三号警察胡述文记录。

述文建议出壁报集一本,预计将每日的壁报论文抄下。

今日开编导委员会,决定本周完成《沦陷以后》、《窗外黑影》,与

---

① 执行委员的意思。

《无名小卒》。

本周的内务是由千祥执行。

四月二十五日　　星期一　　　荣千祥记

六点钟起来打行李,预备向洋河出发。打行李的时候接到三区胡区长的电话说明日罗圩子检阅希望我们能去,然后再转到洋河。当时就决定今日还留在埠子,明晨八时到罗圩子,下午到洋河,于科长明日也要到罗圩子检阅。

决定不走后,都把行李又解开了,把整天的工作又分配了一下子,决定:八至十时自由活动,十至十二时街头宣传,下午二至四时排《无名小卒》。

上午的街头宣传成绩还好,只是每人都感觉说不了多少话,嗓子就有点不舒服了。

四月二十六日　　星期二　　　荣千祥记

早晨八点由埠子出发到罗圩,除两个人骑车外,其余都坐洋车。

罗圩镇外大概是常备队与本镇的士绅在欢迎我们,远远地看见以后我们就都下了车,果然是,在我们走近后,他们吹起欢迎号,把我们都迎进了圩门以内,我们感觉得有点那个。

我们休息的地方是罗圩镇的一个地主家内,主人是一个叫罗曦村的中年人,看样子,为人还忠厚诚实。院里的建筑与陈设是一个士宦人家的样子,我们住在东院里,古香古色,在我们的旅途中这是第一次遇到好的房屋。我们在书院里休息的时候,女同学到该院去拜访本宅的女主人。我们受到了很好的招待。

村外的广场上有一个戏台,很早就集聚了许多观众在那里,自卫队员也有。

于科长说来,可是没有来,洋河的三区胡区长来了。今天上午到新本小学参观,璧华在那里教歌。十二点我们到戏台上准备演戏,同时有几个人在下面做个别谈话、讲演、讲壁报与教歌的工作。振玖、振堃、璧华与光烈每人都招集了一大群的民众在谈,在讲,在唱。

一点钟开始检阅,紧跟着就开始了演戏,是《九一八以来》与《林中口哨》。

主人们一定要我们吃晚饭并住一夜,我们只答应了前项。

饭后一行十数人浩浩荡荡奔洋河而来,胡区长陪着我们。

在洋河,住在大衙门一所破烂的房子,从房里可以望得见天日。

四月二十七日　星期三　　荣千祥记

早晨七点,于科长已经来了。

八点半,全体会同胡区长与于科长到各校参观。先到县立洋河小学,他们正在上课。该校吴校长以及几位先生都是从南京扬州等地回来的青年。音乐教员蔡克堦是一个小音乐家,人们都是这样说,会拉提琴、会唱歌。我们请他们在下午演戏时参加歌咏。

又到耶稣教小学与白洋小学去参观。

十点半洋河镇各界公宴我们,一听到了宴会无人不头痛。

十二点开始检阅了,于科长讲演时间最长,两点开始演戏,是《无名小卒》与《游击队》。《无名小卒》是第一次上演。成绩还好,可是中间,老郭因用手打破玻璃杯,把手割破了一大块,在场上,血花花地流出来,又不好去管他,直到戏完才到医院去包起来,受伤的是右手大拇指。

《游击队》不能演了,临时改《花子拾炸弹》与《打鬼子去》,但是《打鬼子去》没有演,时间稍晚了,演员也感到疲乏。

下午五点钟,洋河小学职教员请我们吃便饭,蔡先生表演提琴独奏与独唱,我们唱了一个《我们需要战争》。

于科长在下午就回县里去了。

我们想于晚七时请教育界先生们开一个座谈会,讨论:1.如何推动三区整个的动员工作。2.如何推动中小学职教员抗敌救援会并充实内部工作。3.如何开展各小学学生宣传工作与内部学生活动。可是因为通知的太晚了,没有找到人。只好改变计划随意地与洋河小学的先生们谈了一下。

晚上洋河镇的士绅吴大先生来访,谈了很多问题,如组织民众之重要性等等,老先生都有极清楚的认识。

泗阳县工作团有三位同志来希望我们能够到泗阳去一趟,可是我们因感觉时间太短了,所以未能答应到那里去,这真是一件抱歉的事。我们计划回宿迁县城后演几次戏就到淮阴去,有人说淮安有一个名医张昔洲,那么我们可以都去看看了,我们决定明晨回宿迁。

四月二十八日　　星期四　　荣千祥记

七点钟由洋河出发,区镇长送出来很远,直送出十里长街以外。

路是沙土地,又加上是逆风而行,骑车有点费力,拉车的更费力。

十一点三十五到达县城。

有很多的信等着我们,每人都抢着看信,把收拾东西的事情都忘得干干净净的。

平秘书来电话说,何厅长给我们来电报,让我们马上回曹县去,那里有许多工作等着我们,三十日宣传周开始,希望我们赶回去参加。

干事会开了一个临时会议,决定三十日演戏为难民救济院募捐。五月一日在体育场公演招待五十七军军官教导队、学生与民众。下午三点在县党部与刘常委救济院萧院长会面,定妥三十日晚七时演《窗外黑影》、《无名小卒》与《打鬼子去》。

下午钟先生从徐州来电话,他已经从汉口回来,现住徐州。他让我们于明晨就起程回徐州而转曹县去,因为那里集聚着八百五十从潢川青年军团毕业的同学,五月一日前后就要分配到各地工作,希望我

223

们赶回曹县同他们交换一些救亡意见,并报告一点各地的动员情形。为这件事情开了一次全体大会,讨论结果是募捐演戏提前一天,在明晚举行,节目把《窗外黑影》改为《饥饿线上》,其余照旧。

王文彬来信要我们迅速回徐州,那边需要工作的人。

下午璧华到救济院教歌,晚上有很多女同学来访,瑞芳教她们唱歌,她们都极认真的学。

四月二十九日　星期五　　荣千祥记

晨,开干事会分配整日工作。上午由振玖与王拓写告别宿迁与对宿迁的几点意见。共约三千五百字。主要的将此地一切城里与各乡的动员情形与教育局有一个批评。

十二点钟,振玖与璧华参加青救的成立会,又参加歌咏团与县中学生会的筹备会。

决定明晨八时招待各救亡团体、各机关开座谈会。

晚八点募捐公演,卖票分三等:头等一元,共三百张;二等五角七百张;三等一角。观众极为踊跃,剧目改为《毒药》、《无名小卒》、《打鬼子去》、歌咏,临时加演《花子拾炸弹》。

演完了戏,已经是夜里十一点了,给平秘书打电话问汽车的事情,他答说无车,只好又向宿迁县府鲍秘书打电话磋商,决定由鲍秘书从徐州叫一辆车来。

平秘书来电说今日何厅长又来了一次电报,催我们回去。

四月三十日　星期六　　荣千祥记

县党部的茶话会是八点,可是我们起来就已经将近七点了,梳洗、买茶点,忙了半天,赶到县党部时还是晚了,已经有很多客人等在那里。

谈话的结果很简单的,首先,有人认为我们走了,他们很不高兴。

有人觉没有什么关系,只要大家好好的作下去。

最后,我们对他们的一些建议,譬如教育问题——学校的教材、上课的时间、学生运动、现有各团体今后工作、乡镇的各团体的联络、乡下壮丁训练时间一月三次太少等问题,全得到很圆满的答复。完了我们全到公园去拍照,家里来电话说车来了,我们很快的赶回去,到家不见车,原来是老姚听错了。

连饭都没能好好吃,因为等车,可是车到六点钟才来,天晚了又没灯,二百多里路,不能走,又把行李搬回来,于科长向跟车的大发暴躁。

晚上过"星期六"。本周团体的工作只是到乡下去宣传,帮助宿迁当地青年组织,各人差不多没有什么事,有的规定了而没能做出来。自从开始过"星期六",只有第一个"星期六"过得好,以后就渐渐的懈下去了,但愿从本星期起使得每一个"星期六"全都健全起来。

五　月

五月一日　星期日　　　管振堃记

五月是个纪念日最多的,也就是多难的月份。

今天就是五月的开端,是五月第一个纪念日。是全世界劳苦大众的日子,工人纪念节。

因为昨天没能够走,定今天早晨五点动身,到四点我们就全准备好了,可是车老是不开出来,我们等着急了,直到七点钟才开出来。本来他们是营业车,县府用他们,只给汽油钱,这样无疑的他们会捣乱的。

车开了不多一会光景又停止了,跟车的想要大家坐紧一点,再上来两个人,可是里边二十来个人已经满了,闹了半天,结果是跟车的升了一级到顶上去了。

在路上见报纸,徐州有个很大的纪念会,所以我们就在路上练习与"五一"有关的歌,什么五一纪念、工人救国等歌,打算晚上只加入歌咏。

刚过了睢宁车的腿就坏了,全下来,收拾腿足有一个半钟头,我们在石子路上坐着,上面晒着,下面热石子烫着,全很着急。但是也没办法,只好等着,好容易盼到车修理好了,我们重新上车,车又开了。

最讨厌的是过了双沟又遇到警报,把我们截住了,还好是侦察机一架,一会就过去了。我们又开始走,希望是能不再遇到警报,可是巧得很,快到站时,警报又来了,每个人全下了车,去树下躲避。

汽车很捣乱,不开到里面去,到汽车站就停住了,只好用洋车把行李运到中山纪念堂。

我们刚到不一会儿,志青来了,我们很高兴的,彼此关心的问候,一同去吃饭,饭间他告诉我们带来很多的东西,什么大电影机、影片四种,有台儿庄胜利情形,汉口防空、空中大战。

有化妆品、千祥的钢笔,凡是教他带的东西全带来了,大家最高兴的是播音机和电影机。

与我们同住在纪念堂的还有一个抗敌剧团,其中有些个是上海的小明星,一切的技术全比我们高明,不过很抱歉的是我们没能看到,他们的身体也不像我们,他们一个个全很健康的,相比之下,越显得我们黄得难看了。

晚上又见到很多平市的同学,他们全是最近一星期来的,在此民先工作。

因为我们的电影机还没运到,青年会军人服务部有,所以在此地演过好几次,他们组织了抗敌电影队。

晚上是纪念"五一"大会,七点多钟开会,到会的有组织的工人团体有:总工会、印刷业职业工会、车夫、油漆( )业、皮作业、土箔业、竹作业、理发业、鞋业、铁路等职业工会,还有许许多多的没组织起来的工人,提着灯笼,来参加这个纪念会,差不多有二万人的样子。

会开始了,一点声音也没有,先是讲演,又报告前方的消息,他们听到好消息时,全拍起手来了。因为时间很晚了,不能提灯游行,又因为观众要求先放电影,演的是前方作战的情形,看到我们空军与敌空中作战时,看到大军前进时,冲锋时,敌人逃跑时,民众抗战时,以及我们得到很多战利品时,每个观众的心全紧张,不由得拍起手来,有的大笑,有的甚至叫喊起来,只可惜的是影片中的解说员太差了,听不太清,不然,观众的情绪一定更要高潮的。

本来有抗敌剧团的《三江好》、《壮丁》、《放下你的鞭子》,可是演完电影已经十点了,只好停演,我们的眼福很不好。

晚上来了些客人,大概到十一点才睡。

明天不能走,因为钟先生已经定了明天演电影。

干事会决定明天工作是:上午理发、洗澡、个人工作,下午休息、个人工作,晚上与抗敌剧团座谈。

五月二日　星期一　　管振堃记

因为怕有警报,早上五点多钟就起来去洗澡,在我们以为五点多钟是相当的早了,可是起来一看人家都上纪念堂了,李宗仁在台上正讲演,因为去洗澡也不知道讲的是什么。

洗澡的去洗澡,不洗澡的在家,有的睡觉。洗了澡去理发,回来大家去作个人的工作,有的出去了,有的在家,反正没有几个人闲着。

中午在青年会军人服务部聚餐。

下午二点钟我们到同学会去,李锐报告全联的经过情形,并且给我们带来很多的书。

晚饭后,抗敌剧团演剧在某新军队中,同震、梅白、时晓、昕等去看,据回来说他们的演技很好,布景简单而美丽,能运用声( ),同时化妆也很认真。

振玖去参加文艺救亡协会,讨论是否充实筹备会的问题,结果决定充实。

楠、拓、烈、华、堃看完了电影,平秘书招待跟长江及几位外国记者见面,很乱的谈了一些话,钟报告历史,堃报告工作方式,都市和乡村工作方式的不同,华随便的谈了几句。

五月三日　星期二　　管振堃记

上午和抗敌剧团座谈,在快( )公园。谈话的内容是工作方式、演戏的技术和工作中遇到的困难问题。关于工作方式大概和我们相同,技术他们多用幕表戏①,一二小时内发生的事情全能演出来,关于台子需要的问题辩论了一气。

晚上干事会决定明天去曹县,钟先生因为答应和青年会军人服务部去台儿庄演电影,不能和我们同走,大概他三四天之内可以赶回曹县。

下午警报一次,共来十二架飞机,投弹约四五十枚,多在北车站一带。

听到此地一个传说:"泰山娘娘显灵,咱们把所有鸡的翅剪掉,日本飞机就不来了。"

五月四日　星期三　　管振堃记

又是警报了,是侦察机,没有投弹。

今天是"五四",是学生运动的开始,去年的北平在今天的下午四点正是新旧学联,也就是真伪学联开纪念会时,互相打起架来了,现在团体的人恐怕也是当时的主角、生力军哪。

我们每个人全很高兴,因为今天可以有三位新男同志跟我们一同走,相信着他们会带来不少的兴奋给我们,今后我们会更努力的,更加

---

① 根据时局临时编排的二人对口戏,在幕间上演。

油的干下去。

下午又警报,是侦察机顺便的投了几个弹,在车站附近。

车没有一定的时间,到下午四点,我们就去车站,路上遇到警报,没有投弹。

下午田汉到我们那去,拍了一照,他并答应以后可以经常的供给我们宣传材料。

铁路上的人很帮忙我们,因为庄璧华曾经教过他们歌,今天,他们买东西招待我们,并且帮我们装车。

我们坐的是铁闷子车,只有一半是我们的地盘,天又很热,每人的汗流个不住。

到晚十点开车。

五月五日　星期四　　管振堃记

车停了一夜,到今早才走了一百里路。

不知道是为什么,车停着不走,直等到警报开始了,又不能走了。车站是非常危险,全下来到麦田里去,警报刚刚解除车开了,许多人没有上去,有的年纪小的哭了,后来才知道车还回来。

等到下午一点车才回来,在这二三个钟头内,没有上了车的振堃就在树下搬出了宣传材料。

从车顶上跌下来一个妇人,没有死,大家为之担心。

天气太热了,热得人出不来气,最幸运的是下午天下了些雨。两位中年妇人,因为车顶上雨淋,衣服少,要到我们这,怪可怜的,教她进来了。

晚十一点到了柳河,没地方住,在车站上睡了一夜,好在千祥有一朋友在这。

我们轮流的放哨,二小时一次。

五月六日　星期五　　管振堃记

到早上五点多钟,我们就起来了。

给何厅长打电话要车来柳河接我们。

坐在车上真是高兴极了,好久没有坐过山东这样好的汽车了,四周全是看不到边的麦田,我们每个人高兴的唱着歌,像似疯狂了一样问这麦田是谁的,"我们的"。

到曹县,我们住在城外的简易师范,有三百多潢川受训同学和我们住在一起。

何厅长和沈主席①来了,看了看我们的情形就走了。

晚上我们准备明天开欢迎会、演戏,决定演《饥饿线上》和《游击队》。

五月七日　星期六　　管振堃记

早上没有别的就是准备晚上的会,写标语、壁报。各部门作各部门的事情。

从今天起戴②管事务,饶③管壁报,胡仍帮忙,叶④管文书,三位职员今天开始办公。

晚上的戏《饥饿线上》演的不好,情绪不联接。《游击队》也有一点差,主要的原因是好些天没演,词生了。不过台下看的还很上劲,有的张着嘴,有的偷着流泪,还有鼓完了掌,手不知放下来,就合着举在胸前,像是和尚念经似的。

歌咏唱的也不好,尤其是几个新歌,其实已经学过十几天的了,学时大家不好好学,唱时不敢唱,怕唱坏了,觉得不应该瞎唱。

---

① 沈鸿烈,时任山东省主席。
② 新加入的团员戴厚基。
③ 新加入的团员饶洁。
④ 新加入的团员叶君石。

这一周每个人的精神全很好,也许是这几天没有作什么事情,休息好了。

本来今天应该过"星期六",可是因为演戏太晚了,不能过了,改日举行。

本周团体工作很少。有三件大事:一、增加三位新团员;二、很幸福的回到山东;三、得到了电影片子和很多的零星小物。

五月八日　星期日　　庄璧华记

这是不对的,男同志中除荣外没有一个人愿意担任一周团体日记,他们的事情也不见得特别忙。

清早何厅长就来了。站了一个多钟头才走——我们也没有椅子给他坐,要坐就是地铺,满是跳蚤和虱子。他慈祥得像妈妈似的,问长问短,问我们的需要,还把一个六百多块钱的照像(相)机借给我们。

午餐前,沈主席训话:各机关及潢川军团的同志还有我们。芳、庄、梅、玖、戴、震、晓为着赶排《壮丁》预备明天欢送会上演出可以没有聆训。训词勿宁说是报告,报告山东的政治情势,各地动员的情形,最后勉励潢川同学,担任起前方后方的工作来。沈的声音很小,我们坐在后面听不大清楚。

下午各人任意的作着事情,庄写了许多信给各地的团体。管彻底的整理图书,程抄剧本,《壮丁》的演员们因为稍稍动了肝火没有排剧,好在中午有人通知了我们,明天的欢送会停止了。

晚上七点开始联欢会,沈主席、何厅长及各机关人都在。第一个剧目是我们的《林中口哨》,演罢下台正要安心看戏,雷参事跟我们说:"沈主席及各厅长听说《放下你的鞭子》演的很好,愿意你们能加演。"小芳和荒煤都病着,一个戏下来已经筋疲力尽,想着拒绝,可是荣等以为初见沈主席最好不要拂他的意思,免得对我们印象不好,勉强的登台,效果还好,小芳气弱的几乎唱不出歌来,多么残酷的刑罚啊! 戏演下来,哭的人很多,谁让他们要看呢？这下可得着报应了。

今晚的节目共有《林中口哨》——我们,歌咏——军团,《夜之歌》——军团,《放下你的鞭子》——我们,《花子拾炸弹》——我们,《旧关之战》——巡回队,还有巡回队与我们的歌咏。

我们的戏演的不如以前了,谁都怪无力的。

五月十四日　星期六　　庄璧华记

决定好在曹县做一点充实自身的工作,略做宣传与对外的事项,住的地方也很适宜我们看书与写作。

每一个较好的环境或大树下都有我们同志们的足迹,看书还有做其他的事情,不过在精神的联系方面略感不够。

时局较前更紧张,菏泽据说在当天下午一点钟有敌骑兵三五十余人突破我防线,我二十三师长自杀,于是一师的军队像散沙似的,曹县城内的情形也极度的紧张,城门叠起来了,各厅纷纷的搬到太康、许昌,较比优裕的民众也争先恐后的迁移,山东一切的现况和五月前是一样,仍然是不平静的旧调。

听到电话,要我们在最短的时间内离开曹县。

真是天有不测风云,雨下得那样大,不到半点钟,地上积聚着三四寸的水,雨稍住时,我们大家到街上去吃饭,大家的心里像雨后的天气没有人不愿意吃饭,地很滑,大家都淌着水笑着,喊着,向前跑,雨一阵紧一阵,我们的衣服都湿了,到了饭铺,铺子里的炉火灭了,什么都没有预备好,我们的伙食长发了脾气。

回乡师的时候,雨格外的大,还下着雹子,街上没有几个行人,停在雨中的老牛拖着行李车——潢川同学组织的宣传队从菏泽、定陶回来,缩在墙边抖擞的车夫还有前方受伤的将士,因为雨太大,他们自己不能动,只能在雨中停着。在雨中跑的呢！就是我们十几个人,头上顶着竹帽。

等我们大家到了家,身上也像天空一样的下着雨,屋子里没有一点亮,大家在嬉戏着换衣服,我们想到了那些没有衣服换的车夫,想到了那些没有饭吃的不能动的伤兵。

五月十五日　星期日　　庄璧华记

天上还带着残星,我们就忙着整理行装离开曹县。到菏泽、定陶、单县还有其他地方的宣传队陆续的回到曹县来,战局是出乎意料之外的快,当局没有一点准备,各方面都遭遇到奇重的损失,同学们面睹着敌骑兵,扔了行李向相反方向跑,披星戴月的几百里路。

我们呢!也是决定的工作都没有做,而且又准备着移动,没有汽车、大车,什么车都找不到,从早上到上午,我们才找到了七辆手(推)车,载了我们的行李向范塘进发。刘道元先生介绍我们去的范家是刘先生的舅舅家,当然招待我们像上宾似的,他们家的老太太因为刘先生的介绍而牵引起想到自己的女儿,一次次的对我们说她的女儿是被她婆婆气死的,当她说到那些故事时老太太非常的悲伤。

昨天刚下过大雨,路途上不很好走,有两个车夫还第一次推车,运用得非常的不灵活,我们为了要赶路,为了体谅他们的苦痛,我们每个人——有例外的,轮流拉车或推车,当车过缺口时,还翻了一次,我们大家脱了袜子鞋,光着脚在地上跑,到了范塘,大家都筋疲力尽,想到明天还有更多的路在等待着我们,大家就振作起精神来。

晚上,他们很客气的为我们备了一桌丰盛的晚饭,还有自己家里腌的韭苗,味道很别致,我们吃得很高兴,他们还为了我们铺了几张床。

五月十六日　星期一　　庄璧华记

在路途中,我们什么事也不能作,带着两条酸酸的腿,又在残星下开始向前迈进。今天的目的地是柳河,离范塘五十多里路。

路上遇到了好多军政当局的官太太,七八个人坐辆汽车,很自在的,心里真的感到点忌妒,假若我们有车,可以省下气力做别的事情。

　　二十三师的军队有向东、有向西的,弄得我们也头昏眼花,到底这部分的军队,要到那(哪)里去呢?

　　走的速度不算慢,五点多钟,全部到达柳河。老郭本预备到徐州去,没有车,他在那里等着我们。钟先生也从台儿庄赶到。找了个小学,安置了我们的东西,大家都到霍先生那里去洗脸、洗脚,用了他们两三缸的水,弄得非常热闹。

　　谣言四起,有说敌军到达民权的,还有其他说法的,总之情形很混乱。我们本决定第二天早上徒步到宁陵,然而因为交通的方便与否,我们开了一次全体大会,商讨我们的行程,听说火车可以不间断的开到郑州开封,多数人赞成坐火车直达许昌。于是冒着雨,搬行李到火车上,行李还没有搬完,车就蠕动了,大家都还没有上车,千祥忙着找摇旗的,匆匆忙忙的大家跳上了火车,当然顾不上淋雨不淋雨了,很庆幸我们都上了车,在车上大家都找到了安身之处,放了心,等待着到达我们的目的地。

五月十七日　星期二　　　庄璧华记

　　虽然司令长官命令着放空车,但是车却在民权过了夜,和我们同车的是××服务团女孩子们,不!也许是太太!烫着头发,外貌就不很像能服务的人。第一个让我们感到了他们那群人这样的浮躁,仅只听到一个人说了一声警报,慌慌张张的就往车下跳,等车开时,来不及的三五个人拉一个人的往车上拉。

　　车好容易向前迈进,大家心里都有点高兴,可是车开到野鸡岗时,车又停下了,因为我们没有带零钱,吃饭感到了困难。

　　车在野鸡岗停了不少的时候,大炮轰轰的响,军队一队队的过去,空气已然是很紧张。当车开到内黄的时候,车退了回来,于是全车的人都跑了,整个一列车上,只有我们在车上呆着,据说内黄车站开了火,五十个敌骑兵被我们解决了,又来了五百个敌骑兵,炮声较前密些,于是我们不得不下来步行。钟先生、何先生和小程在车上招呼行李,其余的同志们拿些不愿丢的东西和我们的一件宝贝大衣,系在背上,像军队似的轻装简服,奔离野鸡岗车站二十里的龙塘岗去,光烈严肃得像铜像似的,站在车门口举着手向我们敬着礼,钟先生像个慈母似的带着颗悲伤的心,催促我们走,在这刹那中,我们的心里都有点酸,生离死别也许在我们每人心里打了一转。

听说日骑兵将要向野鸡岗东南来,虽然我们耽(担)心着能碰到敌人,但我们不得不离开此地,在路上,我们准备着冲散的计划,我们每人都很高兴的笑着,往龙塘岗奔。我们在北门外找到第三小学休息,学校也因为消息的紧张停课了。街面上的情形还不算冷落,不过等我们出去吃饭时店铺子的门都关了,因为看到城门口在过着我们的马队。

大家预备休息的时候,光烈带着我们不想再得的行李回来了,我们都高兴的叫了。闻到钟先生已带着其他的东西到民权去了,小程把我们的鞋口袋掉了。

在一间大屋子里,校役给了我们几张席,大家把我们的大衣做了被褥,准备休息后明天早上赶路,几天在路途中什么也不能作。

炮声一阵紧一阵,机关枪离我们只有五里路,在苍茫的夜色中,我们又找了几部手(推)车,女同志五位坐车,第一次我们在星夜赶路,小学校长帮我们找的住处,燕村一间空屋里。

五月十八日　星期三　　庄璧华记

六点多钟,我们到了睢县,吃了一顿早餐,雇到了好几辆车,平均大家都能坐车了,我们只是想花一天的功(工)夫赶快的到太康,天气很热,在路上停了好几次。

晚上到太康,住在太康仓库,这是山东教育厅的办公处,人是乱七八糟复杂得很,我们住的秘书室。

五月二十二日　星期日　　胡述文记

原定今天在太康给各机关演戏,明后天还各有两场戏,但是因为距此90公里的杞县失守,这里的各机关也就惶恐之至。

五月二十九　星期日　　王拓记

虽然来鄢城已经很多的日子,工作并未开展一点,同仁们都显得无聊。

昨天是第一次公演,在城乡女子小学,戏演的勉强凑合,只太生疏,多日未上台了。《林中口哨》词都忘了,小荣又是说大鼓的姿态,伸出两个指头来。《游击队》演的好些,因为是旧剧,本身即合乎一般的脾味,尤其稍稍夸张,像昨天老杨弄鬼脸,低级趣味点,自然能博得一般的喝彩。《警钟日报》的记者早晨来,对戏表示十二分赞扬,据我想,漯河一带大半未曾来过好的剧团。

时局是在急剧的变动中开展着,陇海已成了死争的地带,豫东南,亳州一带,日来也正像一般人推断的那样发展。我们不怕陇海路的失陷,而怕漯河以东的平原,万一此地有失,战局将不堪设想。

五月三十　星期一　　王拓记

筹备漯河的公演整整忙了一天。

戏在漯河一带的人士看来,总是满意的。掌声像鞭炮一样的响成一片。老陈一出台就喊成一片了,热闹的很。

十三集团军全来了,我看见清华的几位同志,黑黑的脸,一看就知道是吃了苦,跋涉很远的路程。据说,他们有离开十三军单独干的意思,还不知如何,明日他们找来谈。

何厅长来了,从宁陵。听说失掉了好些东西。敌人闯进了四关啊！归总情形不佳，唯不知现况如何，总之陇海路已见动摇，为前途一叹。

归来，夜十一点，宽的漯河，黑黑的水，沿着堤走，像踏着海边。

小管肚子痛，一整天。

五月三十一日　星期二　　王拓记

风，甚大，刮了一天。

晚上演戏，麻烦的很，幕非常不稳。

《壮丁》未演完一半，天落雨。观众走去三分之一。

我非常烦《壮丁》里的那个木头样的儿子。

六　月

六月一日　星期三　　王拓记

雨继续下，地上泞的很。

人们都睡了，天的恩赐，我爱雨天。

干事会决定去汉口。正副团长，老陈、小管。团长是为了购置东西，接洽关系，老陈探母，小管是看病。

据说时局转紧，亳州鹿邑已失，并太康附近已发现敌踪。此一路一片平原，无险可守，果周口不保，漯河则不堪收拾矣！

晚七时，大会决定今后路线及工作，武汉大半要去。

六月二日　星期四　　王拓记

又整整的下了一天雨，去汉口的误了出发。

仿佛梦一样的过着日子，心里分泌着一些不同的感觉。东屋里的同志睡了一天，我们有玩的有工作的。团里决定暂印通讯九篇，出一个单行集子。剧本过几天再说。小程作了一个封面，很美，"第五战区风景线"。

平汉沿线发现了灾性霍乱,大家计划注预防针。

(晚上吃饭,倒霉,吃着一个苍蝇,心里想吐,未吃饱就算了。)庄大姐近来很劳苦,饭是她作啊,大师傅捣蛋,光偷东西,大家还需要看着他。

六月三日　星期五　　王拓记

夜,晴了一夜,地已清理了好些。

但天终是阴的啊,看不见太阳。像人们心里的悒郁。

午饭,老陈从车站跑回来,未走了,人太挤,南去不易。

时局变得厉害,周口以东已发现敌人,据此地不过百里之遥。团的动态尚不明也。

小荣自车站与杨郭二位干事一去,不知如何?

据外界人士评判:来郾城漯河工作的宣传团体,以移动剧团为最棒,戏演得满好,颇得一般人的赞扬。

团里需要添戏,最近顶好多排几个,去武汉,不是说说完事,要拿出点东西来。现有的几个戏总不甚够。

何厅长也是说多排新戏重要,汉口行家太多。

六月四日　星期六　　王拓记

早上都起不来,天阴的关系。

庄大姐同老杨吵嘴,为了吃早点的事。老杨的不是。大家批评他,最后他又接受了,并且给庄大姐道了歉,不过庄大姐爱吵,好急,也是不对的。

学了几个新歌及小调,挺好的。

午后老杨去漯河打听消息,武汉行营宣传队已经走了,唯负责的几位先生还留在这里。车太挤,南去不易,人们都是一条路线,只要向后退,大家都怪踊跃!

明天说不上我们也就走了,今晚上我们开了会,已经决定了早走,在这里也无有活。

六月五日　星期日　　程光烈记

昨晚晴了天,今早又开始早操——离开曹县后还是第一次。

天还是那么阴沉,不过没有雨意。

早点后,和教育厅同志们合在一起唱歌,由庄大姐指挥,教育厅同志唱的不免生疏些,唱到《松花江》第一节完了的时候厅长笑的弯了腰。

老郭和老杨到漯河去探听消息,车依然是拥挤,不过比前几天好些。火车的时间还没有定,军事的消息,据说并不十分严重,可是车站上却煌煌贴着第二军的布告:

"距郾城十里内所驻无作战任务之军队及一切机关团体,限三日内退出……"

下午平津同学会同学狄青楼由信阳来此地。打算在此地设一个招待所,招待由第五战区退出之同学,听说我们打算三二日走开,不免有些失望。

狄说,信阳工作正在等着我们呢。

傍晚,厅长告诉我们"可以走了",因为他也看见了第二军的布告。厅长希望我们能到南阳去。

晚饭后,开全体会讨论到那(哪)里去的问题。结果是,先到信阳,东西先托教育厅车子带到南阳一部去,我们轻装便履,预料上车子也不会有太大问题的。

马上整理东西,明早六点钟教育厅汽车开往南阳。

天,又是阴了一天,午间还下了几滴雨,大家除睡觉之外,只是看了一点书。

六月六日　星期一　　程光烈记

提纲:教育厅不给带行李·由漯河来信阳·车中遇诈未果

起床后,就整理东西,准备离开郾城。

战事消息不大好,开封有失守消息。天虽然是阴雨,教育厅的大汽车仍然要往南阳开,我们预先商量好的托教育厅把电影机和一些零件带到南阳存放,临行时推说东西多没法带,都给我们搁下了,大家很不痛快。

赴信阳的火车,早知道是非常拥挤,所以划分了几个小组,分别照顾自己的行李和应带的东西,并留下杨、饶、王电影①三人后走,以便把托教育厅带走的东西带走后再走,可是教育厅临时都给丢下了,那我们还是一起走的,在河沿渡口会齐的,上船的时候还好,一件东西也没丢。

到车站时,正遇南下快车进站,车厢里已没有丝毫余地可使我们插足,只好把行李、人全运到车顶上去。

东西一件也没短,人,一个也没扔下,在车站没有等车,而是车守着我们,这些都出乎我们意料之外,大家都说"我们运气真好!"

虽然小雨淋得怪湿怪难受,可是我们都有棉大衣,比起难民冻得打战好多了,而且比车厢里的空气也强得多。

沿途田地都浸到水里去了,道路泥泞得很,而天气没有丝毫晴意。

火车在小站不停车,走起来飞快,还是我们离开济南后第一次坐的痛快火车呢,"照这样走法,今晚七八点钟就可以到信阳了,"有人这样说,"我们的运气真好。"

驻马店被敌机炸得成了一片瓦砾,看到的人,没有一个不痛心疾首,"这就是敌人给我们的好处!"

---

①　王松山,绰号"电影机"。

麻烦来了,没有肩章领章的路警,一位也许是车队长之流的人物来向我补票,这显有敲诈之嫌,明明漯河站说已不卖票,为什么又补票,而且许多拿钱补票的乘客为什么得不着票?而且我们要到信阳补票,那个路警表示不高兴,游说我们在车上补票,可以省钱,这又是为什么?更启我们的疑窦。

要我们派代表到首车接洽,结果警士们和我们代表讲价:"就是少花几个也可以,还是在车上补票合适。"

我们决定不在车上补,决不给敲诈者机会,最后那两个人又跑到车顶来麻烦,大家着实和他吵了一下,"不补票,不信任你!""敲诈要认清人!""客人花钱得不到票,我们有证人!"

"好,我们有办法,到信阳车站再说。"在我们说出确凿证据以后,他们下去了,因羞惭而放出最后一弹,谁也了解是为着容易下场,可惜在黑夜里,面红耳赤程度如何,不得而知。

到信阳车站后,车长却向我们解释了好多,认为是大家误会。

——这真是一幕活的丑剧,他妈的。

下车时,是深夜十二点,站台上睡满了——不,是坐满了士兵,连插足的地方都没有,费了偌大力气,才把行李运出站外。

雨,还在淅沥着,在半尺多深的泥里,大家就这样默默地跋涉到站中小学,胡乱地挤在一个屋里,和衣而卧。

熄灯时,时钟刚敲过两点。

六月七日　星期二　　　程光烈记

早晨五点钟就得起来,因为我们睡的是课堂,小学生还来上学。

抗敌青年军团同学住在这里有二十几个人,地方太小,我们必须另找住所。

找的结果,有美国人办的义光中学颇合适,地方又宽敞清洁,风景也颇美丽,交涉人交涉到六分,要我们大家先把行李拉去,造成既成实事,一定有把握的。

行李拉到后,交涉还没有结果,校内人互相推诿,不肯负责,惟一的责任人——美国人,又到汉口去了,别人不敢作主。

"这也是中国地盘呀,难道挂了美国旗便不许我们住么?!"

雨还是在下,身上衣服湿得很,脚被泥胶得痛,每个人疲乏得很,都蹲在廊底下发愁。

交涉又交涉,始终一点儿希望也没有,又听得说,即便交涉成功,也要男同学住男校,女同学住女校,美国人非常讨厌男女混杂的现象,上次曾有北平学生某团体,给他们很坏的印象,以后青年会来的男女同志,就给分开来住了,我们当然不能例外。

他妈的,男女两校,一个在城西,一个在城北,距离有八百里地,分开来还工作不?现在是二十世纪呀!

决定停止交涉,我们另外找房子!眼睁睁地看着空着的宽敞而整洁的房子不能住,只因为这是美国人办的学校,心里颇愤然,又有点难过。

房子是找到了,不过狭窄一点。

管他呢,暂时就这样,雨停了再说。

两天来,大家都很疲乏,今晚一定睡得很好。

六月八日　星期三　　　程光烈记

早晨起来的时候,已经八点多钟了。

开了干事会,由青年军团一位同学,简略地把本校情形报告一下,接着讨论工作问题,决定今天先和当局接一接头。

县长、教育局长等大都开会去了,没有接上头。

下午到车站小学赴六十八军战地工作团的欢迎会,唱了几个歌。

王拓和小江都病了,害的是痢疾。

大家对于房子都不满意,有搬家的要求。

整日没有作什么工作。

六月九日　星期四　　程光烈记

提纲:找县长、教育局等上层·到车上和平津路宣传队开会·看孩子剧团表演·开始壁报活动·天晴了

起来后,首先由联络组出去找县长、教育局长,接洽房子问题、工作问题。

开始写壁报,这算得我们在信阳的冲锋工作。

下午平汉路宣传队约我们、孩子剧团,64、68军战地工作团联合开座谈会,彼此报告工作,检讨工作。

平汉路宣传队住在车上,办公在车上,比起我们来,真是舒服。

会场中,孩子剧团报告历史时,大家都哭了。

散会后,到胜利电影院帮孩子剧团布置会场,接着看他们演戏。

他们的节目大部分是歌舞,剧目很少,演起来倒很卖力气。

演到中途,门外挤人太多——大部分是散兵,都要进来看,维持秩序的兵士以没有地方回绝,双方争持不下,气势汹汹,都掏了手枪。

不得已只好停演。

今天下午,天放了晴,别了几天的太阳重又晤面,特别觉得可爱!

六月十日　星期五　　程光烈记

昨天,房子交涉没有结果。

十点钟,赴铁路宣传队开会讨论,联合通讯处问题。到会的只有三个团体:我们,孩子剧团,平溪流动宣传队,决定由我们三个团体作中心,广泛地号召起一个大的联络机关,拟好章程,邀请各团体参加。

早晨,安先生到我们这儿来了,告诉我们一些汉口情形。

晚上房子问题,还没有结果,只是说有希望。

开全体会,讨论工作问题,一切只好等去汉口的人回来才能办。

243

六月十一日　星期六　　程光烈记

提纲：昨夜大雨·庄去妇女会教歌·出席联合通讯代表会·讨论联合公演·小荣归来报告一些情形·起始时事报告·计划明天工作

昨夜的倾盆大雨，把大家从梦中警醒，屋子漏了，大家忙着移动位置。

早晨，庄大姐去妇女会教歌。

下午程和楠去车站开"联络通讯"会议，会议席上，因为44D一个家伙、信师的、军委会战地工作团三个人的反对，结果把联络问题搁置了，接着讨论最近工作问题。

从十二号起扩大宣传三天，我们担任城内的东北角，十四、十五日在三个地方联合公演，我们担任放电影，并参加一个《壮丁》。

散会时，已经是七八点钟了。

小荣由汉口归来，带来一些杂志一些消息。

第一次恢复晚会，第一次轮流时事报告，在晚会上计划明日的工作。

六月十二日　星期日　　姚时晓记

仍然是阴沉沉的不见天日，起来时已是七八点钟了，今天工作有点紧张，早点后大家就忙着写壁报、写标语、印传单，有的外出交际，忙了个一塌糊涂，一直到十二点后才把这些事情闹清。

下午，我们分组出外开始第一日的街头宣传，非常有趣，我们的壁报贴在大街上，许多军人、老百姓、小孩子围着叫我们给他们讲最近战况，并且忙着抄写壁报上的抗战小调，他们一面写我们一面教给他们唱，窄的街道上不能允许这样多的人站着，似乎有点太妨碍交通，所以就赶快结束，重换阵地。我们的传单散发了，你也出手我也抢的把个小胡忙的手忙脚乱大有迎（应）接不暇之势，少数的传单就这样散完了,我们还想再回来印一点传单,中途却被一个三四十岁的中年人拦住,他问我们什么叫自卫军,中央不是不允许我们这样做吗?我们的答复是,壮丁没有被抽到的老百姓组织起来,武装起来保卫自己的家乡,这就是自卫军。这种组织是老百姓自动起来打日本的,中央哪里会不喜欢你们这样作呢……讨厌的雨又下起来了,这时的天已有四五点钟了,我们就急忙回来。

晚会上,老杨报告他出去的经过。同青年团、青年战地工作团、孩子剧团、我们四个团体开会讨论对此地的组织与对县长建议问题。各团体对于此地的情形都有一个详细报告,因时间关系明天再继续开会讨论。之后是时事报告,已是十点,到了我们休息的时间了。

六月十三日　星期一　　　姚时晓记

特别叫人注意的是天晴了,晴的出奇。

又恢复了我们歌咏练习。

写壁报是每天必须的工作,最值得我们高兴的是向来没有人担负起来的工作——漫画今天由小芳开始画起来了。

下午一部分人去戏院帮助孩子剧团布景,一部分去交涉电影院事情。

戏开演了,一开幕就是我们的歌咏,台下的民众叽叽喳喳的声音立刻静下来,还要求多唱几个,无形中给我们光荣不小,尤其是小荣的"拾弹"更受到观众的欢迎。电影院里人更多,演了一部《淞沪战》,一部《空中战绩》我们就回来了。

老杨跑了一天,对此地的组织工作已有了相当头绪——详情另有记载,晚会照常。

六月十四日　星期二　　　姚时晓记

《壮丁》今天要出演,大家排戏。老王因为仍然要演电影,也忙着修理电影机,弄得满头大汗。

很早就去戏院布完了景,孩子剧团还没有来,庄大姐大声的唱着"起来,同胞们……"《保卫大河南歌》观众很愿意听,也非常愿意学,就是不张嘴唱,把庄大姐气坏了。

我们的《壮丁》演过后,观众们对我们的印象非常好。

晚会上讨论小程明天出席会议的原则和出发问题。早睡。

六月十五日　星期三　　姚时晓记

今天起的真早,铺户还没有开门呢,到了县政府,孩子剧团等尚未准备好。

出发的时候太阳已老高了,孩子剧团每人顶着一个大草帽,就是苦了我们,晒的头上出油。虽然这样热,但是每人心里非常高兴,唱着我们平时最得意的歌、小调,由孩子剧团做先锋直向二十里河前进,迈过了一个山头,又有一座小山横在面前。

红枪会的代表老早就来欢迎我们,在前边替我们领路。山水环绕的小村子那大半就是我们的目的地吧,大家这样的希望。

远远的山道间,一列列拿着红枪短刀的队伍也都向那村子前进。

坐在一家铺子里喝茶、休息,那些奇形怪状的老百姓拿着得意的武器——红枪都围向我们来,我们和他们谈话,他们有点不大甚懂。

什么?军队!我们和他干!红枪会的老乡们雄赳赳气昂昂的挺着胸膛跑向村子外。

怎么一回事?大家这样惊奇的问,他们在山顶有前哨来报告说,有军队开向这里,恐怕要来打他们。因为从前有过这种事情,所以他们害怕。一个老百姓这样详细的说给我们听。

现在军队不会来打你们的,你们和他们又没有仇恨,我们共同的最大仇人——日本鬼子还没有赶出去,哪里会自己人又来打自己人呢。

十一点钟了,我们到舞台间去,有的化妆,有的宣传,个别谈话,红枪会的内容我们明了一个大概。

孩子剧团的《打鬼子去》刚开幕,忽然敌机几架飞在我们的上空,自觉有依托保护的"红血"①老乡举着他们的红旗,仍然站着不动。并且得意的说炸弹不会炸我们的,真叫人着急,经我们尽力的劝解后始有人到树下躲避。

又开幕了,人不如刚才多,演到"朱保长接过四十块不装在袋里"他们都笑了,他们有点明白这个意思,演过后,又经小荣详细的把剧情给他们讲解了一遍,他们完全明白了。

他们代表来要求我们是否能留一天,明天再走,结果孩子剧团、战时青年工作团留在此地,我们留一半,一半回家去。

晚上孩子剧团等开座谈会讨论明天的工作,老杨去牛继贤处商讨组织"红血"问题。

六月十七日　星期五　　姚时晓记

大家有点疲乏了,七八点钟才起来,组织部近几天工作太忙了,这样早又出去,庄大姐、老姚去孩子剧团教歌咏、排戏,其余人看书、忙着自己的工作。

三点多钟的时候,小管回来,说钟先生他们还得等几天再回来,晚会上各干事报告今天外出工作的经过,小管说些汉口的新消息。

六月十八日　星期六　　姚时晓记

还是庄大姐、老姚去孩子剧团,老郭去开封战时青年工作团帮他们排戏。午饭后,小芳、小胡去车站赴汉口,老杨又出去了,直到黑他们才回来。又下雨了,大家都懒洋洋的提不起一点精神来。

---

① 当地农民组织。

但晚会仍然照常,出去的人报告一天工作经过。

六月二十日　星期一　在信阳　　郭同震记

天候:下雨,太阳不曾露过面。入夜雨尤大。

工作:老杨竟日外出,闹组织。老姚上午给孩子剧团排戏;下午写他的剧本《突围》。庄大姐携带行李去了孩子剧团,因为该团的几位"大人"们因事离团,需要庄去照顾几天孩子们。庄大姐像一只下毕蛋的鸡似的,咯咯大笑而去。小荣去义光中学找房子,结果碰头而回,因为该校的外国主人不欲抗日的宣传团体去住,怕将来日本人来时捣他的蛋。我去"开封青年抗日工作团"排戏,因剧本未选妥,讲演一次而回。

会议:开干事会,准王松山去汉口,并限钟、陈、张等于二十三日回信阳。

晚会如常。

人事:早晨唱歌前我和儒弟吵嘴。晚老杨报告小胡将去"风雨社"工作。

六月二十一日　星期二　在信阳　　郭同震记

天候:仍是下雨。

工作:小荣见何厅长,未谈什么。老姚仍去孩子剧团排戏,下午写剧本。老杨出去一次,工作情况未明。王拓去河边钓鱼未获。其他人读书写作空气甚为闲逸。

会议:晚会如常,对于日本是否能继续作战问题,起了争论。

人事:王松山赴汉。庄大姐嘱给她送去几个熏鸡子。夜间小管病复作,啼哭不止。临睡时发现屋梁有蛇,细察之,乃大蜗牛一只也,三妹因不敢睡觉,欲坐以待旦。钟先生们还没回来,颇焦急。

六月二十二日　星期三　在信阳　郭同震记

天候：上午阴而不雨，下午又下大雨。

工作：姚排戏写戏，工作甚力。小荣去找房子，仍无结果。我去青年工作团排《无名小卒》。庄大姐归宁一次。晚饭后共同读报。

会议：晚会如常，通过嘉奖工作努力之同志，于每星期六晚会上考核，对工作最力三人给以二角钱之慰劳品，对工作不力者予以警告。

人事：在徐州认识的那位军委会政治部的少将专员谢质如又遇见了，来访我们一次，坐约二小时，我、小荣、小管、小叶四人和他去城郊打靶，用手枪和盒子枪乱打了一气。归来赴潇湘楼吃饭，饭后仍去谢寓，胡谈胡说，入夜始携谢赠旧书籍数十本冒雨而归。

晚发现水蜗牛数头，及大昆虫二只。

汉口的人仍未回来。

六月二十六日　星期日　（本周记录者不明）

在昨天晚上大家决定，大楠和小荣到汉口去办理一切，老郭、老姚到鸡公山去找团员，他们在今天早上七点多钟就走了，我们在家工作。早上八点多钟，我们就分组出发到第一区作防空宣传，宣传的结果也不错，我们是挨着门户，一家一家的去，他们的院子都非常小，甚至连院子都没有，他们的甲长还好，给他们找空地，断断续续的一个防空壕挖了两三个星期还挖不好，就是挖好了，一次雨又塌了，所以他们对防空壕很讨厌。听说从前各学校也曾宣传过。

午后，回来吃过饭，有的休息，有的钓鱼，有的自己做自己的工作，晚上钓来的鱼由对门的老太太给煎好送过来，我们一人二条的吃了。晚会大家就胡乱谈谈，不觉大家也疲倦了，我们在梦中时，老郭、老姚从鸡公山回来了。

六月二十七日　星期一　信阳

早上起来老姚、老郭就和大家谈鸡公山找团员的事。说等几天他们也许有回信,假如没有,那么就没有希望啦!

上午大家看看书,帮助老饶写写壁报。午饭后,有的到溏(塘)里钓鱼,有的到西南处大河里洗澡。洗后老姚到孩子剧团排戏,老郭到青年抗敌工作团排戏,而老郭在路上告诉老王——即电影机,如何不能把影片拿去——详情请看干事会记录。后来经干事会程、杨决定说:可以把影片拿去,不要等老郭回来,于是"电影机"就把影片拿去了。晚上,老郭回来很生气,非要把影片拿回来不可,结果是把片子拿回来了,后由程、杨召集全体会,讨论的结果,这个错误由干事会三个(人)承担。

六月二十八日　星期二　信阳

今天一早就下了雨,起来的也很晚。吃过早点除了老姚去排戏,别的也没工作,大家除了看书写作,还是打鱼。程和饶到书局里一面买,一面"移动"。

晚上,程和饶到南关开会,回来的也很晚。

晚会上,老杨报告这几天的组织工作的情形。

今天晚会闭会的很早,余下时间,大家胡谈八谈的就到了十一点,大家就休息。

六月二十九日　星期三　信阳

这几天迫切的需要新团员,所以老郭整日忙着找团员。

早上,程借早点的时间报告在豫南各救亡团体联合行动委员会开会所讨论的事项:

一、"七七"纪念日交给信阳各界抗敌团体,叫他们和县政府计划。

二、"歌咏班"是经过大会通过,决定由三个团体担任:孩子剧团、青年抗敌工作团,还有我们。

三、要努力推动乡村工作。

四、近有二十六军工作团,因经费关系要解散,所以各救亡团体讨论救急办法:如果哪个团体需要人的话,可以到那里去选。可是我们已看过了,有二男七女,他们不愿分离开。

到了下午3点钟,钟、荣、楠、芳、胡回来了,接着小荣就病了。晚上因荣病了,没有详细报告。只有大楠零零碎碎报告一点汉口的情形。

晚会时鸡公山来了两位要加入我们团体的同志,谈话结果大家也还满意,不过大家决定还要老郭再到鸡公山去一趟。

六月三十日　星期四

早上老郭就和那两位一齐去了。上午有的洗衣服、有的写作,老姚还是到孩子剧团排戏。

大概十点钟时,小荣在病中要召集一个团体会,报告汉口政治军事情形,及我们在汉口找团员的事。下午程到县政府开"七七"筹备会,我们被选为筹备委员。

晚上老郭回来了,报告找团员的情形,说有一女三男,女的恐怕不一定。

七　月

七月一日　星期五　信阳

早上起来的也很晚,早点后,老郭到青年工作团排戏,老姚到孩子剧团排戏,小荣还是病着,上午勉强到何厅长处谈我们的路线问题,其余的人除了写作就是看书。

晚会上荣报告和何厅长谈的结果。何厅长的意思是要我们在信阳以北,平汉线以西,或铁路线上,他明天到郑州、洛阳一带看看,是否能过河,假如能过河,或者我们也有过河的希望。老杨报告他在政治部开卫生宣传会筹备会的各种情形及决议案。

老姚、老郭报告"七七"筹备会的情形,大概是请各团体在信阳附近明港、洋河、五里店、李家塞(寨)、平昌关、王家庄、吴家店几个地方工作一个星期,叫宣传周。经费由他们募捐,大概的经费是二百多元,是要在五日以前出发,到达各地点。

新闻报告后,大家就休息了。

七月二日　星期六

今天起的更晚啦,大家都是零零碎碎起来的,上午也就没有什么工作。午饭后,大概有两点多钟,团长和荒煤从汉口回来了。下午四点钟,团长和荣一起出去找房子,结果今天还是不能搬。晚会上团长报告在汉工作的情形,及那里的军事政治信息,我们也把此地工作大略的报告一下——详细请看记录。

报告后,就是讨论:

一、讨论路线问题,将来我们路线是沿着铁路工作。

二、夏季制服,新团员补充。

三、经济上的变动,每月发4元。关于日常用品,定几个月发一次,或多少……

这些问题讨论后,时间已不早了,于是大家就休息。

七月四日　星期一　信阳　　杨振玖记

新添的团员来了四位,同团里的人都见面了,据说他们都能演戏,而且很有工作能力。

我们希望新人带来了新力量,把剧团推到新的路上。

下午四时,由我们做主人,同河南小学生宣传队开封孩子剧团开联欢会。

小学生宣传队的领导人是张尔鼎[1](从前在开封认识的一位朋

---

[1] 山东省教育厅体育指导员。

友），前天才从汉口来此，开封孩子剧团同我们在信阳一起工作了很长的时间，他们辅导员都走了，庄大姐暂时住在他们一起，——他们明天就要往南阳去。

欢迎会同欢送会开在一起，倒是满有意思的。

会场中，孩子们有很好的演说，宣传队有一个女孩子还申诉了一段大人们瞧不起他们的意见，并且大喊"小孩子们联合起来"，由我们说他们也应同大孩子们"联合起来"之后，会场就响满了"大孩子小孩子联合起来，打倒日本帝国主义"的声音。

干事会决定后天到明港去作"七七"宣传，并决定老杨明日先去打前站。

七月五日　星期二　信阳　　杨振玖记

出去把各方面的组织关系作个交待，从军委会政治部战地服务团领了到明港去的公事，老杨同王拓就打行李到车站去。

到车站是下午一点半钟，快车在明港不（停）站，普通车误了点，据说必得等到八点钟车才能来，于是王拓先回剧团里去看看。

五点钟王拓回来，说家里没有甚公事。——他们正收拾明天来的东西，并决定留老戴与老李——新来的团员看家。

车直到过夜一点钟才来，从我们来站时起，钟针正好转了一个圈。

人很多，我们只好坐在车门外。

三点钟，车到明港，围子门关了，我们只得在站房里睡下。

今天，天哭丧着脸，有时还落着几点雨。

七月六日　星期三　信阳到明港　　杨振玖记

找一个老头替我们扛着行李——此地没有洋车，离开车站到明港小学。

明港小学住满了军队，找校长，校长不在，我们就又转头到区公所。

区长不在,据说区长经常的住在家里,区里事情由一个姓苏的区员全权代理,于是我们又找那苏区员。

等了许久,区员来了,在我们说明来意之后,他表示出满欢迎的样子,请他找房子,他也一口答应下来。

为了纪念"七七",此地前几天已经开过一次筹备会,我们要求再开一次,区员说:上次的筹备会是由团部召集的,他们不能作主,于是我们就同他找到了团部的政训处。

此地的驻军是四四师二五九团,政训处的负责人是个江西人,他很快的答应下午一点钟再召集一次会议。

九点钟王拓从车站回来说,他们已经到了。

可是房子还没找好,怎办?

车站上,他们人和行李堆在一起。

孩子剧团也来了,他们是往确山去,魏晨派人来接,所以庄大姐没成问题的同我们来到明港。

孩子们的车开行时,孩子们都流了泪,我们举着手,直到车拐了弯,手才放下。

陈师长给钟先生带来一封信,小荣同钟先生到团部找房子,团长真好,特为我们腾出一个地方,于是我们就搬到志凤祥的楼上来了。

下午一点钟,老杨和老郭到区署去开筹备会,决议,明日上午九时开会后游行,晚上七时演戏宣传,并素食一天。

晚会,编委会有报告。

布景分三组:1.郭同震、饶洁、卢方平。2.王拓、叶君石、石精一。3.姚时晓、"电影机"。服装分期保管,第一期张昕、朱剑秋[①]。后台事

[①] 至此,剧团新来的人共有:李景琛、戴厚基、饶洁、卢方平、叶君石、石精一。朱剑秋来后不久离开。

务,荣千祥、杨振玖。

并决定排《反正》、《无名小卒》、《突围》三剧。

七月七日　星期四　明港　　杨振玖记

六点钟,大家准时起了床,到河边唱歌,回来对《无名小卒》的词,空气极紧张。

九点钟,我们整队到河滩,大兵都到了,民众未来多,主席团也未到齐,雨在渐渐的下着,后来老百姓都走了。除了几个小孩子在台子底下玩沙子外,剩下的只是穿绿色军服的兵和我们了。

雨慢慢的大起来,但是团长和区署的人还不到,于是我们约同商会会长,明港小学校长,举行了简单的仪式即散会。

很好的计划被雨给冲毁了。

下午六时,我们去台子上布置,军队到了,民众到得也很多,可是在我们的装化到了一半的时候,又下起雨来,于是这一天的筹备与计划,就全成泡影了。

只留下台子在雨中发抖。

晚上雨更大了,谁知道那台子怎样了呢。

七月八日　星期五　明港　　杨振玖记

夜间大雨,像谁拿喷壶向下倾一样。

楼漏了,谁的床铺都挪了位置。早晨知道,水已涨平了北门,台子冲没了,人淹死好几个,车站上的铁路被冲毁。

来到明港,大家本准备用很大的劲来工作,可是天作怪,叫人看着外边的雨,束手无策。

编导会一看有机可趁,就排戏了。

《无名小卒》对词,《反正》对词。

内部工作弄得很紧张。

雨一直的下着,一点也没开晴的意思。

吃饭怕成问题,于是管饭的饶洁同小荣都忙起来,小荣在团部要来二十斤米,饶洁买了十几斤面,找一个饭铺做,这才让大家安了心。

晚会训练组报告,最近团内有人苦闷,希望大家注意,于是引起了讨论和争执。

七月九日　星期六　明港　　杨振玖记

云彩还蒙着天空,大家都对老天表示反对。

但我们内部的工作却更紧张了。

排《无名小卒》,排《反正》。导演忙着,演员也忙着。各组都分头开着小组会,小组会里都热烈的要求工作,自然有的人还不高兴,还是抱着去志,但这些问题也就慢慢的合理的解决了。

晚会改成礼拜六,张昕担任"警察"①。

大家报告工作时,都不太热烈,后来又有人说出狠的批判,把会场弄得很严重。

于是有人提出把礼拜六的内容与方式重新规定一下,究竟是轻松的工作竞赛呢,还是严肃的工作检讨呢,——结果决定在另一个时间里来讨论。

七月十日　星期日　明港　　张瑞芳记

排《反正》。《无名小卒》结束了。

各人干自己的事情。

晚会时间,讨论团体的周年纪念问题。决定以去年在中大农村服务旅行团②的成立时间为周年纪念,还有五天——七月十五。

---

① 执行委员的意思。
② 移动剧团最初成立时的名字。

想着把这周年纪念大大的作一下,当时选定了五个筹备委员:姚、荣、王、郭、芳。计划着在戏剧方面,在文字方面都大大的宣传。

晚会的末尾,程兴奋的要求大家作一个游戏,"感情测验表":讨厌谁、喜欢谁、恨谁、谁最努力、谁工作生活最成问题。划圈以作答案,好看不出是谁的笔迹来。并让三位新同志开票,省的闹出弊病来。结算出来,觉得测验结果非常不正确,但也可以看出一点点来。

钟先生还不见回来,不知到底驻马店的情形怎样,这里的工作,受天气的影响一直不得开展。

七月十一日　星期一　明港　　张瑞芳记

杨出去接洽关系,打算至少在这里当有工作表现。

结果,当地欣然的接受了我们演戏的提议。在广场上演戏是不可能了,搭的台子都让大水冲走。河滩是泥泞不堪,只有车站旁边还有一个被大水洗过的戏院子,围墙被水冲倒,台子还可用。可惜地方很小,只能招待驻当地一营军队和保甲长,约五百余人。

原准备了一次街头宣传,因种种困难作罢。

汽灯来了后开始演戏,大概也有八点多了,剧目跟"七七"规定的相同,《林中口哨》、《壮丁》。一个月没有演戏,大家觉得怪新鲜又怪生疏,小三和小荣忘了抹凡士林就涂上了油彩。

《林中口哨》演的还好,许多兄弟们哭了。《壮丁》却有点泄气,大家词儿都忘了,好的是观众还不觉得。我们得了个教训,以后演生疏点的戏,无论如何预先得排一下,尤其是排演次数较少的戏。

阴历的六月十五,月亮很圆,踏着月亮回来,大家都有点兴奋呢!

七月十二日　星期二　明港　　张瑞芳记

钟先生昨天下午回来,团体决定今天去驻马店。

到车站打听,说一天随时都有车子。早晨七点半准有一趟。大家慢条斯理地整着东西,以为火车不成问题。到街上找推行李的车子,找不着,临时找来四个赶集来卖水果的乡下人,请他们代我们搬运一下,谁知赶到车站只迟了两分钟,车已经开了。

蹲在车站等车,等等等,等得吃过午饭,又吃过晚饭,等到六点钟有车子来了。没有空,只好又上车顶,车顶上有一部分军队睡着,和他们连长交涉才腾出一些空子来,晚十点到了驻马店。

住到第一小学和开封孩子剧团一起,他们已经睡了,都从床上跳了起来,殷勤的招待我们,打水,煮面,大家都不饿,为着他们的盛意,胃口都好了起来。他们曾在确山等我们一天,预备和我们一起到驻马店工作,结果为了在明港演戏,他们比我们早到了一天。

夜晚穿过被敌机轰炸的地带,太惨了,三里多地都是荒墟,觉着阴森森的,据说死了两千人呢!

七月十三日　星期三　确山张楼　　张瑞芳记

五十九军军部在距驻马店二十里的地方,我们打算先从军部做起,然后巡回全军。

军部的两辆汽车十一点多才开来,一上午就这样等车等过去。

孩子剧团一辆,我们一辆,怪威风的开出去。十八里的路程原可半点钟到达,但几天的大雨造成许多泥潭,车载的又过重,七八次的我们下来推车子。

住在张楼庄,坏透了的房子,还得分四处来住。大雨把房子冲塌了许多,我们住的还算顶呱呱的房子呢。这庄太穷了,什么都没有卖的,赶集得上八里以外去。假如不是从军部领了给养,今晚的饭都成了问题,菜在这里是买不着的。

黄昏的时候天阴起来,雨一阵比一阵的大,房子全漏了,又湿又臭,这里的人家多没有厕,驴子就和人住在一起,粪香扑鼻,苍蝇蚊子成团,大家都满肚子的不高兴,工作又没法开展了,混蛋的天气。

晚饭是烙饼就咸菜,四十几人好久才吃遍,一夜,大家让屋漏闹的不得好睡。

七月十四日　星期四　确山张楼　　张瑞芳记

大雨一天不停,什么事都作不了。看书屋子太黑,排戏地方太小,大家沙丁鱼似的排了满地,把头钻在帐子里大睡,一个个精神不振。

午饭后,钟先生和小荣踏着泥,顶着雨到军部去,听说张自忠先生今天由汉口回来。谁知他并没有回来。邱松岩参议负责接见,并见洛处长。从他们那里知道,开封有个大地剧团曾跟着军部走了些时,从许昌起演了两次戏,只给军部演,其他的军队并没有巡回。演出的成绩没有提到,只说他们纪律很好。仅这一点就使他们很满意了,我们当注意这点。

晚会上除报告一天的经过外,干事会报告已决定在这里停留十天,分几个据点把驻在这里的一万五千余军队巡回一遍,回驻马店再工作三天,那里住有一旅人。

晚会上并决议,每个人抽空作调查工作,将来组织部与训练部就事实拟一调查大纲。听说这里的保长很不好,庄子被搜刮的一贫如洗,最近五十九军驻此,他把所有的军草钱都扣住不发,老百姓怨声载道,糊涂点的老百姓恨军队入骨,二十天前,保长曾借五十九军开到的事骗开甲长的门,把甲长杀死,为着甲长非常清廉。

七月十五日　星期五　确山张楼　　张瑞芳记

移动剧团一周(年)纪念没有想到在这么一个倒霉的地方过了。

昨晚满天星星,今早天又阴起来,又是不停的落雨,周年公演算是成了泡影,只好给肚子过个周年了。"电影机"和小江到八里以外去买菜,跑了一上午仅只买回了点茄子辣椒,原想着买些牛肉炖了吃呢!

下午,大家七手八脚的把昨天买的十七只小雏鸡杀了,给孩子剧团五只,切成小块清炖了一大锅,忙到七点才吃到口,每人一碗,总算马马虎虎把周年过了。

饭后举行纪念会,在一个较干的场院上。不能坐,只好蹲着。团长致辞,各人发表感想,小客人孩子剧团,大客人余克稷①君随便发言。天昏黑时候进行末项余兴,孩子剧团小妹跳舞,"杂牌"的山西梆子,两个团体歌咏,我们唱流亡三部曲《离家》、《流亡》、《上战场》。

但愿明年在北平好好过一个二周年纪念。

七月十六日　星期六　确山张楼　　张瑞芳记

十点以后雨停,阿弥陀佛一个晴天。

说是明后天可以开始给军队演戏了,加紧的排新剧和温习旧的。天放晴,树荫下就是好排演场。赶排《最后一计》,整个编导会上台,温旧戏《游击队》、《壮丁》。

晚八点,王松山带着电影机和饶、卢、荣到三里外的军部去放映,深夜才回,有声的机子一直没有,最新的有声片不能放映,开了几部老片子,用小机子,听说很不能满足观众的欲望。

七月十七日　星期日　确山张楼　　张昕记

排戏一日,甚为努力。进城办物不负众望。

天晴了,按时起床,练唱歌,围听者甚众。

八点钟开始排戏,《游击队》、《壮丁》、《最后一计》、《反正》,一直到下午四点钟。在一棵柿子树下,摆个桌子几个凳子,挺凉快的。

儒弟和"电影机"下午骑两匹弱马到驻马店办货,余先生叫他们带烧鸡来请我们吃,王拓是最表赞同意思的一个,但是左等右等不见他们回来,只得先吃了晚饭。儒弟回来并没有带来烧鸡,这令人失望得

---

①　北平大学生,张瑞芳的男朋友,后张瑞芳跟随其离开剧团去了重庆。

了不得,听说王拓在晚上又吃了两个馒头,大概这就是他为烧鸡留的空子吧。

七月十八日　星期一　确山张楼　　张昕记

今天往军部去与张自忠军长聚餐,此外有三个团体:孩子剧团、大地剧团、开封青年工作团战地服务队。

从张楼到双高楼(军部所在地)只有二里多路,我们和开封孩子剧团排成一长队,走在早晨的阳光里,别看轻那像个道教里的旗子似的红旗,飘在太阳下还怪美的呢。

大队到了戏台下,台前早挂好了我们的大横匾,我们的先遣部队早在忙着布置台了。

九点多钟,就在台前的树下铺了席坐着吃饭,每人一碗菜,还有包子和稀饭,我们都吃得很多。

吃完饭,开始化装,正在这时候,我们的团长和大地剧团的向团长在言语上发生了冲突。

今天我们的节目是《壮丁》和《林中口哨》,在开晚会的时候,承余克稷先生给了我们许多批评,在剧本、导演、化装各方面。

在我们的住所外,小荣唱大鼓给聚集的几个农民听,那些人们蹲在粪堆旁,抽旱烟,后来过来一些伤兵,小荣更起劲了,可是那些兵停了一会就走了。

七月十九日　星期二　确山双高楼　　张昕记

为了工作的方便,我们要搬到双高楼去。

早上起来就收拾行李,再吃完面条——老叶的成绩,比手指头还粗。之后,像昨天一样出发往双高楼。

今天节目:《游击队》、《最后一计》。

《最后一计》词太生,以致有许多冷场,这是排演次数太少,上演太早的缘故,《游击队》也没劲。

演完剧,一部分人回张楼去搬行李。

"女上尉"①住在副官处的办公室,屋子很宽,有一个灶和一个磨盘,屋子很结实,不漏,只是有点猫尿味。

"男上尉"②住在后台,很大,是苇箔墙席顶,透风,空气好,可就是怕下雨,虽然团长说下四指雨都不成问题,可是从屋顶都能看到天光,那么团长的话,一定得打个折扣才成。

孩子剧团住在台旁的一间屋子里,天黑时他们都睡在露天树下。

七月二十日　星期三　确山双高楼　　张昕记

《打鬼子去》、《反正》。

《反正》是第一次上台,效果还不坏,戏演完之后,副军长李又田一再对士兵讲"他们并不是不服从命令,长官们也不是不愿反正"。

《打鬼子去》一向就是因了张昕而泄气的,可是这次张瑞芳因为台上太懒的关系,该上台不上台,该说话不说话,这是不是更影响一个剧的情绪?在一个剧结束后,后台内都不许批评,可是这次竟在当场加以"制裁",我们觉得太不对了。

下午,我们全体参加政训处召集的茶话会,仍是孩子剧团在前我们在后,沿高粱地间的小路往政训处去,这次的茶话会有政训处、青年战地工作团、大地剧团、孩子剧团、移动剧团。

坐在围在一排桌外的席上,政训处的秘书作主席,还有一篇陶处长训话——分析国际形势与外交路线,弄得谁都困了。

我们与大地的误会并不因这些的茶话会而减少,钟先生说了几句指桑骂槐的话,只有大地的团员在终结时给他鼓掌,当时情况很难堪,

---

① 女团员,这里是戏称。
① 男团员,这里是戏称。

尤其是移动剧团的人们如此感觉。

当场决定了各剧团联合公演一个大的剧。

合唱党歌之后,各团体表演了一个歌,散会。

七月二十三日　星期六　确山双高楼　　张昕记

今天节目是《警号》和《游击队》,大地剧团参加了一个《保卫大河南》,上了台,好像都睡着了似的提不起劲来。

大地剧团的《保卫大河南》完全用河南话演,布景是一个战壕堆了许多麻袋。

刚演完,下雨了,"男上尉"住的地方又漏得一塌糊涂,我们一群,简直不知到那(哪)里去好,到处都是雨、泥、苍蝇和人声。

大楠和"电影机"从信阳回来了,除了把任务办完,带了每人托他们带的东西之外,并带来了留守信阳的老李一名,李和戴留在信阳镇的工作是生病,躲飞机,看书,戴每日练双杠,身体比以前棒多了。

七月二十四日　星期日　确山双高楼　　张昕记

下雨,停止演戏。

补开昨晚的星期六会,小芳主席,饶洁记录,在报告工作时我们都感觉到无可报告,因为这一个星期以来,我们除了演戏与排戏外,别的工作简直可以说是没有,其实每天的时间并不完全放在戏剧上而且有人的戏并不用排。

本来团体日记已经该移交了,但是张昕因为她上星期的日记根本没有记,所以要求继续一星期,以便有时间补以前的。

张军长来和我们谈北平事变以后外界人对他的误会,他一再的说:"砸开我张自忠的骨头,要是有一点不忠的话,算我对不起中华民国……在平津仍属于中央的时候,我们就受够了日本人的气,若是现在就更难受了,谁愿意作他们手下的官呢!"

张军长问我们:"你们以为最后胜利是不是有把握呢?""我们每次打仗,总得牺牲三四千人,一次三四千,合起来就很多了,而且得不到代价,这次临沂的胜仗是因为长官报了这样的决心——合小仗儿为大仗,不再怕牺牲,这样还可以换回相当的代价——而胜的。"

他说得很多,如今记的完全不是当时的语气。

七月二十五日　星期一　确山双高楼　　　张昕记

清晨,雷雨摇撼着我们住的小屋,闪光很低。

因为是星期一,要做纪念周,住在台上的人在三点多钟就被人叫醒,结果下雨,纪念周没有做成。

整个的团体,表现得非常散漫,在不演戏的时候,尤其是当天在落雨,人们只有坐在台上半湿的麻包上看看雨,唱歌,谈谈天,顶好的是看几页书。

是天气呢,还是天气以外的别的原因影响我们的呢。

晚上,演电影,还是那几套小片子,《航空救国》《绥远抗战》……

庄大姐病了,时令症。

今天这个人,明天那个人,总之每天都有人在生病。

发现流行霍乱。

七月二十七日　星期三　确山双高楼　　　张昕记

上早操,余先生教我们跳斗牛舞。

决定今天演《壮丁》、《游击队》、《林中口哨》等。把幕挂好,服装整理好时,落雨了,赶快卸下幕,过一会,天晴,又把幕挂上,又下雨,又卸幕,同仁们感挂卸之烦,都大做其诗。

今天的戏算吹了,等明天再说。

七月二十八日　星期四　确山双高楼　　　张昕记

天还是那样,又阴又晴的,人们都这样想:今天又不能演戏了。

正吃早饭,第一批抱着毯子来看戏的兵士来了,以后又陆续来了很多,这样我们只得赶快化装,只挂上前幕就算数,台上太滑,铺上苇箔,后台水汪汪的像个泥洼。

《壮丁》和《无名小卒》就在这种情况下演出了。演《壮丁》时,中途大雨,雨声盖过了所有的声音,于是萧大妈、张大婶,只得停止了说服萧尚清的工作,一起跑到后台躲避,直到两小时后。

小荣病了,和在信阳、明港一样。

我们和孩子剧团大部分都在下午注射了预防针。

七月二十九日　星期五　双高楼—驻马店—南下车中　　张昕记

早上起床以后,各处都收拾东西,八点多,行李与病人都上了骡车,每人吃过馒头、榨菜和开水就此出发。

路上泥水甚多,还好,不曾下雨,满天的云变成了最好的遮阳伞,不冷不热的走了二十里,中午,我们到了驻马店。

开始了厌烦的事情之一——等车。一群人在行李堆中找个可能倦(蜷)伏的地方,就拿帽子盖住脸大睡,加上几个病人,越发叫人觉得心里空空洞洞又别别扭扭的。

下午,行李上了车,政训处、服务团、移动剧团、孩子剧团、大地剧团五个团体在一辆三等车上。

差不多下午九点钟,车开了,我们得到消息,这次不是往信阳,临时改成上武胜关附近去,因为军队调到了武胜关,这样,必得在明天才能到。

过信阳时,大楠下车,这次轮到她留守了,她去,换老戴出来,听说老戴的病快好了。

车很快的驶过原野,在东方,常常洒下闪电来,又要下雨了吧。

七月三十日　星期六　平汉车—东篁店　　张昕记

车在早晨到了东篁店，停下，我们被招呼在这里下车。

把行李堆在车站旁的小铺里，我们就在这儿吃稀饭、洗脸，房子没找到之前，暂且找间房子让病人先去歇着。

孩子剧团的团长宗克文，移动剧团副团长荣千祥都病黄了脸。

东篁有流行的疟疾，每个初到的人头三年都会得，为这我们很担心，假如同时得病，那可太要命了——现在也够受。

荒煤往信阳去了，去带些东西，并且和老戴同时来。

七月三十一日　星期日　东篁店　　管振堃记

天还没有明，就下起雨来了。昨夜睡在院子里的人全移到草棚里去，闹得他们也没睡好。

两个团体病倒了好几个人，今天大致全好了些，不过还是不能作什么。闹得死气沉沉的，停顿了工作。

到五十九军来工作在我们是有史以来最不好的时期，我们除去演戏以外的确是像大地剧团以前所说的是个职业剧团。以致今天钟先生和同震去见军长遇到政训处处长，他问我们除去演戏以外是否可以做别的工作。这可以证明我们自到五十九军来之后的工作情况。

晚上开晚会，大家谈到今后工作问题应如何处理，一致的希望并且决定要打起精神来干一下子。拿工作来介绍我们自己。

出去找房子的结果，是在离此地二里的集上和军部在一起有四五间房子。决定明天早上搬过去。

八　月

八月一日　星期一　东篁店—南新店　　管振堃记

天晴了,早晨去河边上早操,有的跑步,有的练音,有的就在水里淌(蹚)水。

吃午饭时因钟先生饮酒,老郭大发暴躁,双方全不对。

我们搬到南新店,许多同志帮助我们担东西,住所很清静,一片田地,房的后面就是河,可以供我们洗澡,四周全是山,据说山上有狼。

晚上大家全在门口坐着开会,讨论明日工作,除壁报、漫画、跳舞、电影以外,讲演、讲故事……大概最近的晚会要数今日为佳。

听说这几天军部要到信阳,我们也跟着军部一同走,到信阳去工作。

军长张自忠送给我们三百元零用,说孩子剧团一百,我们二百,但因两个同样的团体,还是平分,各取一百五十元。

八月二日　星期二　南新店　　管振堃记

早上结队到河边去洗漱。

各种工作全平衡的分配给每个人,孩子们也同样办法,早点后即开始工作,遇警报敌机六架。

在平祖仁那见面的一位先生,新由汉口来到此地,今天来看我们,据说汉口的人们很恐慌,但不见少。下午三时,我们出发,共分五组。情形尚佳。常有老百姓提出问题:为什么我们总打败仗?为什么飞机不去炸日本?我们讲了些日本内部的恐慌,民众怎样帮助军队,我们怎样可以得到最后胜利。

到晚上八点开始夜火会,老百姓有一百多人,军队也有一百来人,我们装成老百姓,有的问问题,有的解答问题。

千祥本预拉洋片，但因天黑看不见未成。老郭扮成会头，老杨装成新从天津来的人。

八月三日　星期三　南新店　　管振堃记

早起上完了早操，就计划今天的工作，打算还像昨天一样再来一下，但是张参议来说，我们今天同军部一齐走。

似乎大家全不愿意走，一方面因为工作的兴趣，一方面也是因为洗澡方便。

下午三点半了才动身到车站，但是车还没来，今天不能走动的连孩子剧团一共是八位，车来了，离站台很远，费了两个钟头才把行李和病人运上车，每位病人全找了个地方躺着。

上午陈梅白和戴厚基来了，岂知来了又要走。

梅白路上病了，但精神还好。

八月四日　星期四　信阳　　管振堃记

在车上正朦胧的睡着，不知是什么时候，忽然感到呼吸不便，醒来一看原来是停在武胜关的山洞里了。全是一些硫磺和二氧化碳把人闷得很难受，尤其是病人更受不了。景春用一壶水把每个人的手巾全湿了，才觉好了点。在洞里呆了十几分钟。

车走得很慢，直到中午才到。是在城外的陈家园，但因房不够住，只好把孩子们留在城外，为的是警报时城内不便，我们还是搬到旧址信阳师范。

庄大姐还是留在孩子剧团。

八月五日　星期五　信阳　　管振堃记

早操，大家全没劲。

上午干事会开会，小芳提到了走的问题，决定十七日为限期。小胡也重新提出走的问题,决定当天走,干事会也许可了。

干事会决定三人去汉口找人办事,千祥、梅白、时晓,下午和余一起走的,大概是到十一点才上了车。小胡也是夜间坐慢车走的。钟先生这次很关照小胡。

大家去吃饭很感到寂寞、清净,原来是六个病号,三位去汉,人少,大家把菜吃个够。

晚会停了。

八月六日　星期六　信阳　　管振堃记
一整天是阴雨。
本来今天是有演戏的工作,但因没人,只好不参加,而放电影。
最近三四天的中心工作是对内。
孩子剧团的一位小朋友的母亲新从开封来,谈了好多事。例如:日本人为了收买人心,在民众被迫欢迎他们的场合上大散烟卷。汉奸使各家张开太阳旗。

日方利用中国的迷信来做工作,例如到一家如见到神位必得磕头。

常常有年轻的妇女将日本人诱至家中而大杀其身。日本人刚进城的时候,许多只有十三四岁的小女孩化装成老的,但也常常被日本人拉到营房去强奸。

大楠想用这些故事写一篇文章。
钟先生也病了。

八月七日　星期日　信阳　　张瑞芳记
本月十七日我将脱离团体,心里相当难过。我愿末次来记本周的团体日记。

荣、姚、陈去汉口,打算最迟九号回。给三十八师演戏也预定从九号开始。谁知军部送了命令,让我们马上收拾行李到汉口附近的黄陂去,这里有曹福霖的军队(55A)接防。早操时间大家决定暂不随军出发,等他们安定下来确实能开始工作的时候,通知我们,我们马上乘车南下。这么多病人若总不得休息太危险了。孩子剧团决定到南阳去,这里的工作因为一大半病人没有办法再作。开封战地工作团也打算暂不随军出发了,他们的民众组织从随军以来,简直没有法子作,调动的太厉害了。

晚上工作团八个同志——四男四女狼狈的逃到我们这里来,军装都被扣下。因为他们不随军出发,受到政训处很大的威胁。尤其女同志们,受某秘书的烦扰不止一天,但大家都为工作而忍耐着,现在为着工作不得开展而脱离,他们是有着绝对自由的,政训处没有权利非难一个客人团体的,而他们竟受到非难。四位女同志今晚住在我们房子里,明晨再向师范交涉住处。

电影机病更沉重了,脸色黄的怕人,他自说不要紧。

八月八日　星期一　信阳　　张瑞芳记

去年的今天,日本兵开进北平城,我们一伙老团员搭车到天津。整整一年了。

早晨下雨,早操停止。

老杨也病了,大概也是疟疾。

战地工作团派人去政训处取东西,取私人的东西,结果没有取出。他们派人到汉口订的制服及一些零星约一百五十块钱的东西都让从车站给截下。

工作团经费一时没有办法,暂时和我们搭伙吃饭,他们并有参加我们团体的意思,这等汉口回来人再说。他们的确有些很能干的人。

晚上仍在胜利电影院演电影,兄弟们都很高兴觉得很新鲜,但并不怎么了解,中国的弟兄们知识太差了。

八月九日　星期二　信阳　　张瑞芳记

团体净是些不幸的事。数一数病人,除我们五个女的外都病着,多是疟疾。王拓每天去孩子剧团躲警报,今天带回来消息,庄大姐腿上长疔了,今天睡的不能动,红线已长到了大腿,相当的危险,马上请了军部的老道来看了。

管、朱代表我们去看望她,别人都不怎么舒服。

天刚黑时,"电影机"神经病样的从床上坐起来,一定要到院里去,楠扶着他,发觉他的腿已经僵硬,不能跨过门槛,替他把腿搬出门外,他跌坐在地上失去了知觉。把他抬进房去,觉着像石头一样的沉重。接着他昏迷的呻吟着,窒息的挣着气,喉头格格的响着,口里吐着白沫。新病愈的江友森照料着他,用冷手巾扪在他的额上。戴忙着又请医生,请来一位老先生不肯开方子了。同时害着疟疾的团长,叫开城门去请军部的军医处长,没有请着,回城的时候还发了疟疾躺在城门洞里。

满信阳城请不着医生,大家眼睁睁的无可奈何地望着他在死里挣扎,卢凭着经验给他扎了几针,针刺下去他毫无反应,请了同院的防疫大队的人来,他们只能防疫,说他大半是伤寒症,在这小地方只有看他自己的命了,要大家不要十分接近他,会传染的。大家毛骨悚然的退到院子里静听着他一时弱一时的呻吟,感到心里莫名的压迫。

十二点过后,内务让大家都睡去,留两个人值班,拓、管第一班轮值,可是他们一直值到天亮,因为轮到换班的时候,他们拿着手电灯到房里去,照照帐子里每个被病折磨的憔悴的脸,他们不忍心唤醒他们。

本周内务小程该受批判,他硬不肯搬开"电影机"住的病室,说是为了清静。

八月十日　星期三　信阳　　张瑞芳记

清早,军医处长来,说"电"的病是初期的伤寒,昏迷不醒大概是大便密结,用灌肠洗一洗会醒过来的,大家都高兴起来。

派军医处的勤务到各医院及药房去借灌肠器,没有借来,但也用不着了,他排泄在床上。结果给他打了一针定心针,医生走了。我们把他抬到天主堂医院,洋医生们比所有的中国医生都关心而尽职的诊看这昏迷的人,结果也只得打了一针强心针抬了回来,那里没有病房能容下他。据说看样子像是中了毒,大概是他常固执着不把药煎好就吃,甚至用开水泡泡。医生说让我们常听着点,他稍稍清醒时就问他话,也许会明白过来的。但他一直没有清醒,晚上两人一组,分四组的看守他到天明。

姚早晨由汉口独自回来了,荣、陈大概得今天晚车回,那边还有事没有办好。据姚来时的消息,新团员大概无希望。政治部把所有的戏剧人才及爱好戏剧的人都搜罗殆尽了,十队演剧队每队三十人,假如早来一星期赶到他们没有编好队之前也许还有办法。汉口近来的工作较为紧张,政治部的人们个个忙的了不得,但只限于表面的工作,离着全民总动员保卫大武汉还远的很。

八月十一日　星期四　信阳　　张瑞芳记

清早,荣,陈回来了,带回了堃、昕、楠托买的鞋子,满怀着希望等待着,结果一个个都冷了半截,每双鞋子都比脚大了一寸多,只好转卖给男团员。

十点钟左右我们又雇人把"电"抬到天主堂里,医生们束手无策,又打了一针抬了回来,走在半路,就已气息奄奄,把他抬到后面的空房里,十一点钟,这可怜的人静静的死去,无声无息的不感痛苦的死去。

我们都不愿去看他,怕留下一个难以忘怀的悲痛的影子。把他停在那空屋里,路过第六寝室的时候,都不由的向着那深掩着的门投以深深的一瞥。

干事会决定,从十三号起演四天戏给59军38师。晚会上通过,

"八一三"此地行动委员会举行纪念,晚上演戏,我们决定参加一个戏。38师的戏由十四号起始到十七号。

晚会末,姚报告"电"的生平。"电"参加剧团三个多月,勤快,肯干,好学,但到底和我们稍有隔膜,一个自学的工人和一群学生无论感情怎么好,总有些不同之点,况且又赶上团体正是散漫的时期,所以我们只知道王松山上海人没进过学校,很早就在电影院里做事,上海失守他不愿在那里做事到了开封又到了漯河,三月前在漯河参加了我们的剧团管理电影机。姚因为是个老上海常用上海话谈话,也是最近他知道了"电"以前的事情:他强倔,果断,很有吸引群众的力量,他曾号召七八十工人纯为着自发的正义感而罢工,在上海他满可以得着七八十元一月的薪水可他摒弃了它。

八月十二日　星期五　信阳　　张瑞芳记

团体没有什么事,休息。个人任意作着事情。

杨的病还不见好,小江也病了。

王拓忙着写稿子,催稿子,预备出移动特刊给59军。

晚上又在影院演电影,决定同意影院售票分股的意见,最近我们太穷了,医药费就多的怕人。

早晨十点,大家到防疫大队的住屋,他们尽义务的给我们打了霍乱的防疫针。他们原只给军队服务的,其中的一位毛志刚先生我们在济南认得,他在青年会服务,我们为伤兵演戏他招待我们。谈起来,他对我们印象非常的好。当时我们是一群朝气勃勃的青年,现在一个个都像是老了十年,他很为我们团体不幸的病担忧。

八月十三日　星期六　信阳　　张瑞芳记

"八一三"上海血战的纪念日。

晚上,在南门外的沙滩上开纪念会。仪式五点开始,大家多不舒服,只几个人参加,其余病着或半病的人都预备攒劲演戏《林中口哨》。

这次大地剧团演了三个戏:《张家店》、《重逢》、《放下你的鞭子》,还有旧戏班子参加。我们的项目被排在最后。

"大地"的第一个戏与第二个戏之间说是需要一个半钟头的空间,我们赶着上场也来不及,他们把蹩脚的旧戏班子插在了中间,真不伦不类,是纪念"八一三"呢?还是庆祝"八一三"?这么一来,看样子十一点也完不了,和负责人说好,把我们的节目取消了。

从沙滩上回来,将近一里路,杨竟需要休息好几次,他挂着棍子,叶也挂着棍子,两个棒小伙病成这个样子,看着真难受。

管也病重了,大喊大哭大叫,说些让人哭笑不得的话。昕、荣轮着看守了她一夜。

八月十四日　星期日　信阳　　张瑞芳记

今天下午五六点钟38师点验军队,不能看戏,明天开始演三天。

晚会上通过干事会意见开一检讨会,从徐州检讨到现在。会议日期等大家病好能支持时再召集。

何厅长来了两个电报催我们回山东。

团体日记该换人记了,小芳征得下期的负责人的同意多写几天,直到她离开的时候。

八月十五日　星期一　信阳　　张瑞芳记

清晨的歌咏教练换了老卢。我们学的都很快,很可惜杨、郭几个歌咏干部总是因事因病不能出席,等将来合唱的时候也是个麻烦。

昕改为高音部,芳、胡一走,只剩庄了。

杨、叶、管都病着不能登台,今天的节目是《放下你的鞭子》、《无名小卒》、《林中口哨》。《林中口哨》净换了些新人,小胡的二毛子,庄大姐的老妇,杨的伪兵,叶的李海,管的哑巴,王的日兵,都换了新人,上午赶排的,临时还拉了许多孩子当村民。

演的成绩还好,大家很卖力气,沙滩上一个木板台,周围还扎着松树,怪有风趣的。

八月十六日　星期二　信阳　　张瑞芳记

我都不愿意再写了,写了这些天,没写了一件堪欣慰的事!

新增加了病人,昕、朱。

成批的病人拉到医院去看,管、叶、江、朱、昕,管的病是肠胃病兼疟疾,叶得的是疟疾,朱、昕是感冒有疟疾的倾向。

我没有力量记下去了,让小程接着吧!

程光烈记:

晚上演戏:预定的节目:《壮丁》、《打鬼子去》,《打鬼子去》临时因昕不能登台,改成《警号》,由芳饰阿昭,孩子剧团参加的节目有《炮火中》、歌咏。

旧病人没好,又添了新病人,大家决定明天的戏不演了,和三十八师负责人把我们的苦衷说了一遍。

坐着大汽车在半缺的月色底下,大家想到剧团的前途,都茫然的低着头。

下车后,小荣吐了。

小芳预定明天走,荒煤也因明天既不演戏,也提前要和小芳一同走。

小荣今天受刺激过深:第一增加两个病人,第二荒煤和小芳要走,第三程、杨在上汽车时吵了一架。归来途中,吐了,归校后,精神失常,遇人就讲,讲剧团过去历史……

小三病中神志不清,也嚷着小芳、荒煤要走的问题。

大楠哭了,小芳也哭了,荒煤哭了,还说胡话。"杂牌"、老饶都哭了。

这样延续到深夜。

八月十七日　星期三　信阳　　程光烈记
昨天夜里,有的没睡觉,有的没睡好,大家都起的很晚。

病人夜里都没有什么变化,旧的病人如小管、老叶都好起来了。

九点钟军部派汽车接我们聚餐,聚了半天人只有九个能去,其余不是有病,就是要看护病人。

只稀稀的九个人,令人不胜寥落之感。

聚餐后,几个人和军长谈话。

今天小芳和荒煤一定走,乘晚十一点的车,因此晚饭预备的比平常丰盛,还有酒。

荒煤到孩子剧团去了,不肯回来吃饭。

他们两个在八点多钟时走了。

整天除了看病,看护病人以外,没有旁的工作。

八月十八日　星期四　信阳师范　　程光烈记
病人都渐好起来了。

下午干事会开会主要讨论的问题是:1.工作人员重新分配问题。2.派人赴汉口。

晚饭后,召开全体会议,复议干事会讨论的问题结果,派杨振玖于今晚即赴汉,工作人员问题俟明日再继续开会讨论。

八月十九日　星期五　信阳师范　　程光烈记
孩子剧团定今日下午五时赴确山,我们派代表到车站送行,同时接庄大姐回来。

午饭后,继续昨天会议,讨论工作人员的分配。结果,干事会人员仍继续,添助理干事,各专门部门人员少有更调。还没有讨论完,王松山的叔父来了,要看看王松山的墓,需要我们领去,所以又得休会。

本来规定晚饭后继续开会,可是,病人们不能到会,同时还需要别人看护,只好作罢。

八月二十日　星期六　信阳师范　　程光烈记

上午唱歌时间,改为全体会,继续昨天的进行。

大家开会的精神不大好,彼此往往因为一点点小事唇枪舌剑争辩不休,有的人颇因此抱悲观。

中途发生警报,又仓皇休会,仔细一打听,是中国飞机,我们自己的,解除了警报,又继续把会开完。

下午,小荣召集所有旧团员开检讨会,检讨了好多。

今天是礼拜六,晚会没有开,礼拜六会也没有开。

小朱赴汉口办私事,至多五天回来。

八月二十一日　星期日　信师　　卢方平记

以后的内务固定了小荣,大家的生活好像转入了正常的阶段。

大热天里,大伙都忙着清理公私用品,各人保管的东西重新分配,有的忙着交接,有的忙着接承新的任务,郑重其事地都在忙着。

老郭报告"七七"剧团公演的感想,总而言之很好。并且发现赵华的演技天才,征求女团员的意见,似乎是一个发现,大家讨论着小荣去一趟——结果是如空而返。

晚饭后,举行晚会,大家都兴奋得厉害。

八月二十二日　星期一　信师　　卢方平记

久未落雨,飘下的树叶都干得发响。

老饶一早去确山——给孩子送幕布,替庄大姐拿衣服。

今天又有警报，夹在人群里跑是个大笑话，呆在家里，敌机也没来。

防疫大队去汉口，老早就忙着搬运，我们派小荣、王拓去车站欢送。晚会没有开，大家闹了一天的饺子没有吃上口。

王拓催特刊的稿子，还有三四份没有交。

八月二十三日　星期二　　　程光烈记

今天天气特别热，坐在屋里直流汗。

睡觉、洗涤，成了每个人每天例行的公务。

有的读书，有的写文章。

早操、晚会都照旧，没有什么特殊事情。

八月二十四日　星期三　　　程光烈记

天还是热，把人蒸得透不出一口气。

从今天起，打算自己做饭，买了七只鸡。午间吃了四只，晚饭吃了三只，整整作了多半天，吃的时候，大家觉得特别鲜美，可惜"少"一点。

51A干教班负责人王同志来谈，要我们教歌和演戏，教歌从今日起始，每晚五时半至六时半，由庄同志教他们，演戏须暂缓。

今天干事会开会，训练干事提出辞职，结果提交大会，晚会上又议决改明天续商。

八月二十五日　星期四　信师　　程光烈记

王拓害眼病。

杨振玖由汉口归来。

晚会上，允许训练干事辞职，遗缺由姚时晓、王拓二人暂代。

上午天还是热得很，下午落了些雨，凉爽了许多。

会计正式移交。

八月二十六日　　星期五　　信师　　　程光烈记

早八点,中央视察第八团召集各团体开会,我们派钟、荣二团长参加,原来是征求各方面的意见。

干事会决定派团长先到郑,团长归后团体再去,主要的任务是讨厅长一封信,以答谢张军长。

会计整理旧的账目,准备公布,彻夜不眠。

晚,煮卢副官送来之咖啡,喝后,大家睡不着。

八月二十七日　　星期六　　信师　　　程光烈记

上午开检讨会,成绩不算太好。

大家各自忙着自己的工作。

晚饭后,开礼拜六会,大家轮流报告自己的工作。小荣僭越了警察的地位。

团长于深夜归来,大家都已入梦。

——这一周,本来是老卢记,因为他管伙食太忙,给我了。本周最深印象是吃饭做饭时间过多,工作不太忙,检讨会、大会开过几次。

八月二十八日　　星期日　　信阳师范　　　张楠记

伙食长是老杨。上午吃饺子,大家都动手:牛肉小白菜馅,包的奇形怪样的,大大小小,有的会煮破,有的又会煮不熟。忙到两点才吃上嘴。虽然解了馋,但是对饺子并不满意。

钟先生喜气洋洋的带给我们消息:过河入鲁的事,一切都准备好了,何厅长急待我们去郑州——他答应给买枪,并且男同志每人自行车一辆……笨重东西存到南阳那边……时候到了,一切都成熟了,我们不得不明确的表示出我们的意向了。但是,仍不愿正面的干。且排一幕剧,等着全体大会时候演出。

注——俟后：

剧按排演时的计划进行,成绩很好。——大会不欢而散,姚、拓、楠、昕、庄提出离去,干事会无法应付……

到郑州再说！！

我们将有第二幕的演出。

给朱去信,叫她去郑,不过她大概不会来了。

八月二十九日　星期一　信师　　张楠记

大家整理东西,大致就绪。

晚七点,青年军团信阳队和开封青年工作团欢送我们。会场情绪不坏,只嫌时间过长,病体都不支。"过河"、"过河",人家和我们谈,我们也跟人家谈。天知道！为了团体的健全,要不,有什么不可以的？我们应当去敌人的后方。

八月三十日　星期二　在信阳和平汉车上　　张楠记

停止歌咏,早操完就打行李。庄最后给51(59)军干训班教歌,藉着她的一套话,引起了几篇演说和热烈的拥护。——改吃两顿饭。酒店饭毕,整队张自忠处辞行。下午两点才回来。让张胖子——那汉奸给耍了,他让我们死蹲在那里,说张不在,阻碍我们的谒见。是扫射的结果,但是我们并不后悔对汉奸理论的射击。

行装都理齐,就等着军部的汽车。

行李、书籍等一共四十八件,搬到为我们挂的一辆铁篷车上。一半被军部的衣包占了——我们愿意要,因为可以在上头睡。

老李又病了——疟疾——他躺在行军床上。

夜里两点半车被挂上,被带着走——加点车。

谁知道等几天才能到？

有雨,雨敲着铁篷,大家都在梦中。

八月三十一日　星期三　平汉车上　　张楠记

车停在明港,大家跳下车吃粥。小胡飞跑过来上了我们的车。——她和我们同乘一列车往西安去——在汉口她无法插足了。

按时唱歌,温习熟的,《林中口哨》对调。

车轴着火了,我们这辆车不能用,要甩下。我们把东西搬下,一部又上了守车,一部和八路军带领的一队人交涉,让我们一点地方——老郭曾和人家暴躁了一次。东西堆在一块,我们站着,老李睡在床上,整十点半,他吃了金鸡纳霜。

天阴的很匀,有几处加深了,粗大的雨点扑下来,没有地方躲! 把伞撑起来,几人挤在下面;披上大衣,把大衣顶在头上;把脸盆也顶到头上了;雨斜刺过来,每个人都湿透了一半身子。老李床上的大衣承浮着水。我们高声的唱,我们大笑,雨和头发上流下的水洗净了我们的脸,雨丝跳进张大的嘴里,雨的细沫迷朦了眼睛。唱,高兴,又跳舞,和我们同车的人们笑了。到驻马店我们就得下去,再远,我们的情绪会支持不住。

在大雨中,把四十八件行李搬到驻马店的站台。雨气透进湿了的衣裳,冷透了心。怕有人又要病了。

交涉到又一辆篷车——原来的车等着我们。

把车上的水擦干净,打开两个铺盖卷,在车上拴了根绳子,凉(晾)上湿制服。其余的湿衣服换下堆成堆。

都沉沉的睡了。

九　月

九月一日　星期四　到郑州　　张楠记

天朦胧,仍有细雨。我们到了凄凉的郑州。车站上只有我们、卖粥的、小车夫。死静,死静。

雇了几辆小车,压(押)着车子往中国银行。

银行早关了门,从侧面进去,上了后边的楼。把行李铺好,下去到外边去吃饭。

有人发现了另一个天地,需要经过个地洞,是中国银行内眷住的,许多小院子,我们决心要搬过去。

许多人夸着那边的家具……没有去的人憧憬着那被弃的美丽的家庭。但是,并不美啊!狭小的院子,屋子被几件尚可人意的桌椅床凳点缀着。

每个人都在挖掘,都希望能找出可"移动"的东西。一些书和破烂的什物,被我们珍藏起来。

有炉子,有煤,给我们许多方便,只是取水太费力,要经过黑的地下室。

老郭把各屋都安上电灯,灯着了,各屋都欢呼起来。

钟先生又往信阳去了,何厅长叫他去59A去买枪。

九月二日　星期五　　张楠记

其实,我们的房子就在街旁,只是因为进来时候有一段黑洞,在精神上就觉得我们离城市、离地面、离人群很远。我们好像呼吸在另一个天地。没有事情,谁也不出去,各人在各人屋里。

排《林中口哨》。

开全体大会:通过新预算,今天起实行。我们要节省！让这点点钱能多支持些天。讨论最近的工作——以排戏为中心。这时期,这环境,我们正好休养。会场情绪还好。

何厅长也离郑了,谁知道我们的事情将怎样谈开来?

一天警报几次。店铺在傍晚才肯开门。

九月三日　星期六　　　张楠记

太阳很烈,把雨淋的东西搬出来晒晒。东西有的长毛了,人有的被雨击得拉痢疾了。

几次警报中,一架侦察机两次来到郑州上空。

正排《林中口哨》,钟先生回来了。

结束了《林中口哨》,继排《反正》。

接何厅长和我们的卫队。今日自山东启程,十天可到。

周刊的特约专栏撰稿人已聘就。最近一期——信阳到郑州的几篇稿子也分配好了谁写。定明晚交稿。

没有晚会,三三两两的钻出地洞,到街上去巡礼。一年了,我们到过多少荒芜的都市!那些病了的都市又都不再是我们的。

——北平会有像妖气支持着的繁华吗!

九月四日　星期日　郑州　　流星①记

虽然一天有几次警报,但我们并不把它当作一回严重的事。我们知道此地成了敌人的航线了。炸吧,也没什么可炸的了。所以今天来了警报,各部工作人员仍继续进行我们的工作。若无其事。前面的老先生来催我们,我们给寒暄几句,一动也未动,不过我们对老先生的好意是非常感谢。

天气渐渐地凉了,——向秋之道路迈进!

赶排《游击队》,荒煤的角色由老姚代替,老姚的演出,是不亚于荒煤的,老电的打手角色,由老李代替。除此又赶排《反正》,曾长胜一角由老戴充任,并且老姚的中央代表交给老李任。

《壮丁》我们也急赶排出来,小芳的角色,由小管代替,她很努力念词,除与老姚对话外,并且还偷偷的躲在地洞口埋头苦读,我们希望我

---

① 饶洁笔名。

们的小管同志能努力的担任这个角色——张大婶。

病的差不多没有了——除了小三,老饶拉肚子,大楠吐以外,个个都很健康,而且在此又无工作可作,既然这样,我们不能不设法离去,向我们所要去的地方,所以下午开全体大会,共同决议了,虽然摆在我们眼前就是困难,不过只要我们(有)决心,那困难的魔鬼定会给我们制服的。

明天壁报组开始工作。

九月五日　星期一　晴　　流星记

天没有一丝云,太阳使劲的照,像在狂笑。

照例警报,不过我们已不把它当作一回事。

管饭的太忙,事实一人忙不过来,所以我们不得不每周二人担任,这样比较方便些。

排《壮丁》,明日开始排新戏《生死关头》,角色早由老姚同志派定。

昨晚老郭、小陈又发现新大陆——小荣对面的房子,当然又来一番的发掘,那房子比小荣住的房子更好,所以他们今天又搬过去了。

我们如仍继续发掘发掘,要是给前面的老头子知道了,那多么难为情。

晚上,我们由老姚召集演剧座谈会,根据上次填的表作讨论的根据。我们辩论辩论,辩论的彼此红脸,我们还是……只有这样,知识才可(能)溜进我们脑子里,这对我们是有用的,我们这样主观的认为。

九月六日　星期二　云　　流星记

下着蒙蒙的细雨,一会儿也晴了。

早操没有上,不过唱歌时间延长,唱的是《我要当兵去》,这次有特殊的作风,不发歌片,而用大纸一张,抄上歌谱,钉在墙上。我们一排一排的,看电影似的坐着朗唱,不过老杨与老姚比较有小小的困难,因为他俩都是近视眼。

《生死关头》今日对话,在对话之前,开小组讨论(会)似地讨论角色的个性,及剧情必然的趋势。这是极合理的,只有这样,才可以使演员了解剧中主旨,角色个性,对于演员做戏是有帮助的。

下午续排《壮丁》。

今天伙食也相当可观,上午吃猪肉,下午吃羊肉,下午比上午更好。同志都很高兴,大楠同志说:"这真好,青菜没有一点羊肉味,我顶爱吃!"老叶跟老饶说:"汤真鲜,努力喝汤!"的确,汤很好,有的人因为喝汤,饭也少吃了。

电灯来了,其余的灯都亮,只有老李、庄大姐他们屋里的灯还没睁开眼睛,急得我们的大姐直嚷老郭!恰巧老郭又出去了,使大(姐)更加焦急!是的,别的屋里的灯都亮了,怎叫大姐不急呢?

什么报也买不着,不知道汉口发生什么意外。

九月七日　星期三　阴　　流星记

夜里就下雨,一直到早上仍是嘀嘀嗒嗒。讨厌。

开全体大会。对于所走的路线,差不多都决定了。往西走占绝对多数。这,既明朗的决定了,不过需要与何厅长商量,也决定先打电报给厅长,据钟先生说,"何厅长也不硬叫我们过河!"

《生死关头》仍对话,明天开始排,先由我们自动计划,然后由老姚改正。

饭前唱歌!大有陕北之作风。

老戴病了,什么病到现在未能断定:烧得挺厉害,并呕吐不止,他是我们的跑腿的同志——事务,他病了,我们有些地方感到不便。

晚饭后直到黄昏,院里飘扬着嘹亮的歌声,把整个的寂静都冲破了。——这是我们的大姐与小石同志在朗唱,提到唱歌,还有一点要补充:

上午唱歌,个别练习《我要当兵去》,有的人大显神喉,有的当然不免露马脚。记者——指自己,知道自己的喉咙有鬼,故以喉痛掩饰而PASS过去了。

九月八日　　星期四　　流星记

昨日何厅长有电报来,谓今日可回,果真今天回来了。我们的事也可马上解决了。

老郭提出要走,离开团体,他的理由是:人事摩擦,工作兴趣不合,换一换环境……我们想这不是他主要的意见,但他又始终不说。为了这和我们的路线,又公共的商议一下。大家并未踊跃的发表意见,真使主席小荣为难。最后对路线之决定,仍照前日之决定,不过对老郭的问题,未获圆满解决。他虽然坚决离意,我们终未同意,我们以为他不能走,所以绝不赞同他的提出。

在信阳,就有人说,我们要解散。我们要坚决维护团体,稳固团体,我们是同生死的团体。我们要提出这样的口号"不能同生,但愿同死!"并要"消除一切不必要的私人间之摩擦!"

九月九日　　星期五　　流星记

昨虽一度进行谈判,但终未得结果。

排《生死关头》。

我们的事,至今仍未有明朗的决定。我们非常焦虑,像给忧郁的气氛笼罩着,使我们窒息得透不过气来。冲,冲,我们要冲出这氛围。

因为有些同志,吃不来大米,今天提交石、王炊事长二同志,他们已照办了。

九月十日　　星期六　　流星记

本天的伙食,全吃大馍,乐得北方的同志,蜜蜜含笑!而南方的几个同志,也并不感到如何不便。

晚会,主席报告,虽然有三四人过河,团体仍存在,谁愿意离去不过河亦可,不过九月份的经费照发,还有张军长给我们200元的路(费),及电影……的钱归团体,因为他们是给山东移动剧团的。

至于分散,我们当然不愿意。不过现在的情况,真叫我们不敢想了,天哪?!

九月十一日　星期日　　流星记

上午点交东西,从此我们便不是山东移动剧团。点交东西之前,我们猜想有许多不好看的场面,哪知很顺利的解决了。

虽然我们脱离了鲁移动剧团。但何厅长对我们很客气,并送我们400元,连团体总共只有700多元,800不到,这是我们的命脉。

下午五时,我们共宴何厅长与钟先生,这是会餐,又可谓别离之酒,所以我们应皆痛饮!朋友,同志!我们皆饮吧!别时容易见面难,我们更加尽量的饮吧!

结果,何厅长、钟先生都醉了。钟先生痛哭流涕,恋恋不舍之感,同志!勇敢一点!"再会吧,在前线上。"

九月十二日　星期一　　小石记①

由于昨天晚上的会餐——这会餐包含很多的意思:送何厅长、钟先生过河,在这两重重要的意义之下所以每一个人都充其量的大嚼大饮,结果大家都满面红光,钟先生醉得先失了知觉似的乱讲,老杨是专派两个人扶了回来,往床上一躺,放声大哭,惹的旁人也各思心事,哭的挺热闹的。弄得半夜大家尚未就寝,所以今天早晨,大家都不能按时起床,早操也暂告停止了。

---

① 石精一。

早点后，小荣召集最后的一次与老郭的谈话会，大家一个个挂着没精打采的面孔，先是老郭陈述临别赠言，接着个人对老郭的批判，老郭又对每个人批判。的确，我的经验之中，从来没有见过本团批评个人的时候能这样的开诚，接受批判的人能这样的虚心。

正谈得起劲，警报又拉长了嗓子，刺入每个人的耳鼓，大家仍不以为然，会场的秩序，绝不因此而稍受影响，谈话又进行了半分钟，"隆隆……"重轰炸机声，每个人都辨识得很清楚，终于，理智支配了这一群人们，越来越近的机声，把他们逼到地下室去。

好奇的小石，大家都被地下室的黑嘴吞噬了，他还在嘴边逗留，眼望着天空找敌机的影子，"三架……六架……九架……"三个发动机的重轰炸机，整齐的三三前进着，在我的经验断定这是路过而非专为光顾郑州，因为它没有散开的缘故。正在想入非非，"哗喇"一声，小石比一团东西滚下地洞去还快，一头钻入最深处，再也不敢抬头了！"轰轰""咯……"一阵昏迷似的待了足有一刻钟，敌机窜去了，这群埋了半天的人们才慢慢的伸出头来。

继续开完了谈话会。

下午小荣报告要大家整装待发。

七点钟，大家到了车站，在那里等着往西安的车。

九月十三日　星期二　　小石记

从昨晚10点钟上车，直到今天下午，大家都是在污秽肮脏空气干燥的三等车箱里，囚犯似的囚着，好容易一站数一站快到风陵渡了，可是不知什么缘故，车停在距潼关一站路的阌底镇不前进了。"风陵渡敌我炮战了！""等着错车！""天黑再开车！"种种说法不一，据我想，错车是不会等这样长的时间，敌我炮战与否当然不可断言，但是敌人离潼关甚近，候至天黑开车以免发生意外，倒有几分可靠。

一连停了好几点钟，大家都有些着急，可是车还没有走的信。

好容易等到天黑了,车又慢慢地开始前进,"前面是潼关了!"乘客们你言我语地嚷着。

说话声渐渐小了,大家都离了个人的座位,伸头往窗外眺望,果然一片黄滔滔的河水,对面很清楚的耸立着高岸,"风陵渡"在每个人的脑海中记起了。回想过去敌人开炮射击列车的事,一时空气颇觉紧张!约四五分钟,车内又嘈杂起来,一连过了两个长洞,火车速度渐慢了,大家都在注视这个潼关车站。

夜十二时抵西安,宿五岳客栈。

九月十四日　星期三　　小石记

一早,王拓、老姚、老戴、叶、卢一大群黄色"剧"牌的青年便跑出去巡礼去了!小荣为交涉住的问题,与其他团体机关的关系,也一早便跑出去了!

十一点钟,大家都回来了,为讨论在此地工作的问题,又开一个临时讨论会,议决关于工作暂在西安住几天,借以休息一个时期,约十日后可往……①,并拟定《林中口哨》、《壮丁》、《生死关头》、《游击队》四个戏预备于该地公演。

下午,庄大姐、小程以私人关系分别出去到朋友处找房子,可是直到八点多钟他们都回来了,还是没有好的结果,是夜仍寓五岳旅社。

九月十五日　星期四　　小石记

早饭后,《生死关头》演员对词,除老杨的"客人"的台词较生外,其余都可以过得去了。对两遍后,又接着对《壮丁》的台词,因为新近调换了好几个重要的角色:老杨扮萧忠义、老李的朱保长、小管的张大婶、老荣的儿子、王拓的李教官。除了庄大姐之外,几乎是全部换了新

---

① 此处为"延安",为保密起见记录者写上后又涂掉了。

演员，所以就整个的台词说起来，离戏尚远，并且因为时间的关系，一遍未对完便吃午饭了。

午饭后，儒弟、王拓又个别出去找：托亲友找房子，老姚与老卢去戏剧协会，因他们本日晚在明星戏剧院演《日出》，据说，老姚与其负责人认识，所以前去接洽，说不定我们全体能去参观，得老姚的面子可以省六角钱的票价。

晚饭前，他们都回来了，房子仍是无结果，看戏的问题已交涉好明日晚前去。

九月十六日　星期五　　小石记

光烈本日冒雨至其友处交涉房子问题，总算有了一个比较圆满的结果，明日即可搬去。

晚饭后，虽然雨不停的下着，但是对于大家要看《日出》的兴头却丝毫没有影响，庄大姐在电话里问来"准时开演，阴雨无阻"的好音后，大家便穿起破大衣"临时的雨衣"往目的地——明星电影公司前进。

斗大的红红绿绿艺术字的通告，贴在一家影戏公司的门口，使得大雨浇淋之后每人的一副哭丧脸，变为高兴的微笑。

进了明星电影公司，一阵欢迎的鼓掌声中，幕开了，一连四幕社会剧，最后一轮红日刚要离开地平线，"日出"了，陈白露死了，全剧闭幕了。

回来时，整十二点，从个人的谈话中，知道大家还相当的满意。

九月十七日　星期六　　小石记

在大家刚要搬往儒弟朋友处时，庄大姐的笑声又带来了更好的消息：她托其姐夫在建国公园找了很漂亮的房子，适时正雨，并派汽车来接我们，这个消息传遍后，大家当然都喜出望外。

果然下午我们很满意的搬到建国公园，三间比较很讲究的房子，我们住下了。

晚饭后，东北救亡总会为前方将士募捐棉衣而公演话剧，除了张楠、张昕、王拓未去外，其余又都去看了。

他们都是些未经过导演的学生，精神很可佩，技术方面比较离戏还远，所以一个节目未看完便等不住的都回来了。

九月十八日　星期日　　　李景春记

血的"九一八"，我们希望今年的今天是最后的一个纪念日。

安置就绪了，从今天起恢复以往生活的常规。早晨市政府工程局门口前上早操，有许多人用惊奇的眼光看着我们，不料歌咏更吸引了不少的观众。

八点钟，分头工作。姚、卢、小三、庄大姐排《生死关头》的上半段，大楠和叶主持炊务，其余的人都到革命公园参加"九一八"纪念游行大会。临走王拓又被朋友邀去了，结果只剩下我和杨、荣、饶、戴、石、程七人，我们于是以七君子或七壮士自称。

会场在公共体育场，参加的团体有五十多个，不谓少矣，尤其是回文标语和回族的队伍参加大会，我还是第一次的见到，而且他们还向蒋委员长以及各个重要抗战团体献旗，他们的口号是"五族是一家，一同打日本"。

才进行到演讲一项，天已正午了，肚子不让我们再逗留，于是偷偷的卷旗而归了，其演讲是最令人讨厌的，横竖是那些东西。

下午开全体大会讨论怎样到陕北的移动问题，和最近在此地工作中心与计划。

小荣、卢、石和老戴到西安广播电台去了。将来全国收音机的喇叭里，会放出我们的歌声。

九月十九日　　星期一　　　　李景春记

老杨几日来所嚷的羊肉泡馍,今天才得如愿以偿,谢谢魏先生,谢谢庄大姐!

一顿早饭吃到九点,回来躺躺谈谈,头午的光阴就这样过去了。

下午一时到陕西广播电台播音室,练习歌咏,大楠和老姚看家,正唱着小程发脾气,请假早退了,也许是老卢——指挥者说话不谨慎,看以后到底是谁得到坏的批评。

排《生死关头》,一所不大的礼堂,各种设备都极精致的。

九月二十日　　星期二　　　　李景春记

上午八点钟,民先西北队部负责人丁发善同志来对我们谈话,其要点有三:一、民先在国内分布及工作的情形;二、最近国民党对民众团体的态度;三、本人对本团的批评及提供的意见。详细情形另有记述。

下午排《生死关头》,小程到小学校给学生排《林中口哨》。

四点钟,王拓的表哥——惠东药房的股东请我们吃饭,我们惟恐耽误了播音的时间,于是集中力量一刻钟的功夫,把满桌的菜肃清了。

广播电台离我们吃饭的地方不远,因此倒有半点钟的时间在等候室休息。

播音的一位女先生将开关一扳,我们当时就像试场中的学生很不自然起来,尤其"庄大娘"的《长城谣》起低了,很没力气,她极懊丧的走出播音室。今天广播的歌曲有五个:《我要当兵》、《抗战救国进行曲》、《长城谣》、《新中华进行曲》、《最后的胜利是我们的》,反映如何还不知道。

回来开晚会,一直九点四十分始散,讨论了不少的问题。

九月二十一日　星期三　　　李景春记

庄大姐报告,信阳又被敌机轰炸了,信师落了许多炸弹,我们从前住的那第一寝室就落了一枚,幸亏我们早搬走,不知那里的朋友们怎样。

排《生死关头》。

九月二十二日　星期四　　　李景春记

我们的晨操教官暂换了老饶,他搬出那套小学教师的作风,娴熟地喊着口令,大家的精神为之一振,又在这幽美的公园里,有清新的空气,茂密的树林,实在是一个适于休养的地方。

联系今晚播音的歌曲。

魏先生要我们去教建设厅全体职员唱歌,这是第一次,为了郑重,小荣去了。

按照昨晚的议案,在九点钟个人检查自己的东西,不必要的就捡出来。省的移动起来麻烦。

老杜来告诉我们到延安去要注意的几件事情:一、路上说话要小心。二、进延安城时红军宪兵检查甚严。三、陕北偷风颇盛,揩油还是小事。

上午排《生死关头》,下午排《游击队》。

庄大姐到竞存小学教音乐。

晚播音:《打回东北去》、《八百壮士》、《冲锋号》、《青年进行曲》、《再会吧,在前线上》五曲,今晚比上次进步得多了。

建设厅、竞存小学、广播电台,我们的歌咏工作在西安是展开了。

九月二十三日　星期五　　　李景春记

《移动中间》第二期出版了。

上午排《游击队》。

小程照常到竞存小学去排剧。

九月二十四日　星期六　　李景春记

饶、老戴一早起来,冒着雨到北门去打听往北去的汽车,主要的还是想雇一辆马车,经济的多。他们在八点钟回来了,一切都没有成。听说因为天时常下雨,从西安到三原的中间,有许多泥深过膝的地方,什么车子也不能通过,现在正在建筑中,恐怕我们最近又不能离开此地了。

一天读了两遍《壮丁》词,没有排剧。

大家商量着排一出京剧,角色已经选定了。

上午,大楠到省立医院住院去了。

建厅的音乐在下午三时又添了一节。

临大剧团二位先生来要求我们和他们的团体来一个联合公演,我们为了急于北上,没有敢明确的答应。

九月二十五日　星期日　　杨振玖记

天阴不雨。

过礼拜,晚起半点钟。

有人去看大楠,回来说,她虽住特种房间,但被子、肥皂、手巾,什么什么的还都得自己预备,于是有人想起老舍的《开市大吉》来,有人担心,大楠遇到那样割管子的待遇。

决定排旧戏《胶东呼声》,大家情绪很高。

晚上到钟楼去看抗敌剧团设的抗敌讲座,方式极好,殊可为一般宣传团体采用。

夜间睡中,听小江一声喊,原来他妈的闹贼,查点衣服,还好没有丢什么。

九月二十六日　星期一　　杨振玖记

天阴得颇均匀,落雨。

排旧剧《胶东呼声》,大家把自己的唱词在口里唱,有的唱得很好,有的唱的稀槽(糟)。

今早改由老卢去建设厅教歌。午间杜秃子来,说是上北去可包汽车,雨停,小荣先行,回来说,包一辆车只可到洛川,须三百元,大家为减省时间与意外起见多愿意乘汽车,但还未正式决定。

晚饭后,我们将要到明星去看演剧第三队的公演,忽然大楠由树后闪出来,原来她的痔疮还不重,经医生检查,说是不必割,于是她就出院了。

看演剧第三队公演：

全场歌咏占很长的时间,有新歌,但他们唱的不算太好。

戏剧是军民合作,是一个一幕三大场的长戏,从一幅画演出一场悲剧,方式新,活泼,颇能感动观众。

九月二十七日　星期二　　杨振玖记

上午有雨,街上有点泥泞。

上午排《壮丁》,因为有几个人的台词不熟以至无什么成绩。

下午庄大姐肚痛,到她表姐那去了,《壮丁》和《生死关头》皆不能排,因而下午呆的很闲。

杜秃子来说他们已用二百九十块钱包了一辆汽车到……①问我们假如也能包,后天或者就可以一同走。

晚会上,讨论北去究竟是用大车,还是用汽车。

考虑点在：1.汽车要比大车贵一百元；2.汽车不能直到……②在洛川恐雇不到车。

---

①② 此处为"延安",为保密起见记录者写上后又涂掉了。

结果决定明日到办事处去问问,他们假如能给点帮助,例如雇车啦,或给带东西啦,就坐汽车,不然就雇大车。大家很希望早到,赶上那边一个大的集会。

九月二十八日　星期三　　杨振玖记

半阴,半晴,半嘀嗒。

上午小荣出去雇汽车,九点半老戴从街上回来说汽车就可雇妥,明日或可动身,于是大家忙着把各部门的或私人的存放东西整理。

十点钟小荣来电话,说汽车不成,速雇大车。于是我与老戴到北门外雇,结果无车。

下午民先队总队部的老丁从汉口来,据说在他以前来的很多,小荣说吴祖贻、蒋南翔全来,这群家伙,大概皆到……①开会去。

王拓表兄给他几个钱,他一高兴,晚上请大家去明星看《狂欢之夜》——是果戈里的《钦差大臣》改编的,演员如金山、顾而已、胡萍等尚皆好。

九月二十九日　星期四　　杨振玖记

天晴了,太阳在天上洒着大地,重见天日令人高兴。

小荣回来说,照这样再晴天三日,我们就可以走了,于是大家都很兴奋。

无工作,晚上又有人出去看电影。

九月三十日　星期五　　杨振玖记

上午排《生死关头》,大致已成熟。

小程提出要走,离开团体去山西打游击去。要求上午给他答复,

---

① 此处为"延安",为保密起见记录者写上后又涂掉了。

但上午因有事不能开大会,定晚上开会讨论。

晚上开会,讨论小程去留问题:原则上都同意他走,但须俟到……①后再说。

会后执行批判,闹成意气之争,情形极坏。

小荣并提出辞去内务之职。

十 月

十月一日　星期六　　　杨振玖记

干事会的几个人和昨天发生意见的当事人把昨天的同近来的事情详细检讨一遍,意见上统一算渐趋一致了。

晚上开晚会决定小荣仍任内务,并为减轻内务责任计,有两项解决的意见:

1.干事会每晚集会一次,定明日之工作计划,与工作分配。

2.对内务应重新认识,即内务者监督各部工作进行,执行生活之日程而已。今后除各部门自动推动工作外,工作人员应绝对认识,大家所规定之纪律,应自动遵行。

晚会后开干事会,定三日之工作计划。

戏剧:第一日排完《生死关头》,第二日排完《壮丁》,第三日排完《游击队》。

训练:每晚开读书读报讨论会。并于上午排戏后,作戏剧上一般之技术讨论。

十月二日　星期日　　　杨振玖记

上午排《生死关头》,情形极佳,后并作热烈讨论。下午小荣从外

---

① 此处为"延安",为保密起见记录者写上后又涂掉了。

边回来说可以走,车行说有车去。于是整个下午就用在整理东西上。

褥子、箱子好多东西都放到惠东药房去了——是王拓的表哥亲自取去的。

晚上小荣回来说,不能走了,因另外想找的六个人未找到,并听说路上极麻烦,无护照断难过去。于是大家只好铺着大衣睡下。

十月三日　星期一　　杨振玖记

小荣、王拓分头出去找护照之类的东西。

排《壮丁》,情形坏极。因一人对词句忽略,而弄得会场情绪不佳,这情形以后绝不应有。

在排戏时王拓先回来,马占山挺进军的师部护照弄到手了,但仍有许多讨厌的问题。后来,小荣也回来,说……①答应明后天叫我们分批搭车走,觉得还(是)后者方便,就决定分批走。

下午荣把办事处关系转杨。

十月四日　星期二　　叶君石记

大失所望,小荣一早就去……②问车,回来的结果还得等两天再走,走几个人还不一定。上午老卢、小石、老叶去医院看病。排《游击队》,情形还好,很顺利的排了两遍,我们的导演觉得还相当的满意。下午一群影迷们都去看电影,晚饭都不及吃,这是因为这部《基度山恩仇记》的片子我们的影迷们宣传太好了,大家几天来所盼望的今天可看到了,整整的一下午,完全消磨在这上头。

十月五日　星期三　　叶君石记

上午,排旧剧《胶东呼声》,特请旧剧老手建设厅白先生作导演,成

---

①② 此处为"八路军办事处",为保密起见记录者写上后又涂掉了。

绩很好,演员的兴趣非常高。下午整队去送魏科长,每人还喝了一杯甜蜜的分别酒,后由代表小荣、庄大姐送往车站方回。其余同志们回来有的看书,有的做自己的工作。晚上小荣报告明天……①开车,大概我们可能走几个人。

十月六日　星期四　　叶君石记

"怎么？又下起雨来啦!"还没有起来呢,大家就在被窝里这样嚷。

老天爷和我们真是作对,好容易盼得今天能走,谁知这雨愈下愈大。小荣给……②打电话打不通,只好再等一等,工程处王先生拿着一只"唤起全民"的旗子来送给我们,并且还有那么一大堆月饼罐头之类东西。

电话来了,要开车,只能走两个人,于是小荣、老姚两位开路先锋,急忙捆行李去上车。

---

①② 此处为"八路军办事处",为保密起见记录者写上后又涂掉了。

在北平学生移动剧团的日子
——程光烈日记

2004年秋天,我访问了原长春市副市长程光烈。

这位九十多岁的老共产党人,当年是北平学生移动剧团的主要成员。他演出的第一个角色是《烙痕》(宋之的改编)中的儒弟,那是法国大革命中一个贵族青年的形象,苍白的面颊,性格抑郁而执着。对这个人物他似乎既陌生又熟悉,虽然当时的表演在同伴们看来有些僵硬,却也非常投入,并就此得了个"儒弟"的称号。在此后一年多的时间里,他和剧团的同伴们活动在国民党第五战区,演出了《打鬼子去》(荒煤创作)、《林中口哨》(姚时晓创作)等数百场戏,还创办了《移动中间》、《手报》等宣传小报。在剧团中,他还有另外一个重要身份,是秘密地领导着这个团体的共产党小组成员之一。

程光烈一生有着传奇般的经历。他出生在一个破落地主家庭,从小聪明好学,对科技和摄影有着浓厚的兴趣。在东北大学学习期间,正逢"一二·九"运动爆发,原本对政治不感兴趣的他,却因为拍摄学生示威的照片被抓进监狱。在那里,他经受了考验,结识了更多的先进分子,出狱后先后加入了"民先"、共产党,从此踏上了革命的征程。"七七"事变爆发后,程光烈加入了北平学生移动剧团,他和剧团的同伴们一起克服重重困难于1938年10月到达延安。抗战胜利后,他跟随徐光达、陈赓在军调处执行部太原执行小组做英文翻译,参与了国共美三方的谈判,留下了数万字的日记,为后人研究这段历史提供了极其宝贵的史料。解放战争中,程光烈回到东北加入了另一个特殊战线——秘密情报工作,他所领导的情报人员潜伏在敌人心脏,冒着生命危险千方百计获取敌情报,将情报送达我军,在辽沈战役中演绎了一场场惊心动魄的故事。

2004年,当我见到程光烈的时候,他已是一位饱经风霜的老革命,头脑清晰,话语简洁,原则性很强,几十年非凡的经历不仅改变了程光烈的生活,也铸就了他坚强的性格,当年移动剧团充满热情和困惑的年轻人好像已经消失在历史的脚步中,出现在我面前的是一个睿智、练达、对人生有着彻悟的老人。

那次采访给我留下了深刻的印象,更大的收获还在于他把自己的日记交给了我。这些日记是他珍藏了几十年的"宝贝"。程光烈的日记有着鲜明的特点,不仅真实地记录了七十多年前的历史片段,而且充满着个人对战争、人生和爱情等等问题的思考和反省,让我们触摸到一个年轻人真实的心理状态,可以说是一个人精神和心灵的展示。程光烈初到延安的日记是移动剧团日记的继续,在那里,没有解决的困惑和矛盾更加强烈地发生着冲突,使他感到痛苦,但也正是在那里,他最终完成了一个裂变——和过去的我告别走向新的生活。

程老一直非常看重当年移动剧团的那段生活,他和他的伙伴们一致认为是那段生活决定了他们此后的一生,无疑,那段生活也是他们走出学校走向战争,精神世界发生彻底变化的一个关键时刻。那段生活究竟给了他们什么样的启迪?在此后的生活中那些变化又到底起了何种作用?这一直是我想要探寻的问题。

最初阅读这些日记时,我很感叹,既惊讶于昨天的他也惊讶于今日的他,但很快我就感到了一种释然:或许这正是历史,是我们的前辈一步一个脚印走过来的路,而那些自然、诚实、完全不同于后来书本的叙述,对我们这些后人来说无疑是太宝贵了。

程光烈日记

一九三七年十一月七日

伟大庄严的工作呢？还是荒淫与无耻?！

"真的,是伟大与庄严的工作呢？还是荒淫与无耻?"我自己有些怀疑了！每天都作了一些工作,不错,每天都作了些工作。然而在艰巨困难的伟大解放斗争中算得什么呢！居然有人趾高气扬起来了,居然有人说可以享受一些了,要不得的布尔乔亚的劣根性啊！

我们承认自己是在作工作,我们坚决否认我们是"艺人",然而除掉一点点工作表现之外,全是松懈与浪漫,拿什么来回答人家的轻视呢！

写日记,在我倒是一桩挺陌生的事,没拿起笔来,倒想着有些事情可写,拿起笔来,又觉得每件事全不值得一记了。真的,在满腔愤怒已达沸点的时候,还有什么心思来记风呀,月呀,一些杂琐的事情呢！

写日记,倒不见得是写不出来,乃是写出来的不能使自己满意,即使写得漂亮,谁又有闲心肠来记载些琐碎事情,一个为生活而办事的人,是除了挣扎之外,全然没有了其他的心肠呢！

午间在省府排过戏后,大家闲步珍珠泉旁,游鱼在水中悠然浮沉,气泡珍珠似的连续冒出来,大家悠然是有些悠然,然而也"不过如此"。

归来的途中,珊妹①说:"到了一个地方,便不想离开了。"我的意见,便不是这样,到了一个地方,讨厌一个地方,想着马上离开。人世的一切本来全是两方面的,一方面是美丽,一方面是丑恶,天哪,为什么偏让我瞧着那丑恶的呢,为什么偏让我来讨厌一切呢！

对一件事情希望愈高,所得到的失望,往往也越大。对每个人的

---

① 张昕,原名张瑞珊,也称珊妹、三妹。

估计也是这样,不要忘掉每一个人都是一个人呀,是多方面的。在感情与理智交织中,有着他的缺点,也有着他的优点呢,优点须要培植,劣点是逐渐克服的。我近来对人对事,过于强调丑恶一方面了,所以常常动些无谓的肝火,结果,得到的回响是什么呢!

以后,绝对要改掉这坏的习性,以后,要翻出一页新生活记录来。

十一月八日

天气冷的要命,早晨真懒得起来。然而团副①一次次的催,真不好意思不起来,棉衣又不敢多穿,第一怕的是午间热起来还得脱,第二走路不方便,第三养成怕冷习惯了,冬天怎么办! 第四……多啦,总而言之,又冷又不能多穿衣服。

今天举行第一次研究班,讨论的题目是"剧本创作问题",有的人对这个会还感到兴趣,有的人就不。大家像瓶子似的摆在桌子四周,织毛衣,漫画,交头接耳,现象百出,主席的样子,真有些为难呢!

单独留在济南 十一月十五日

人的生活经验增多,人生的惨痛增多,无论如何柔和的人,也会发作暴躁了。

一个出色的领导者,应该不被他所领导的人看出他是佼佼者,而应该看他是群众里的一员(生活方式),这样方能发生大的作用。

留在济南(第一日) 十一月十四日

早晨起床后,帮着大家把行装整好,送他们上了洋车,道了几声"珍重""再见""写信来啊"便回到屋里,把所有的东西都整理一下。屋子扫了,这时天色已经大亮,夜里虽然没有睡好觉,可是,日间还有好

---

① 副团长郝龙。

多事情要作呢,只好把觉牺牲了。

看了一会儿书,便到街上去吃饭,洗澡,本打算洗澡后,到卫生大药房去割掉那万恶的脚疾——真是万恶,在如此急迫紧张的时局下,它牵制着我,使我不能跟团体移动。我孤独地留在济南也就是为它——偏偏又遇到警报,解除后,已经快到十二点了。

午后,还是因为警报的关系,只好躲在屋内,自己静静地看一点书,外面飞机轰轰的声音,仿佛就在头上,偶尔一两声轰炸的声音,感到心头非常沉重。

晚上好容易警报解除了,这才到医院把害我一年的脚疾割掉了。

(第二日) 十一月十五日

昨天,医生告我今天不必换药了,所以今天的计划是:看书,作大纲。

仿佛照例似的,刚刚起床,就来了警号,勉强地扶着墙,用足跟慢慢捱到厨房招呼厨师开了饭,照预定的计划作去:看书,作大纲。

今天有股特别劲头,大炮是一声跟着一声从遥远的地方传来,是那样沉重,本来上午很晴朗的天气,也逐渐阴沉起来了。吵的非常讨厌的小孩儿们,也不知道跑到哪儿去了,院子里一点声音都没有,只有一阵阵乌鸦被炸弹惊起的声音。这一切,压迫的人喘不过气来。

下午,郝回来了,他是相当的恐慌,报告一些不稳定的消息,最后的结论是:"怎么办?"

"怎么办?"我们在可能限度,还是要将我们的工作继续下去。

考虑到和团体断了联系,便和郝决定明天早晨赶上我们的队伍,今天把一切事情都办好。

傍晚,有两声特别巨响,仿佛天崩塌了半边,窗纸和桌椅都震的沙沙地响,一切生物都骇的噤无声息,连檐前乌鸦都睁大了眼睛在那儿发呆——我们猜想这是在炸毁黄河铁桥,后来证明果然不错。

最先的事情是换药,存放东西,用了比平常贵四倍的车价——来回七毛,到医院一元!到卫生大药房去。

街上的行人非常稀少,洋车也多半不拉座了,商店都早早地关了门,每家门口有三五个人站在黑暗角落里在探听消息,互相窃窃细语。商店门口的灯,也都熄灭了。平常是那么繁华光明热闹的街道夜景。如今都变作荒凉,冷漠。只有稀疏的几只路灯在可怜地幽暗地照耀着。

到军医院一打听,看护们都到后方去了,书自然拿不到,坐着洋车循原路归来,路上行人多起来了,有军队,有背着行李携老扶幼的难民,有往车站趁夜车的,都默无声息的走各自的路,仿佛都有很重的心思。只有些乡民——特别是乡妇,忘掉了悲惨的家,悲惨的流离,对着伟大都市的建筑物,睁着惊奇的眼睛。

晚上,大炮①来了,把小管的绒衣交他,书还他,对政治军事方面的消息,作简短的讨论,同学会负责人都要迁到太(泰)安去了。

我们——我和郝,预定着明天清晨离开济南。

追上大队　十一月十六日

起的倒不晚,可是到车站一看,车厢已经挤满了人,车门都上了锁,眼看没有办法了。怎么办呢?今晨起床后又听到了声响,昨晚那样的巨响,无论如何,今天要离开这儿的。

由车窗挤进去吧——到底由车窗挤进去了。

挤进车里就好办了,票,谁还能交涉票的问题。看月台上好多乘客捐着行李,东边跑跑,西边跑跑,结果依然没有办法,依然不能上车的,很多很多。——昨夜还加了一次车呢,人还是这么多。

---

① 北平民先总队的孙传文,绰号"大炮"。抗战初期曾任中共山东省委书记,后被日寇抓捕叛变。

车开出站来，心里顿然松了一口气——这口气是两天的孤独生活，两天的炮声，足疾等……所郁积的。

昨夜睡眠不足，暂在车中假寐。

到周村下车后，坐洋车找团员住所去，首先给我的印象，是街道窄的透不过气来。

街市里静的很，古朴肃穆的风味很浓厚，经过一条菜市，并没有喧吵的声音，交易也是低低的声音进行着，仿佛都睡着了似的。远远地有一只雄鸡在天亮的啼。到职业学校，他们（她们）听说我来了，马上都跑了出来，珊和我第一个亲热的握着手，大家都争着问足疾如何，两日来生活如何，济南情形如何……如何……如何。

原来他们正开着讨论会，讨论技术问题，我将一切情形简略的报告了一下。

大家争着问我乏不乏，让我躺着歇一下，可是兴奋的很，哪里还需要休息，哪里能躺的住，伟大的集体生活，伟大的团体的爱哟。

在周村的晚上　十一月十六日

晚上，周村的教员们和其他一些青年们成立了一个"救亡协会"，我们全体参加，一位小学教员问我，"现在我们需要组织些什么呢？"

我说："认清最大的目标，跟敌人死拼，动员全国民众，武装民众，必要时，自己起来和敌人作游击战争。"

会开的很可笑，几个"好不错的"如校长之流，还有一个长着得意的鼻子的人，永远爱说话，三五个人说着，其余教员之流大都规规矩矩坐在那儿，用眼睛瞅着自己的鼻尖，各部组织，早已拟好的，念一遍算通过，各部负责人都是指令"通过"的，教员们只是很可怜地坐着那儿。

会后，要我们唱几个歌，算做"余笑"。"可怜"的教员里面，居然也有敢小声和着的了，大概这算他最得意的事情吧！

十点钟了，听说由济阳退回的兵，今夜要住在这儿，我们为女同学担了好大心,最后,决定由老杨保镖。

又只留下我一个人　十一月十七日

怎么办?脚还没有好,留守只有我最合适了,他们全到长山去,明天回来,因为回来的时候怕又没有车,东西除化装必需品,其他一概不能带,留我一个人看守吧。

王拓真担心他们小灰兔,已经托我两次,告诉我怎么喂,怎样……怎样……,可是还不放心,又要自己带走,又告诉我兔食放在哪儿,喂几次,顾虑的真够周到。后来,总算没有带走,可是不知道他这条心是否放下了。

珊妹和我说:"回来给你带吃的回来。"

曹白①郑重其事的,提高了声音告诉我,"记住一件要紧的事,不要忘记喂小白兔。"王拓就在他面前。

"再见。""不要着急。"他们全走了。

天阴起来了,而且下着蒙蒙小雨,他们没有把油布带着,真糟糕。

午间,到复生医院换药,等了半天,还不到办公时间,赌气回来了,在归途中到东海医院换了。

"多少钱啊?"我问。

"随便赏吧!"他仿佛奇怪我居然还能给他钱。

"那怎么成,还是随你留吧。"他留下二毛钱。

他妈的,一共不值五分钱,留下两毛钱,我真怕他那脏脏的药布会传染上微菌。他那两双手大概有几天没有洗,屋子里全铺上一层厚厚的沙土,我真悔我不该来!我一进屋就对这个医生没有好印象。

回来摆弄一阵油印机,还是不好使。

小灰兔倒很可爱,我发现一个新的伴侣,它也很乐意接近我,我走

---

① 曹述铎,后改名方深。

到哪儿,它跟我到哪儿,我坐下,它咬我的裤子、鞋。

王拓回来,我一定告诉他我对小白(灰)兔比丁延海①都亲热呢!

晚上,下起雨来了,他们全没带被,今夜不知如何过呢!

点起一只洋烛来,只有一点点的亮光,往四周一看,全是黑的,后面白墙上,印着我的极大而摇晃的影子,窗外的风声飕飕的啸,雨是阵阵的萧萧。

在一所古庙里——这学校是由庙改成的,从建筑物看去就可以知道——在这样风雨飘摇的深夜,我,只我一个人,坐在四面望不到边——因为四面全是黑暗——的大屋子里,平常想起来,是多么……在如此情形下,我补完这几天的日记,作了一点宣传大纲,一篇戏剧性的故事——我从前并没有想到会到这样环境,然而,我很快乐。

夜已经很深了。

他们全回来了　十一月十八日

早晨起来特别冷,一直捱着不肯起来,起来后,太冻手,什么也不肯干。

午后,睡了一觉。醒来时天差不多黑了,小雨还在落着,地皮湿的很,路是非常的难走,今天他们也许不会回来吧。

晚上也许还不能作些什么,吃完晚饭还是早早睡觉。

"儒弟"小管清亮的声音在院子里响了起来,丁延海正在打算叫饭去。

"啊!你们回来啦!"一股喜悦,我从床上跳下来,"他们全回来了吗?"

"全回来了,他们全在后面。"果然,陆陆续续,老曹、老姚、小胡、老郝……都到,他们的脚一个个像泥猴一样,口里嚷着乏的不得了,换

---

① 团长钟志青带来的勤务兵。

鞋,换袜子,洗脚,忙得很。

还有一半没有到来,可是天慢慢黑下来了,该不会半途出了什么错吧。

站在门口等,路太滑,脚又不好,只能在门口等着。天色是黑下来了,从来路上几次来人,到跟前都不是他们。

小荣说:"他们相隔太远,路上并没有望见他们。"在这样不安的时局,这样的黑夜,如果走错了路,是相当麻烦的,而且从前线退下来的队伍,很难保证纪律性的。

几次几次,仿佛听到他们的声音,总以为是他们来了,可是走到面前,总是很陌生的面孔。

最后,的确是他们的声音,他们的确回来了。

"你没有想到我们会回来吧?"珊问。

"这样的天气,这样的道路,我总以为你们会多待一天的,可是,他们到来后,我又疑惑你们是否迷了路。"

原来,他们在中途吃饭,把时间耽搁了。

泥,疲乏,洗脚,水,丁延海,大楠,水壶,生气,……

到淄川、博山去　十一月十九日

夜里醒来,外面非常明亮,大概是月光洒在房顶,大地。

昨晚决定今天派杨、郝、丁三人回济南取东西,我们全体到淄川去,由淄川经博山,莱芜到泰安去,因为据济南电话,时局颇不稳当。

起来后一看,院子里,树上,屋顶,全铺上了一层美丽的小雪,白绿相间,特别鲜艳。

到车站一打听,方知道三天内不会有东去的车辆了,所有的胶济路车辆全部集中到津浦路,今天同时有三辆车开往济南,以后有无车辆,颇成问题。

我们这一群怎么办呢,淄川去不成了,只有回到济南。

同时,听说我军已经克复德州,白崇禧任津浦前线总司令,济南城内日本人的财产,全给焚毁散发贫民了。

　　这些可喜消息,更加强了我们回到济南的决心。

　　火车比汽车走的还慢,从车窗往外看,远山全是皑白的雪,衬着黑的泥土,黄绿树叶,真有说不出来的美丽。假如不是在这样一个动乱的时代里,我真的不知道拿什么心情来领略这风景呢!

再回到济南　十一月十九日

　　火车踱进了济南站里。

　　我昨天还想到,前次离开济南,也许是对济南永别呢,没有想到——在登车的前十分钟,还没有想到,现在又能重新回到济南。

　　车站上的确冷漠的多了,稀稀疏疏的几个路警,站中服务员,和几个像煞有介事似的便衣,旅客也是那么稀少,济南仿佛死去了。

　　在车上一个旅客曾对我们说,济南现在连饭馆全没有,我们真担心我们会挨饿。

　　洋车也慢的要命,连步行还不如,街道上比我们走时还冷落,商店大半都锁上了窗门,日本商店的东西全散完了,门窗的玻璃多半破碎了,走到西门时一簇人在桥头向河里看。

　　"那是死尸,犯法被枪毙的死尸。"拉车的告诉我们,可是究竟因为什么犯法,连他们也不知道。后来,听说,是抬高物价,又有说是扰乱金融,也有说是因为抢了中国铺子。

　　街上车马也很稀少,不过饭馆子倒有几家开市,我们可以不必为肚子担心,在街道朝着阳光的方面,三五成群的站着莫名其妙的人们。街道的阴面,简直什么都没了,连戏曲学校都关了门。

　　民教馆在望,我们又回来了。

　　克复德州、平原的消息,证明不确,济南确有放弃的意思。听说退走时轰炸用的炸药都准备好了,我们要从速离开这儿。

明天,就到兖州去。

再见吧,济南　十一月二十日

整理东西足足费去大半天功(工)夫,过午天又下起雪来,我们就在这样阴云暗淡清雪霏霏的情形下离开了济南。

一切和初来济南时一样,满途泥泞,街上行人寥寥,天气黯黑的令人窒息,这一切,象征了多荆多棘的前途!

在北平,是被人家逼得不能不逃出来,现在在济南依然是被人家逼得不能不离开。

动荡的生活,多难的年代啊!

到车站只有军用车一列,因为预先并未交涉妥当,所以还不能上车,客车什么时候能有,连站长也不知道。最后,我们只能在候车室内等着,等着,一直等到能够有车来。

候车室的人,是越积越多,嘈杂喧嚷,乌烟瘴气,老郝见有机可乘,便又拿出他的宣传伎俩,不知他竟讲了些什么。

等到十点左右,由泰安北上的车,刚刚到站,大家七手八脚地把行李运到车上去,人是特别拥挤。最后,我费了九牛二虎的力量,才勉强地挤到车里,我们的行李,堆得高高地,有的睡在行李上面,高的要命,有的坐在椅子上,还有三个人,没办法挤进来,只好守在车门外,我挤在大楠旁边,背后是珊妹,高高地坐在行李上,前面有两个小孩坐在我们电影机上。

又等了三个钟头,车才慢慢地移动。

对济南是那么熟悉,我并没心情再望着窗外,临行再望望尚未被战争消灭掉然而却是那么凄凉的济南。可是,心里总有这种感觉:再来济南的时候,绝不会见到今日的济南了。

我爱济南,我爱济南的大明湖,我虽来济已有三个月之久,可是还未曾腾出工夫去游览一下呢,我爱济南民众馆的一切生物,我爱⋯⋯

我爱济南一切，可是，今日，我必须离开。

在这样动乱的大时代里，在连自己生命都不能保障的时候，这样的离别，本不算做一回事，只要我永不忘掉这情况，在用我的力量，拼命争取自由地回到济南之前。

车厢中有人低吟着：

"再见吧，济南，再见吧！济南……"

冗长的旅途　十一月二十，二十一日

车还未开的时候，团长便和一个兵士几乎弄到冲突起来，只因为座位颠倒问题，所幸一时就平息了，上车时是十点，开车是一点，中间是一段很长的时间，我们的团体无论走到哪儿，决不会寂寞。讲笑话，唱歌是拿手好戏，全车顿然骚动起来。

烟的气息，碳酸味，交织成车厢里的臭味。谈话，唱歌，充满了耳鼓。睡，睡不着，醒，坐着不舒服。小陈往窗外爬，跌了一大交（跤），回来直嘟囔。这样一直捱到一点多钟，车才慢慢移动。

随着车轮的声音，逐渐到了半睡眠的状态。

睁了几次眼睛，天都没有亮，走过了几站，也不知道。

七点多钟，天大亮了，还离泰安很远，泰安是旅途的中点，平常济南到（？阳），只要七小时，现在已经走了六时，可是还不到旅途的三分之一。

车上的厕所，也都装满了东西，庄大姐几次要"拐弯"①，都鼓着嘴回来，没有办法。好容易等到泰安，才由车窗钻出去"拐"了个"弯"。回来靠路警的帮助，才勉强笨重地爬了进来。

天逐渐黑起来了，不时还飘着几点清雪。火车头像睡着了一般，到每个站上总是不肯动身。我的意思是，也许车夫恐怕没机会开回

---

① 上厕所。

去,故此有些留恋。据车中一位同伴说——那是到……去的军医院内的同志,他北上的时候,火车曾莫名其妙地在吴村停了一夜,结果,并没有错车,今天,也许很有可能遭受同一命运。

车到了曲阜,已经开出站去,又退了回来,我们的晚饭还没有吃呢,足足站了两点来钟,前面并没有车来。

饥饿寒冷,烦恼没有行动自由,充满每个人心胸。

冗长而烦困的旅途啊,居然也有到的时候　二十一日晚

好容易盼到前站开过来一个车头——一路上没有遇到任何北上列车,只有几只车头载着武装同志过去,车才缓缓移动,大家这才欢跃起来,这才觉得有一点希望。

谢天谢地,车居然进了兖州站。

"居然也有到兖州的时候。"有的人不禁欢呼。

由车站到乡师　二十一日晚

把所有东西完全由车窗挤出去,然后一件件托脚行运到站外,天已经黑下去了。

只有八辆洋车,只好专载行李,人排了队跟车走。

我们预定住宿地是乡师,由车站到那儿足足有五六里,摸着黑,深一脚,浅一脚地踩着泥和水,跟着洋车,走到乡师。

和乡师交涉妥帖以后,到住舍一瞧,哈,好宽敞漂亮的住所,比起民教馆,强的多呢。而且办公桌特别大,可以容得下三个人。不过,女同学宿舍,倒有点不大美丽。

在街上吃过晚饭归来,半缺的月亮,衬着几点浮云,正露在墙头。

整理东西　十一月二十二日

今天大半天时光费在整理东西上了。

宣传部开半天会,让我帮助珊妹作讲演设计。

晚饭的途中,我和珊大概把计划谈了一下,回来又看了民教馆演了几出戏,到七点钟开全体大会。

老姚在全体会很激昂地提出生活批判问题。是的,我们的生活纪律,的确太不象(像)话了,很容易引起外边人的误会,我又把老姚的意见补充一下。

老郝也回来了,济南并没有特殊变化。

到范堂演剧　十一月二十三日

午间,大家打了一气球,浑身出了一身汗。

下午,正式得到一个消息,让我们下午到范堂去演剧,我们立刻准备一切。一会儿,大汽车来接我们,我站在最前端,望着辽阔而寒冷的平原。

预先决定只演一个剧——《放下你的鞭子》,配合一些讲演和杂耍。可是临时因为听众多,他们的要求是多演。临时决定增加一个剧《警号》。老杨跟着大汽车回去叫留守在学校的人们和带来一切所用道具。

节目开始了,所得的效果还不太坏。

汽车第二次来时,被泥泞陷在中途,我们归途只有一辆轿车,只能坐四个人,团部已经为我们预备好了马。

女同学全没有骑过马,只好乘车。可是,人多地方少,结果大楠和小芳也乘上了马,小管也嚷着要乘,大家全反对,理由是,她太小,没骑过马。天又黑,她鼓着嘴,委屈地钻到车里。

十几匹马,连贯地走在黑暗的旷野里,天无声无息地在上面覆盖着,星星在夹(眨)着眼睛。

我们想象,中途也许会出什么岔子的,有好多人根本就没骑过马,天又是那样墨黑。可是,实际并没有那样,大家全非常兴奋而愉快。

只有小管一人,到校后还是鼓着嘴生气,其他乘车的女同学,仿佛也觉得很扫兴。

一九三八年三月一日

从今天起,又起始记日记了,是新买的本子。

早晨天气很阴沉,午间下了几滴雨,还夹带几点冰雹。

下午,到云龙山放鹤亭应游击司令部平主任①之约,开座谈会。散会时已经很晚,平先生又约我们吃饭。

今天,破例喝了四盅酒。

从现在起,要开展一个新的人生。

我要充实我的青春。

三月二日

为了朋友们的期望,是那样殷切热诚的期望,不能再堕落下去了,我要做些事情。

看到昨天写的一句话,"从现在起,要开展一个新的人生"。同时,又看到许久以前写过的话,"以后,要翻出新的一页生活记录来"。这才悟到写这种话已不是一次了。可是……但我决不灰心。

晚饭后到宣传队那儿去排戏。

回来时,和小胡谈了一些人生观之类的话,因为是乱七八糟,现在已不记得谈些什么了。

四月二十六日

原谅别人与求别人原谅,倒不如说了解别人与求别人了解。

互相不了解的人们,怎能会真诚地彼此原谅,即使能够原谅,实际

---

① 平祖仁。

也不过口头的表面的原谅而已,心头总会耿耿的。

唯有彼此了解极深的人们,才会把别人的错误,看作是自己的错误,发现了别人的错误,不是责难,而是悔恨。

了解别人,同时也让别人了解自己。

·· ·· ··

差不多幸福都是建筑在别人痛苦之上的。

为了自己,就必得牺牲别人,为了别人,就一定得牺牲自己。决难有两全其美,这是多么大的悲剧,天啊!

四月二十八日

能够常常发现自己缺点,那总是有求向上之心。不然,安于环境者,在任何场合,不会发现自己的弱点,而会忘掉一切地欢笑,毫无理由地欢笑呢。

六月二十七日补充

了解一个不应当了解的人,好像不了解应该了解的人一样,同样是非常令人痛苦的。

·· ·· ··

"生存是为了什么?"这样一个使人感到渺茫的问题,并不是每个时间都突进脑子来的,当它离开人的意思(识)很远时,人们会过得很好的,可是:

当午睡初醒的一刹那,觉得一切还是以前的一切,迫切地使人有茫茫之感,于是这个问题浮现在人们——尤其就是我——的心头了。

房东的小孩正在院内哼着小曲,闷热显得特别寂寥。

·· ·· ··

当你正专心工作的时候,最好不想到人生的问题,因为假如那样一来,全部工作就变作无意义了。

十月二十八日

到延安就病足。

终于走到延安了——十月二十六日。

路上走得太急,到延安后脚肿得太厉害不能走路,鲁迅艺术学院演戏,不能和别人一样去看,到抗大参观也不能走,只好留在家里:看家。

一个人关在家里,又冷又闷,把去年日记翻出来了,看看好像一个梦!

荒煤来了,和他谈起剧团前途,颇悲观。

"剧团到现时期也许到革命时期吧。"我说,因为这是大家希冀已久解决整个问题的时机,"但我决不悲观"。

慢慢地看下去吧。

吕班同姚时晓来了,吕班讲述徐州脱险经过,真是有声有色,"假如我们的团体要经过这样一个阶段,那么,现在的结果是如何呢?"

晚上遇见宋黎,谈了许多。

认识一个人是不容易的,被人认识也是不容易的。认识人正像认识事一样,单从片面或一时间来判断整个事件,往往会得到错误的结论,对人又何尝不是,何况事件的变迁,是依着它特殊因素而发展的,一个人也是随环境的变迁而变迁,可是,谁有耐心透过因环境而塑造的表象来观察你的本质呢?认识,了解,狗屁!

天阴沉得很,傍晚落了几滴雨,冷得很。

十月二十九日

早晨脚痛好了一些,一同参观鲁迅艺术学院,除掉吕骥崔嵬以外没遇过一个熟人,——当然荒煤是例外。

午饭是鲁艺教员请客,吃得意外的好——真是意外,想不到延安也有这样好的食品,结果晚饭害得都吃不下。

晚上到职工大队(抗大)晚会去,节目并不大精彩。

团体须解决的问题,还是没有人谈起。

十月三十日

蔚蓝的晴天,心里颇痛快。

今天是礼拜日,许多朋友都来了:老佟、小刘、小佟、张有芳等,彼此一见之下,还是旧风未改。

团体散啦　十一月十三日

到延安已快有二十天了。

团体的散已决定于一礼拜之前,可是大家还等着演最后的一次戏。现在戏演完了,大家正式"散"。

小三和小江今天搬走。

抗大、鲁艺、训练班、马列的明天都可以走了,只剩我一个人没有定。

"将来大家怎样散呢?"在济南时候,因为大家彼此间感情太好了,对将来解散有了这样顾虑,现在,就是这样散了。

我们原不必对过去有什么留恋,有什么伤感,然而对一件事预先有个预测计划,使向一定方向发展,这才是对的。

庄大姐病了,病中呓语"谁不爱护移动剧团?"……

剧团最后的一件工作留给我了,就是"移动中间"的写印,晚上点灯时写,只因一篇稿子有问题,才把它停下来,明天一定要把它弄完。

一九三八年十二月三十一日(延安)

去年除夕在曹县,当晚因为油印剧本等用所以一晚没有睡觉。今天又是工作忙,一直到深夜,院中有的人都睡了,晚会的人也全回来了,我还是在写着,回想去年此时"到现在一年了"应该结束的事结束吧!

可耻的一年,在抗战中的可耻一年,让它像旧年一样的去吧。

晚上到陕公去的途上,遇见小幺,他告诉我张死的消息,"姐姐现在是活在哪里呢?怎样活的呢?"我想着,令声看我不说话,宽慰我。

今年,在十一月十八日是离开西北旅社的日子,也是离开剧团的日子,也是生活正式转变的日子,该是可纪念的吧!

十二月二十一日敌机轰炸延安,炸弹落得离我不远,土落了一身,但是没有死,也是可以纪念的。

一年,一年结束了,结束了。

一九三九年二月十三日(延安)

从过年起,到今天止,除开工作以外,总是在战栗不安的心情中。

元旦,小荣问我:"是不是到鲁艺去,小三他们让你今天去。"我说:"工作忙,没有时间!"下午到陕公开茶话会,去的太早了——为什么那样早就去呢?!打算到余明那儿休息一下子,偏偏碰到了小三,说了两句话,站了几分钟!

初三、四——记不清楚了,到鲁艺、三大队、解放社,荒煤和我说:"你应当看看小三去,她说你对她有误解。"我说谈些什么呢?

晚上终于去了。

八日——星期日,到训练班,找大楠、王拓,获得许多亲热。

十五日——星期日,陕公演剧,归来时天色暗黑,只我一人。

二十二日,拥护参政会大会,晚上有电影,我没有看,没有心思看。

二十九日,到鲁艺看小管,归来在陕公小三处呆半天。

二月四日——礼拜六,是阴历十二月十六,开东总通讯处成立会,主席报告完,我就走了,和老周谈了一路,安慰他一些。到鲁艺,归途只我一人,月光水一般的凄清,我充分感到孤独,眼泪不知不觉充满了眼眶。

过河时,失足落水。

五日,小三到这儿来了。

十二日,到陕公,王余明不在,归途遇见了他,在河旁大石头上坐到吃晚饭时,就在陕公吃了晚饭,和老佟进城一次,归来已经很晚了。

陕公最近要走了,走了也好!

大时代,大时代,时代之所以伟大,靠我们的努力啊!难道一个人人生就专为一两件事么?做不出惊人的事情来,辜负了大时代。

我要用我带着创伤的人生经验。写出一点东西来。

二月十五日

昨天接到小芳的信,池水一般的心情蓦地起了一些波纹,我猛然忆起了一年多半浪漫的生活。留着又凄楚又苦痛印象的生活。

晚上给她写回信,到深夜才上床,想起过去一切,久久未能成眠,今早醒的特别早——昨天失眠了。

平常把一些自己认为可珍贵的东西放在一个小箱子里,今天自己在心里检视一次,并没有什么啊,我最初感到我所经历的太少了!

早晨阴,小雪又霏霏地飘舞起来了。

七月三十一日

童年的时候幻想的环境是纯洁的乐园,然而却发现了丑恶的哈马(蛤蟆)往脚上爬,甚至在温暖的屋子里,也会发现整人的蜈蚣,我开始对环境存些戒备之心了。后来终于发展成为对世界一切都戒备了。

今天晚上,月光是那样青(清)明,一只哈马(蛤蟆)跳在门边,使我想起这些,然而我对它无戒备了,而且我在思考着它在想些什么,可是当我的脚一动,它急速的逃了,于是我知道它是在戒备着我。

八月二十九日

用最大的勇气来应付人生的一切事变,这便是人生的一切。

九月二十七日

今天是旧中秋节,外面月光是那样明净,同志们的笑语是那样癫狂,从短短的期间生活,使我生些"杂感",本来打算写出一些来,可是,因为昨晚看晚会,觉未睡好,今天收获一天,明天还继续收割,头又有些痛,不能耽搁时间了,等明天补记吧,但是也许完全和今天所想的不同,那也由他吧。

九月二十八日(中秋后一日)补记

过年过节,曾经是儿童生活中佳丽的点缀。佳节未来之前,费许多心力憧憬着准备着期待着,佳节即(既)过之后,又会有许多天为它快逝的消失而惆怅。然而,人世经验多了一些以后,无论你年龄多么大,那点缀的意味会在心头偷偷随青春消逝,它变成了里程碑,人生之途的里程碑。期待和憧憬变成了恐惧与厌恶,同时,佳节却给了这些人们一些反省与回忆的时机,憧憬着咀嚼着过去一些酸甜苦辣的梦幻似的可记忆的事情。

我过节的时候——今天,是不是也有如此感觉呢?不,没有的,不是的。

我从前曾经那样过,然而,今天的我已不是从前的我。

我是在想:

又到中秋了,月亮是那样圆,大家是那样快活,而你——林风①,却依然(像)平时那样的冷,月亮今天同去年、前年、几十几百年以前毫无异样,今后也将和今天一样,而你,有思想有活力的人,却也一成不变

---

① 程光烈到延安后的名字。

么,难道只是让年龄堆积起来,压在你身上使你逐渐失掉的活力么,你应该不像月亮吧。

我是在想:

明天怎样收割,用几把镰刀,几条绳子,怎样注意防空……

我是在想:

我学些什么,怎样学习,怎样做支部工作……

我同时也在想:

为什么我没有别人那样高兴愉快,连自己也感到过度的冷静,难道有谁剥夺去了我的高兴?难道在我的生活中没有遇到令我对人生执拗黏着的事情使我高兴?还是……

我只是这样想想而已。

然而,实际这也不能让我多想,因为中秋前天看晚会归来太晚,晚上没睡好,中秋早起生产一天,过度疲劳,晚饭后开会,开完会九点多钟,头有些痛,明天仍然早起收割,不管天是如何明镜(净),月是如何皓明,我连多想都未能多想,我早早的睡下了。

这便是我今年的中秋。

九月三十日

我所爱的人应是尘世的人,而不是脱离尘世的神仙,她有着她的优点,也有着她的缺点,我并不把她看做仙女,毫无缺憾的仙女,因为在这个世界上,除掉彼此互相欺骗以外,没有什么仙女的,我只是因她是这个世界的少女,有优点也有缺点的少女而爱她。当然爱我的人,也必须是以我为世界上的人而爱我,我才能坦白赤裸的接受她的爱而感到无上的满足。

人生伟大的意义不在于迷恋过去也不是诅咒过去,乃是创造未来。如果过去是值得诅咒的,让它去吧,我们还有未来。如果过去是值得迷恋的,那我们要创造出比以前更光辉灿烂百倍的将来,这才是伟大的人生。

一九四零年二月七日

如果说过年过节一定写一点，那么无妨也写一写。

今天是1939年的除夕。

我觉得我还不是真金，还经不起大的锻炼，还不能无动于心。但，我也承认，我是有着进步。

随着时光的飞逝，年华的增加，"老练"起来了，以前认为人生奥秘的地方，现在了解一些了。因之对人生的要求，也不如以前那样理想化了。

过去的一年，的确是我伟大的一年，它让我了解许多事情，而且确定了我的人生观宇宙观。

后　记

　　当结束了历时漫长的写作和对移动剧团日记的整理工作时，我有种如释重负的感觉，不由得也有些惘然。

　　一段时间以来，我似乎和日记的主人公们成了朋友，我写着他们，想着他们，常常在独自行走的路上，在地铁拥挤的人流中，在昔日古老京城的遗址前，或是在今天孩子们娇嫩活泼的笑脸中，看到他们的身影，听到他们的声音……然而，今天，我们终于要分手了。

　　这是一次艰难的旅行，我跋涉在寻找的路途上，寻找上一代人真实的过去，寻找他们的情感和命运。寻找，是一件相当艰难的事情，时常令人疲惫，但同时也让人感受到一种无尽的快乐。隔着岁月的距离，我向他们走去，有时我们彼此挨得很近，有时却只能停留在远处看着他们，如同看着无数陌生人在茫茫的人生路上走过。我知道，或许我永远也不可能真正地走进他们的生活，走入他们的内心世界。但是，当我用探寻的目光回望着他们原本就异常丰富复杂的历史的时候，他们也推动着我，使我的视野不断拓展、开放，心态更加自由，更加清醒地认识昨天的他们和今天的自己。

　　感谢张昕老师，是她保存了团体日记，并毫不犹豫地交给我，使我有机会开始这样一个有意义的行程。

　　感谢接受我采访的荣高棠、程光烈、张瑞芳、张昕、胡述文、郭同震等老人，他们热情的帮助使我受益匪浅。

也感谢我的责任编辑刘伟,他阅读了我发表在《读书》杂志上的片段后主动找到我,提出要出版这本书,这位"80后"的年轻人,他的热情和理解所给我的鼓励,远远地超过了一个编辑的范围。

移动剧团日记的整理列入中国社会科学院文学研究所重点项目,并得到中国人民抗日战争纪念馆和北京中国抗日战争史研究暨和平教育基金会的支持,在此一并表示感谢。

遗憾的是在我写作的过程中,荣高棠老人走了,程光烈老人走了,还有那个远在台北谜一样的郭同震也走了,我曾经承诺要尽快写出来,要让他们看到这本书,但岁月的脚步总是比我的行动还要快。

记得在长春最后一次见到程光烈,老人已到了癌症晚期,分手的时候,他站在门前向我招手说:

"你下次再来的时候就看不到我了。"

我回转身去,夏天的风吹着老人花白的头发,他的脸上满带着微笑,就好像将要出发到一个新的地方去开始一段新的旅程似的,那时候,我很想跑回去轻轻地拥抱他那瘦弱的身子,但我还是忍住了。

很多年后,还有人知道他们的名字,记得他们别样的年华、别样的青春吗?

刘伟这个"80后"告诉我:"会的……"

我相信。

2008年冬
写于北京文慧园

附记:本书再版时收入程光烈个人日记。全书除了个别地方有所修改,保持了初版原貌。